永康大话

柳忠 编著

民主与建设出版社
·北京·

© 民主与建设出版社，2024

图书在版编目（CIP）数据

永康大话／柳忠编著．--北京：民主与建设出版社，2024.6
　　ISBN 978-7-5139-4547-9

　　Ⅰ．①永… Ⅱ．①柳… Ⅲ．①民间故事-作品集-中国 Ⅳ．①I277.3

中国国家版本馆CIP数据核字（2024）第058976号

永康大话
YONGKANG DAHUA

编　　著	柳　忠
责任编辑	刘　芳
出版发行	民主与建设出版社有限责任公司
电　　话	（010）59417749　59419778
社　　址	北京市海淀区西三环中路10号望海楼E座7层
邮　　编	100142
印　　刷	玖龙（天津）印刷有限公司
版　　次	2024年6月第1版
印　　次	2024年6月第1次印刷
开　　本	710mm×1000mm　1/16
印　　张	16.5
字　　数	153千字
书　　号	ISBN 978-7-5139-4547-9
定　　价	72.00元

注：如有印、装质量问题，请与出版社联系。

序言

柳忠先生在永康有些名气，他开的是中医诊所，早有耳闻。

2016年，我从档案局调到文联后认识了他。一个名中医，业余爱好文艺。他在戏曲协会，自编自导自演小品。有一次，戏曲协会承办文联送戏下乡活动去了他老家八字墙乡下堑村。他在台上的表演，永康方言妙语连珠，表演惟妙惟肖，给我留下深刻的印象。

2018年，文联开展江南山水新城民间故事征集活动，柳忠先生一下子投来了6篇稿子。我问他，这些故事咋搜集整理的。他说，有些是病人讲述的，有些是有了线索去村里搜集的，有些是翻书考证后加工而成的。原来，他不仅收集整理民间故事，还新编故事。由于这些故事非常接地气，语言通俗，情节生动，寓教于乐，后来我都编进了《三帝起南屏——江南山水新城民间故事》一书。

2019年，永康电视台"西津茶馆"开办"大话堂"栏目。这里的"大话"，是指流传于永康民间，由人们口头创作并用方言口耳相传的故事。柳忠先生被邀请为讲大话的主角，我则是解读永康方言、谚语的角色之一。他讲的大话基本上都是他自己的原创，既有传统故事的影子，又融入了现代人的观念和创意，而且越讲越溜，一直坚持到现在。5年下来，有了上百个大话的积累。

2023年3月，《永康地名中的慈孝故事》一书采用了柳忠先生写的3篇故事，出版后我就给他送了过去。他的诊所刚刚从南苑路紫微桥桥头搬迁到龙川西路。他说，想把在"大话堂"讲的大话汇编成书，我听了甚为赞许。不久，柳忠先生找到我，说这些大话编排整理差不多了，意欲出版，并叫我为之作序。我一来笔拙，二来工作繁忙，其他则言尽所知。10月底，我邀请他参加地名文化前郎村采风活动，他积极参与并写来了3篇地名大话，并且他坚持叫我为其编著作序。我答应了下来——来而不往非礼也！我让他先把书稿传给我看看。

其实，我接受的主要原因还是柳忠先生的情。2018年5月，我小恙去他诊所开药方，他开了药方，让我到可以享受医疗费报销的单位去抓药，有一二味若抓不到，可以再回他的药房抓。2022年4月，我父亲去那看病，也如是这般。2023年1月，母亲因新冠病毒感染肺部住院，躺在医院10多天，发烧、厌食，夜里柳忠顺道过来给母亲望闻问切，开了治疗方子，细微之至给母亲精神上带来极大的安慰。如此种种，换位思考，医者仁心啊！柳忠先生的名气大概就是这样来的吧！在网络上，我还经常看到有关他义诊的消息。

  本书有124个永康大话，有人物、地名、土特产、动植物、风俗、俗语等大话。这些大话都有很强的地域性，反映了永康的文化特色和人们的生活习俗，有着丰富的想象力，是广大劳动人民长期以来生产与生活智慧的结晶。这些大话个个精彩，思想性和趣味性相融，读起来引人入胜，让人时而拍案称奇，时而忍俊不禁，时而唏嘘不已。尽管当今传媒形式越来越多，但我相信这些大话无论是大人还是小孩都会喜欢。这些大话不仅是人们娱乐和教育的手段，也是传承历史和文化的重要方式。

  永康方言中许多语言有音无字，这些大部分是永康人的母语，是来自远古的根。比如永康话中使用频率很高的表示"不要"意思的那个音，在标准汉字中就没有对应的文字，其发音简短直白，念四声时是"不要"的意思，念二声时就变成了相反的意思"要"。在大话里，柳忠先生用"嫑"来代替了，但它不能念"biáo"。类似这样有特色的方言还有很多，如"囝""囡""冇"等。

  而另一种情况是有音有字，甚至是比较深奥的词语，成了方言。我母亲不识字，小时候经常听到她说的"寅卯两时""日不聊生""上东司"，等等，应该是民间的传承。后来我就想，在古代究竟是哪位先生首先用了这些词？又是怎么普及给那些目不识丁的老百姓的？类似这样的永康方言，在柳忠先生的这些大话中也用得比较多。

  柳忠先生就是古代时的那位先生吧！新编故事是民间故事的一种特殊形式，注入了大量的有音无字与深奥词语的方言，柳忠先生用讲大话和写大话的方式，留住了我们的根，丰富了永康方言，弘扬了千百年来永康人留存下来的人生信仰与价值取向，让真善美在这块古老的大地上代代相承。

  是为序。

周跃忠
2023年12月

目录

地名大话

白雁口 ······ 1

荷沅 ······ 3

槐花 ······ 5

皇城里·长城 ······ 8

皇渡桥 ······ 11

黄棠 ······ 13

金杜 ······ 16

金竹降 ······ 18

老鸦堰 ······ 20

鲤鱼塘 ······ 22

连枝 ······ 24

两头门 ······ 26

龙潭里、八仙 ······ 29

牛栏头、牛筋岭 ······ 31

桥头周 ······ 33

清泉寺与炉村 ······ 35

山后胡	37
善塘	39
上谢、下谢的由来	41
上柏石、下柏石的由来	43
尚仁	45
石江村的由来	47
双锦的由来	49
四知村的由来	51
天表村的由来	53
王慈溪的由来	55
象瑚里的由来	57
杨公桥和大屋村的由来	59
永祥的由来	61
长蛇的由来	63
药渣倒路口	65
八盆岭	67
大寒山龙宿塘	69
虎踞峡	71
倪宅三板桥	73
三眼井	74
石桥头毛红塘	76
虹霓巷	78
方岩山	80
金豚山	82
西津桥的由来	84
陈弄坑栖山寺	86
凤山寺	88

下堃永川公祠的由来 ·················· 90
湖西 ····························· 93

名人大话

胡则卖名声 ························· 95
金秋塘楼炤 ························· 97
林大中折桂 ························· 99
文楼程正谊读书 ······················ 101
应材考功名 ························ 103
偷来的祸 ·························· 105
戴枷锁当留念 ······················· 107
一个铜钱 ·························· 109
寮前骆智民 ························ 111
毛头仙 ···························· 113
沐英一箭救永康 ····················· 115
桥下郎中朱德南 ····················· 117
清塘下名医叶长庚 ··················· 119
上把赵赵义山的故事 ·················· 121
尚裘裘丹泉化煞 ····················· 123
刘长贵的生意经 ····················· 125
世雅夏仲宁 ························ 127
苏溪沈阿起 ························ 129
太平"打更昌" ····················· 131
陈贤吉造凉亭 ······················ 133
棠溪秋菊择女婿 ····················· 135
黄家木劝相争 ······················ 137

王同泰嫁女 ……………………………………………… 138

翁埠棋王翁伯伦 …………………………………………… 140

西卢旺生娶媳妇 …………………………………………… 142

下时颜金财看风水 ………………………………………… 144

岘口吕运乾农家记 ………………………………………… 146

雅庄李财旺的故事 ………………………………………… 148

胡竹冠义助柳春兰 ………………………………………… 150

义门马阿巧的故事 ………………………………………… 152

周俊吃白食 ………………………………………………… 154

周俊出主意 ………………………………………………… 156

其他大话

比丑招亲 …………………………………………………… 158

布腰裙 ……………………………………………………… 160

操牛场上认内家 …………………………………………… 162

第三味药 …………………………………………………… 164

典当内家 …………………………………………………… 166

钉秤用心 …………………………………………………… 168

法轮寺传艺 ………………………………………………… 170

方岩大悲寺刻碑 …………………………………………… 172

哥弟相争 …………………………………………………… 174

官塘下蓑衣 ………………………………………………… 176

鬼秤 ………………………………………………………… 178

红玉汤 ……………………………………………………… 180

虎魁 ………………………………………………………… 182

换豆腐 ……………………………………………………… 184

黄坤、米焦	186
夹芋子传真功	188
借据	190
救命的字	192
绝妙之计	194
礼送鹅毛	196
两亲家	198
岭张豆腐	200
麻袋夫妻	202
卖醋报恩	204
男子侬吃做散伍药	206
女娲遗石	207
穷秀才暴富	209
山川坛米行	211
有善心能避难	213
少爷招予囡婿	215
四十四坑金针	217
讨口兆	219
桐塘螺蛳	221
偷鸡不着蚀把米	223
徒弟教师爷	225
兄弟卖饭篮	227
压轴菜	229
岩前生姜的故事	231
一把犁加螳螂窝	233
一袋银子救两命	235
一罐鸡脚爪	237

一双琥珀眼 ……………………………………………… 239

一只樟树箱 ……………………………………………… 241

有缺口的围墙 …………………………………………… 243

状元变先生 ……………………………………………… 245

祖传秘方 ………………………………………………… 247

让贼当管家 ……………………………………………… 249

后记 ……………………………………………………… 251

白雁口

很早以前,永康城南面二十来里的地方,有户侬家①。家里孩子舒羿8岁就跟爹学射箭,12岁就能射下在天上飞的雉鸡。

有一日,爹射中一只野猪的后腿,受伤的野猪转身就追过来,把爹的大腿咬去一块肉,爹变成了跷脚。他与舒羿讲:"以后打猎,箭头要蘸麻醉药,射着就倒。"爹手握拐杖来到山上漫山遍野地去寻找用来制作麻醉药的草药。寻来的草药煎出药汁,还将蛇毒掺杂进去。用不着的箭,平时就将箭头浸泡在药汁里。

从那时起,无论天上飞的地上走的,只要中箭就全身瘫软逃不了。舒羿的娘陈阿娥看看这样做太阴汁②,就不让囝③去打猎,讲:"飞禽走兽也是世命④,落雨落雪,人可以躲在家里,而鸟兽却只能在天公下⑤受苦,多少可怜?"爹听到,把娘一顿臭骂,讲她是"妇人之仁"。

有一日,舒羿背着一捆箭,手握一把弓,来到历山山上打猎。看到溪边沿的大松树上有一只白雁,就搭箭拉弓"嗖"一声,药箭射中白雁。白雁惨叫一声掉落溪水里。舒羿立即跳进溪水去追。

白雁拼命地一边"嘎嘎"地叫,一边逃,刚逃上岸,只见一只大白雁冲下来,朝舒羿的手臂上啄了一口。舒羿疼得晕过去,等他醒过来,两只白雁都没了。舒羿的伤口在不停地流血。第二日就化脓了。

陈阿娥来到上范村一个郎中家去拿金疮药,碰到一个穿白衣裳的内家侬⑥也在

---

① 侬家:人家。
② 阴汁:缺德。
③ 囝:儿子。
④ 世命:生命。
⑤ 天公下:露天。
⑥ 内家侬:妇女。

那为囡①买药。第三日,两个为娘的又在上范郎中药铺里碰到。都讲范郎中的金疮药没用。范郎中摇摇头,讲:"你俩囝囡②的伤有点儿异样,我没办法了。"两个为娘的一起走出药铺,陈阿娥问白衣裳的内家侬:"听讲,你的囡是让箭射伤,我家老头子专门做药箭打猎,有解箭毒的药,不如跟我去拿来试试看。"白衣裳内家侬想,试试看也好的,于是就跟着去拿。

陈阿娥四面八方为囝求医寻药都没用,舒羿日过一日地严重起来。有一日,白衣裳内家侬上门道谢,讲她的囡伤口好了,想看看舒羿的伤口。陈阿娥把她带到舒羿的床前,掀掉被子露出伤口让她看。白衣裳内家侬问,是被什么样的鸟啄的?舒羿有气无力地将经过讲一遍。白衣裳内家侬长叹一声:"白雁在松树尖,与世无争,你怎么下得了心伤害它?你如果死去,你阿驰③会多少苦痛?"

白衣裳内家侬脸色严肃地接着讲:"要医好你的病也不难,只是要惩罚一下你对无辜动物的伤害,你愿意不?"舒羿满口答应。白衣裳内家侬站起来,狠狠地朝舒羿伤口吐了一口唾沫。舒羿一阵钻心的疼。内家侬一口连一口地吐。舒羿紧咬牙齿,一声不吭,一直疼晕过去。

白衣裳内家侬与陈阿娥讲:"你救了我的囡,我也会救了你的囝。咱们两清了,但是请记住:野生动物也是生命,与人类和谐相处多少好?!"讲完走出门口就看不着了。

陈阿娥看愣了,过一会儿走回家里,舒羿已经醒过来,伤口也痊愈了。全家人终于明白白衣裳的内家侬就是白雁的娘,为了让子孙后代都记住勿要射杀野生动物,从此就将村名叫"白雁口"。

———————
① 囡:女儿。
② 囝囡:儿女。
③ 阿驰:母亲。

荷沉

明朝嘉靖年间，永康城里有间"源泉歇客店①"，老板叫陈家柱。

有一日靠乌影②，陈家柱出门办点事往回走时，在一条小巷里听到有人呼救，他跑过去一看，原来是好几个小流氓在抢劫一个住他歇客店的书生。

书生叫楼山来的后生，想乘水路坐船到京城去赶考。永康江水太浅，准备老天落一场大雨，等江水满一些再出发。陈家柱一边喊一边跑过去把几个小流氓赶走。

过些日子，一场大雨落过，楼山来就与陈家柱道别坐船去赶考了。店里的伙计在清理房间时，看到房间里有一只小木箱，就把木箱交给陈家柱。陈家柱把它放在自个的房间，准备等楼山来回来寻找，再给还他。可是一连三日，都看不到楼山来的踪影。陈家柱只好把木箱囥入衣橱里。谁知，他一失手，木箱脱落地上，箱盖甩开，里头露出一张面额五百两的银票。

转眼三年过去，又到大比之年。店里又有几个去赶考的书生住进来。陈家柱日日在店门口等，又到永康城里别的歇客店去寻找，都没看到有楼山来的踪影。五百两银票不是小数目，想亲自送到他的家里去，又不晓得他家地址。

有一日，陈家柱看中一批丝绸，如果端过来转手卖到安徽去，肯定有点儿赚头。只是要一千两本钱，他自个的手头只有五百两，就想到楼山来的那五百两。陈家柱从小木箱里取出那张银票，走到天公下讲："山来老弟，今天，我把你的银票挪去做生意，如果蚀了，就算是我借你的，如果赚了，就算是我们合伙，其利润咱俩对半分成，等咱俩见面时，本利一并付清。"这桩生意还真的做成了，陈家柱赚了好些银子。从那时起，丝绸生意越做越大，不到五年，陈家柱变成名声赫赫的富商。他的歇客店仍旧开着，就是看不到楼山来走回来。

陈家柱想：就这样下去，不晓得等到几时，他就来到乡下，只要大一点儿的村，

---

① 歇客店：客栈。
② 靠乌影：傍晚。

就开一间歇客店,店名都是"源泉歇客店"。只要楼山来看到这个店名,肯定会进来。隔些日子陈家柱就每一间歇客店转一圈,并且吩咐守店伙计,只要有人讨信①他的名字,就马上问并且记下他叫啥名字,家住哪儿。

有一年4月,陈家柱来到清渭街"源泉歇客店"。他正在吃午饭,只听伙计在店门口喊:"看啥西②,走远一些!"

"怎么可以赶走客人呢?"陈家柱放下饭碗走出店门口看。只见一个讨饭人,看到招牌正在流眼泪。陈家柱马上去盛了一碗饭递给讨饭人。讨饭人将面前的头发朝后头捋,准备吃饭。陈家柱看呆了,泪眼婆娑地讲:"山来,原来是你啊。怎么会变成这样的?"

陈家柱立即把楼山来扶入店里。楼山来讲,他的家离这儿五里路。那一年,去赶考落榜走回家里,不久爹就病重过世。他是个独生囝,从小娇生惯养,不晓得经营料理,家产统统让他败个精光,还背了一身债。

陈家柱拿来一把算盘放则桌上,讲:"山来,今日总算碰到你了,我将本来属于你的银子给还你。"楼山来眨眨眼睛,不晓得啥头归③。陈家柱就将当初如何把楼山来的五百两银票当本钱做买卖,详细地讲了一遍。楼山来讲:"陈大哥,那五百两银票是我特意放在店里的,是感谢你那日夜里对我的救命之恩。我怎么好分你的银子?!"陈家柱讲:"这么点小事哪儿需要感谢,本来属于你的银子,肯定要分给你的。"

陈家柱算盘一打,楼山来应该分到银子五万八千六百两。楼山来从那时起东山再起。晓得的人都讲,做人就要这样好来好去,好人就一定会有好报。

过年时,楼山来在自家大门两旁写了一副对联:荷叶青无限,沉自感恩情。当地有人将上、下联各取一个字,就把那处侬家叫为"荷沉"。

---

① 讨信:打听。
② 啥西:什么。
③ 啥头归:怎么回事。

槐花

　　四十四坑的一处侬家有个秀才叫陈博全,爹娘死得早,家穷,可他每日读书到深夜。

　　有一日,陈博全读书累了,想散散心,就去爬百步尖。因走错路,天黑了他还在山里转。突然,他看到山坳里有灯光,走过去一看,是一个大户人家。他把门一叩,不久就有一个小细囡出来开门,她把陈博全迎接到客厅。小细囡讲,她叫玉娇,是小姐的丫鬟,随后她就去禀报小姐。

　　陈博全看看房屋摆设豪华,就想:这么爽①的人家,房屋怎么要树②到山坑窟窿③来。过一会儿,玉娇与小姐走过来。小姐是个很黄妩④的细囡。陈博全看愣了,还是玉娇知趣,借意头讲,要去准备夜饭就离开了。

　　两个人坐下来交谈,陈博全晓得小姐叫红玉,与他一样爹娘死得早,只是红玉爹娘活着时是做生意的,攒了好些铜钱以后,嫌城里闹热就到山坑树屋住了下来。红玉得知陈博全家里穷,连今年到京城去赶考的钱都没有,实在为他可惜。两个人越谈越投合,酒喝得醉醺醺的,就趴在则桌上。玉娇把他俩扶到床上。陈博全想:自己家这么穷,如果娶个这么黄妩的内家⑤,还承诺助他到京城的盘缠,真的是烂头巴不舍⑥。

　　定日⑦五更,红玉醒过来,责怪玉娇未拜堂就把她送入洞房。玉娇讲:"今日就拜堂入洞房。"

---

① 爽:富裕。
② 树:造。
③ 山坑窟窿:山沟。
④ 黄妩:漂亮。
⑤ 内家:老婆。
⑥ 烂头巴不舍:求之不得。
⑦ 定日:第二日。

永康大话

从那时起,陈博全就住了下来,吃得好穿得好,整日脚伸则桌下有人服侍。一开始他还是手不释卷,慢慢地就丢开书本喝酒、游嬉、逗鸟。红玉劝他勥贪玩,要用功读书,没几个月就要赶考了。陈博全开始还答应几句,时间一长就爱理不理了。

红玉见劝讲没用,就把他带到后院的一间房里。陈博全见房间里摆满了书,《尚书》《礼记》《诗经》《世本》啥书都有。陈博全捧起来就看。红玉看到也就放下心来,还找人专门服侍他。过不了几日,陈博全又丢开书本,到外面嬉嬉玩玩。红玉劝他读书,他还讲:"只有这么用功了,只是记不着。"

夜里,等陈博全睡着后,红玉起身暗暗用功,从口嘴里吐出一粒珠,正准备塞入陈博全口嘴。玉娇看到就着急地讲:"小姐,使不得咦,这是你修炼多年的成果,离开珠你会没命的。"红玉不听,毅然将珠塞入陈博全口嘴里,转眼间她就瘫软在床上。

定日五更,陈博全醒过来,看到红玉脸色苍白、憔悴,就问她哪儿不清爽①。红玉讲:"我无事,甭记挂,你要好好读书。"

陈博全这些日子脑袋出奇地灵活,无论哪本书,只要看一遍,就能倒背如流。陈博全想:再过两个月赶考,状元非我莫属。当他看到躺在床上日过一日憔悴、苍老的红玉,这样的内家怎么拿得出手呢?想想焦臭②就又走出去游山玩水了。

有一日,陈博全来到一条山涧小溪时,看到溪里有一个很黄妩的细囡在那解衣擦身,他就走过去帮她擦洗。细囡含情脉脉地看着他。接着,两个人就来到一个山洞里一夜未归。

定日五更,细囡哭着讲:"我一个未出娘门的细囡做出这样的事,如果传出去,名声败坏,怎么行?"陈博全讲:"你放心,三日之内我会到你家里提亲。"

吃晚饭时,陈博全将一包毒药悄悄地倒入红玉的碗里,并且搀起红玉喂着她吃。就在这时,昨夜那个细囡走过来,脸一抹,变成玉娇,讲:"我家小姐为了帮你,将千年修炼的珠给你,她自个则变得又尼申③又苍老。我看你嫌弃她,变成美女试探。你经不起诱惑覅讲,还要害死小姐。老实与你讲,我们是狐仙,你这么没良心

---

① 清爽:舒服。
② 焦臭:烦恼。
③ 尼申:丑陋。

的人,留你啥干①?!"玉娇正要动手,红玉睁开眼睛,讲:"勥这样,既然缘分已尽,放他去吧。"玉娇手指陈博全,一粒珠从他的口嘴滚出来。玉娇将珠塞入红玉口嘴。红玉转眼变回原先黄妧的容貌。玉娇把陈博全撵出门。陈博全转回身一看,哪有房屋,眼前尽是树林柴窟。

　　陈博全百扁②地走回家里。村里人问他:这些日子到哪儿去了？陈博全将整个经过讲了一遍,大家听后都笑他是:

　　柴窟树弄见鬼了!

　　木合鬼成槐字,慢慢地这处侬家就叫"槐花"。

---

① 啥干:何干。
② 百扁:灰溜溜。

皇城里·长城

西汉末年，王莽篡夺刘氏江山改国号"新"。汉高祖刘邦第九世孙刘秀参与绿林军讨伐。昆阳一战大败，落荒而逃。

有一日，刘秀逃到永康，就在距离永康城东南六七里之地，听到背后有马蹄"嘚嘚"声音，他转身一看，只见远处尘土飞扬，新朝兵追来了。

刘秀见前面有爿菜园，菜园里面有幢茅草庐，还有一口井，一个小囡正在井边沿提水浇菜。刘秀推开篱笆门，讲："小囡，救救我。"小囡仰头一看，是个小后生，永康城那边有一批人正追过来。小囡看小后生可怜，就叫他抓住提水的绳，把他放到井下去，井水不到一人深，不会淹死。

小囡仍旧提水浇菜没事一般。转眼新朝兵追到。一员偏将朝小囡喊："哎，有人从这儿逃过，看到过吗？"小囡讲："没看到过。"旁边一个兵讲："这儿周围一片平地，刘秀逃到这儿就看不到人影了，肯定躲在茅草庐里头。"偏将讲："不错，搜！"几个小兵把茅草庐搜个遍也看不到刘秀的人影。小囡手指指讲："刚才好像有个人朝那边去的。"偏将头一偏，讲："去，朝那边追！"

等新朝追兵远去，小囡把小后生拉上来，问："后生，他们咋干①要抓你呢？"小后生讲："我乃南阳刘秀，起兵伐贼，昆阳战败而南逃。今日多亏小囡救命，请问恩人叫啥名字？"小囡讲："我叫林巧妹，从小就没了爹娘，一个人就靠这点菜地谋生。"还没讲几句，新朝兵又追回来了。刘秀正欲下井，林巧妹却叫他躲到茅草庐里头去。

转眼，新朝兵追到。偏将讲："刚才让这个取债②鬼骗了，刘秀肯定躲在这口井里。"几个兵士立即把井围住，一个小兵抓着绳就下井底看，过一会儿上来讲，没发现人。偏将刀一挥，指着林巧妹讲："你把刘秀囥哪儿啦？！"林巧妹讲："我还未出娘门，你们讲我把人囥着，这让我哪儿还有脸皮见人？"讲完就"哇"地大哭起来。新朝

---

① 咋干：干吗。

② 取债：讨债。

兵见此只好离去。

等新朝兵走远,刘秀从茅草庐出来,讲:"巧妹,刚才你啥干不让我躲井里呢?"林巧妹讲:"孙武子讲过:兵不厌诈呀。"刘秀知道林巧妹这个人不简单,茅草庐不是久留之地,就讲:"巧妹今日救我一命,我刘秀若有出头之日,肯定会来报救命之恩。"讲完就起身欲走,不料两只小腿抽筋疼得迈不开脚,过一会儿就蹲倒地上。

林巧妹把他扶进茅草庐,讲:"小将军汗出铺流①又浸入冰凉的井水,是寒入肌肤。我有祖传秘方,挖些草药给你吃,会好的。"刘秀经林巧妹挖来的草药治疗,日过一日好了起来。

有一日,刘秀问:"《孙子兵法》我曾听人讲,可从未看见过,你怎么晓得的?"林巧妹讲:"我家里就有一部。"讲完转身从里屋抱出来一捆刻着《孙子兵法》的竹简。刘秀问怎么会有这样的宝贝。林巧妹讲:"当年,我爷爷在永康城墙脚挖草药时,掘出一个坛,此书就囥在坛里面。爷爷晓得是宝贝,就拿回了家里。小将军如果用得着,就送给你好了。"

刘秀接过兵书非常感激,讲:"你帮了我大忙。接下来我该去寻访战将,重整旗鼓,讨伐王莽,重振大汉江山了。"刘秀从腰上解下一只玉佩,讲:"巧妹对我恩重如山,我刘秀如果得天下,就与你结成连理,共度百年。这只玉佩就是信物。"林巧妹满脸羞答答地接过玉佩。

刘秀离开永康先后访得岑彭、武汉、邓禹、马武几员战将,加上一部《孙子兵法》,没几年打败王莽在洛阳登基称帝。

有一日,刘秀南巡来到永康。天子驾临,上下三处②百姓都来看。林巧妹也在人群当中,她一眼就认出天子就是当年菜园求救的后生。面对忘恩负义的刘秀,林巧妹冲到车辇前,掏出玉佩扔在地上。御林军以为有人行刺,立即拦住。林巧妹转身钻出人弄③离去。刘秀从御林军手里接过玉佩碎片一看,认出是自己当年亲手所赠的信物,就当即下令将丢玉人接来。

林巧妹走回茅草庐,越想越气,就一头投入那口井里,等御林军赶到捞上来,已经没气了。

---

① 汗出铺流:汗流浃背。
② 上下三处:周围村庄。
③ 人弄:人群。

永康大话

　　刘秀晓得后一阵难过,命令厚葬林巧妹,并且将茅草庐这个地方当作皇城加以保护,还在旁边修建城墙以护皇城。慢慢的茅草庐那片地方的村就叫"皇城里",造城墙的地方,住的村就叫"长城",安葬林巧妹的山叫"大坟山",住山边沿的村就叫"大坟山沿"。

皇渡桥

西汉末年,王莽篡夺刘氏江山改国号"新"。所做政令不得人心,爆发绿林军起义。汉高祖刘邦第九世孙刘秀也加入其中。

有一日靠乌影,刘秀奉绿林军主帅之命,赶赴永康城增援守城主将王凤。一队人马刚走到十里排旁的一爿树林时,看到前面有100多个新朝兵围着一个绿林好汉拼杀。刘秀立即下令手下冲杀过去,把新朝军队杀得四散逃窜。

刘秀来到绿林好汉面前,自报家门。谁晓得绿林好汉却讲:"啥人让你多管闲事啦?!我叫金武,乃永康守将王凤的副将,奉命出城巡视,午饭酒喝多了点,一个人脱阵,碰到这些螽贼正想杀几个过过瘾,让你给赶跑了。"

刘秀见金武是酒后狂言也不去在意,就与他一起进城。守将王凤听讲援兵到来,非常高兴。当他看到金武浑身酒气就一蓬火,讲:"大敌当前,你还敢贪杯误事,给我拉出去斩了!"刘秀讲:"王大人,临阵杀将,会重挫士气。况且金将军勇冠三军,杀掉会折损我军战力。"

王凤见刘秀求情就饶了金武,革职去管粮草。过两日,新朝大军兵临城下,先锋官是个非常粗大的巨无霸,手举一支狼牙棒直着喉咙喊:"绿林螽贼,都给我出来受死!"王凤令几个战将出城迎敌,没几下就一个个都让他斩杀落马。有人提议让金武出城迎敌。王凤看看无将可派,也就只好传令金武到军帐前。

金武听讲出城迎敌就非常开心,要求先让他喝一壶老酒。王凤听了气不打一处来,讲:"你这只教不好的狗,上次贪杯还差点闯祸。"刘秀觉得战前喝杯酒也不过分,就捧来一壶老酒,讲:"金将军,先喝两口过过瘾,等你凯旋,我让你喝个够。"

金武一口酒落肚,出城迎战巨无霸。金武凭借酒气越战越勇,连战十个回合,巨无霸体形笨重逐渐处于下风,转身就朝他自个的阵营逃去。金武紧追不舍。突然,新朝军阵营里十几辆披着灰布的铁车,一齐揭开灰布,只见整车的铁刺球滚过来。金武只好退回城里。

接下来，新朝大军将永康城团团围住，绿林军苦撑几日后刘秀对王凤讲："城里粮草不多了，需派一支敢死队突围出去，到武义、缙云去调集援兵。"王凤讲："主意是好，只是突围难。"刘秀讲："今日夜里，我带几个勇士突围出去。"金武马上插嘴："再加我一个。"

当天深夜，刘秀带一批绿林军摸黑偷偷地溜出城外，朝南涉水过永康江，南面有溪水作天险，驻守的新朝军较少。预料不着的是，刚上岸就让巡逻兵看到，转眼间号角吹响，新朝士兵从四面八方拥过来。

刘秀一马当先，挥剑杀出一条血路。绿林军一边打一边逃，离城十来里的地方，一条溪横挡前面。溪上只有一条石板桥，只够一个人走。刘秀讲："金将军，你到桥下面去，等大家都走过桥，你就把桥毁掉。"

刘秀等大家都过了桥，才跃马过溪。金武等大家都走过桥，拼尽全力把桥推翻。新朝兵眼睁睁隔溪看着刘秀逃去。

经过这一夜，金武见刘秀身先士卒，拼杀时在前，过桥时殿后。这样的人肯定打得出天下。就跟定刘秀，一直到新朝灭亡。

东汉建立以后，金武在原来的桥址上重新建造一座新桥，取名皇渡桥，并且将子孙的一支迁居在桥边沿，村名就叫"皇渡桥"。

黄棠

　　明朝嘉靖年间,有个叫姚一哥的人,生得一把神气,只是不像生年①,一日到乌影②捧着一把紫砂壶,不是赌博就是喝茶。等爹娘一死,家里,田畈的生活他就不晓得怎么去打理、调排,仍旧是赌博、喝茶。过不了多久,爹娘遗留下来的上千把田就都输光了。

　　有一年清明,姚一哥想喝好茶又没铜钱买,听有人讲"东陈、炳坑出仙茶",炳坑东面头乌辽山上有几蓬野生的茶叶。他就亲自去摘。当他走到山脚时,听到柴窟窿里有人的呻吟声,走过去一看,只见一个浑身都是血的人绑着双手躺在那儿。姚一哥帮他解掉绳索,并且从衣裳上撕下一块布帮他包好伤口。

　　伤者叫黄棠,也是到乌辽山看茶叶树的,想不着碰到打劫,连命都差点丢了。姚一哥把他背到东陈,寻来郎中。郎中看看伤重,要救他,必须先付银子。姚一哥哪儿来银子,就一再哀求郎中先救人。郎中眨眨眼睛,爱理不理。姚一哥没办法只好将一日到乌影不离身的紫砂壶扒出来,讲:"给你这个,总够了吧?"郎中接过紫砂壶看了看,才动手清伤口敷药。

　　黄棠在姚一哥家里养伤十来日,稍微好点就要离去。临别时讲:"姚兄,大恩勿言谢。只是小弟有一点儿不明白,看你外表一把神气,家里咋会这么穷。"姚一哥讲:"不瞒黄兄,本来有好些家产,只是我整日只晓得赌博、喝茶而败光。"黄棠笑了笑讲:"十赌九穷,碰不得,讲到喝茶,真的巧了。永康最大的茶庄是我开的,想喝茶就来寻我,保管你喝个爽。"

　　转眼又过去个把月,姚一哥的两间祖屋也都输了,无路可走,想想只有去寻黄棠。永康城东面五里路的地方,一幢茶庄很是气派。姚一哥正在门口观看,只见黄棠走出来不冷不热地讲:"你来了,进来呀。"姚一哥走入茶庄还未坐下来,黄棠已经

---

① 不像生年:不正经。

② 一日到乌影:一天到晚。

拿出几锭银子递给他,讲:"本来是要给你送去的,你自个来了最好,嫑嫌少。"姚一哥脸涨得绯红:"我不是来要回报的,只是想讨口茶喝。"黄棠讲:"茶庄有的是茶叶,就你一个人还供得起。"讲完就自顾自地走了。

接下来每一日,除了一日三餐有人叫他吃,整个茶庄的人都自个忙自个的,没人理他。一日五更,姚一哥想想无味,就收拾行李准备离开,这时黄棠走过来,讲:"兰溪有一批茶叶要运回来,姚兄若肯帮忙,工钱加倍。"姚一哥一下也没地方去,就讲:"我嫑双倍工钱,只要够喝茶就行。"

第二日,姚一哥乘船来到兰溪,将茶叶装船后刚准备起身回来,天上的雨就落个不停,一连落了五日才见阳光,等船撑回永康,整船茶叶尘蓬气拍天①。黄棠算盘"噼里啪啦"一打,讲:"恭喜姚兄,这一趟你赚了一杯茶的银子。"讲完就泡了一杯茶递给他。姚一哥憋得一声不吭,一连几日关房间没出来。

一日五更,黄棠来寻姚一哥,让他到诸暨贩一趟茶。姚一哥二话不讲就答应了,一路上只怕出意外,始终上马正经②的。在诸暨装好茶叶,第二日天早五更就起来催船老大动身。谁晓得做堆③来的伙计带着买茶叶剩下还有一半的银两逃走了。姚一哥无奈地坐在船头大哭。刚想跳江自尽,船老大走过来,讲:"这下回去没法交代了,还不如整船茶叶我们分掉,你六我四怎么样?"姚一哥讲:"你把我当成啥人啦,撑船去!"

过了几日回到茶庄,姚一哥正在卸货,一个伙计跑过来,讲:"一哥,老板让你快点去。"姚一哥走入黄棠住房,看到黄棠仰躺床上只剩一点儿点气,就心疼地讲:"黄兄,几日看不着怎么就病得这严重了。"黄棠笑了笑,讲:"其实我老早就病了,在你面前,我都是做硬汉子④的。"

两人正在讲着,携款潜逃的伙计与船老大也进入房间。黄棠接着讲:"自从姚兄救了我,我就晓得姚兄为人正直、重情义。我患的是不治之症,当时就有了将茶庄送给你的念头,只是姚兄不善理财,喜欢赌博。我就想法子三次折磨姚兄。一是你刚来时故意冷漠,你没发火,为人确实厚道。二是我明知要落雨,还让你去运茶

---

① 尘蓬气拍天:霉臭气熏天。
② 上马正经:正儿八经。
③ 做堆:一起。
④ 硬汉子:硬撑。

叶导致茶叶发霉,让你体会经商的难。三是特意叫伙计携款潜逃,再让船老大引诱你分赃,你却不为所动。我总算未看错人。"

从此,姚一哥痛改赌博恶疾,一心经营茶庄。为了让子孙记着恩人,不只是茶庄仍旧叫黄棠,地名也叫黄棠,并且以"勤劳、正直、善良、戒赌"作为家训。

金杜

明朝永乐年间，三十里坑中央段有处侬家，男子好斗，一点儿点事没着落，争一争就会打起来。

有人相打，就该保长出来劝解。相打不是那么好劝解的，前任保长劝相打乌栗头①被敲出一个口子，他就与王乡约辞职，无论怎么讲都不肯当了。马上就要交皇粮了，保长没人当怎么行呢？

吃过晚饭，王乡约来到陈家全家里，想让陈家全接着当保长。陈家全一听就摇头。王乡约讲："家全哥，我晓得整处侬家脾气你最好，碰到事情会忍。你出来挑这副担，是整处侬家的福。"陈家全让王乡约几句好话一讲，耳朵骨头一软就答应了。陈家全顺口讲："王乡约，后日我的囝小介狗扛新妇②，请你过来食杯喜酒。"王乡约满口答应。

小介狗扛内家那日，半午前，就有好些亲戚朋友来了。小介狗在门口迎接客人。陈家全亲自做主家③在锅灶间烧菜。正忙得大汗淋漓时，小介狗走进锅灶间，讲："阿伯，出事了！"

陈家全听后，就放下铜勺，问："发生了啥事？"见小介狗一脸紧张，陈家全走出门口一看，一堆人围着，中间一高一矮两个男子人，穿白衣戴白帽，在一片红色喜庆的明堂里，格外显眼。

陈家全走到两个人面前手一拱，讲："两个同年哥，有何贵干？"高个讲："您是主人家，刚好来评评理。既然是喜宴，我们碰着了怎么就不好进来讨杯喜酒食？"看热闹的人都眼睛盯在陈家全身上，晓得陈家全平时会忍。扛新妇是一个生世的大喜事，两个人竟然穿着孝服来到婚礼宴场，看他能不能忍得住。

---

① 乌栗头：脑袋。
② 扛新妇：娶媳妇。
③ 主家：厨师。

陈家全笑笑,讲:"承蒙两个同年哥看得起我,里头请。"小介狗想去拦,陈家全眼睛一盯也就不吭声了。进入宴场以后,陈家全指了指一张则桌,讲:"过一会儿就要开宴了,你俩就坐这张则桌好了。我还要走回锅灶间烧菜。"高个把他拉住,讲:"上横头①在哪儿?"

小介狗气蒙了,走过去就抓着他的领口骂:"让你进来食喜酒就已经不错了,还要坐上横头?!"矮个讲:"新郎官,我们无论到哪儿都要坐上横头的。"小介狗挥起拳头就想打,陈家全立即把团拉住,带两个人走到上横头坐下来。

酒过三巡,高个走过来与陈家全讲:"主人家,我俩离家路远,想借宿一夜。"矮个扑陈家全耳朵边讲悄悄话。小介狗听了大骂:"啥西,还要婚床空出来让你俩睡?"在场的亲戚朋友都讲两个人太不像话了。

陈家全走到新郎新娘面前,讲:"你俩今夜就睡你弟弟的房间,你弟弟与我一起睡。今日是大喜的日子,不要绷着脸。"小介狗不敢对爹顶嘴,眼睁睁看着陈家全领那两个人进入新房。两个人进入新妇房一点儿也不客气,衣裳布裤都不脱,钻进被窝就睡。

第二日,烧好了五更饭,大家正准备吃,陈家全看看那两个生疏人还未起床,就让团去叫。小介狗奋气彭肚②地走到新房门口去敲门:"两个大老爷,起来吃五更饭!"敲了再敲都无人答应,小介狗发火来就一脚把门踹进去,朝房里头一看,大喊:"阿伯!"大家听到喊声都走到新房来,一看都愣了:床上躺着一长一短两个金小佛③,胸脯头一个刻着"量大肚大",另一个刻着"百忍成金"。

大家从这两句话里头悟出道理,后来就各取一个字当村名"金肚",慢慢地又改成"金杜"。从那以后,村里人要讲打相打,就连相争都较少,大家都谦让、和气、讲理。

---

① 上横头:首席。
② 奋气彭肚:气呼呼。
③ 金小佛:金菩萨。

17

金竹降

很早以前,方山顶的西北面,有一户人家。程贝老实本分也较勤快,一年到头去方山顶烧炭为生。他三十岁了,还是扁担一根以及光棍一条。

有一日,程贝进山砍柴,看到两个老成人坐松树脚下走棋。老成人在这样的深山里头走棋,程贝感到异样,就走过去伸脖子看。两个老成人走棋都有两下,分不出好坏。程贝站在边沿看得很有味道,不晓得过了多少时辰,一个老成人从衣裳袋里扒出一个绯红的水蜜桃,掰成两爿,递一爿给另一个老成人。另外那个老成人桃子不接,趁掰桃的老成人分心走神,出手落子:"将!"掰桃的老成人,见失了手,"啊"一声,把手中的桃甩落旁边,眼睛盯着棋盘想对策。那爿桃正好甩到程贝身上,程贝顺手将桃接手里,心事也在棋局里。他看甩桃的老成人低着头想不出解救的棋路,就用手指指"車"的走法,整盘死棋又活转过来。甩桃的老成人转过头来朝程贝笑笑:"对不起,因为输棋,一下着急,将桃甩到你身上。"程贝讲:"没事、没事,是我自个喜欢看走棋,站得近了。自古观棋不语真君子,刚才我多嘴了。"讲完程贝将手里头的半爿桃还给甩桃老成人。甩桃的老成人讲:"看你汗出铺流,那爿桃就让你当水食。"

此时程贝口嘴干燥又肚子饥饿恰巧用得着,也就不推,放到口嘴就吃。桃刚吃下,转眼就口不干燥肚不饥饿了。这时,程贝看看日头要落山了,发现柴冲①、担柱②都已蛀空。"焦塞好③!走不回去了。"急得蹬脚拍地。

老成人讲:"后生,覅愁,我送你回去。"讲完,将他自个的毛竹手柱给程贝:"你闭上眼睛,骑在毛竹手柱上,一下就到家里了。"程贝点点头,骑上毛竹手柱,只感觉两只耳朵生风,一会儿工夫落地,睁开眼睛一看,真的到了自个家门口了。

---

① 柴冲:挑柴用的两头尖木棍。

② 担柱:挑东西时,用来顶住扁担以利休息的木棍。

③ 焦塞好:这下怎么办。

程贝顺手将毛竹手柱插门口,转眼工夫,毛竹手柱落地生根,变成黄澄澄的金毛竹。一阵风吹过,金毛竹密密麻麻变成一大片。程贝出娘生世从未看到过这么多金子,不晓得怎么样才好。爹娘从小就教他:勤勤俭俭,本本分分做人,财富是要靠自个的双手用力气创造的,天上掉落下来的横财是用不安逸的。想到这,程贝朝方山顶拜三拜,讲:"请神仙将金竹变成青竹,金山银山不如绿水青山。"转眼时刻,金竹就变为成片的青竹林。

这事慢慢地传到黄质的耳朵。他就偷偷地学程贝的样,天早五更挑着箩筐上山。还真的在松树脚下看到两个老成人在那走棋。黄质也学程贝的样,靠搁旁边去看。过了较长时间,有个老成人摸出一个水蜜桃掰成两爿,一爿递给另外一个老成人。一分神,被另外的老成人将了一军,死棋啦。掰桃的老成人一发火将桃甩到黄质身上。黄质将桃接住就放入口嘴吃,桃核捏在手里。甩桃的老成人笑笑,顺手拿根毛竹手柱,让黄质骑上飞回家里。黄质骑上毛竹手柱,闭着眼睛,过一会儿落地,睁开眼睛一看,已是半夜三更,周边都是坟墓。等他从坟墓窟窿爬出来好不容易才走回家里。

村民晓得后都讲:"不是你的财,不会落入你的袋。"为了让子孙后代都记着:做人就要与程贝一样,意外之财勿贪,主动将金竹变成青竹。财富要靠自个的力气去创造。后来就将村名叫为"金竹降"。

老鸦堰

明朝末年，永康城南面五里祝家畈，有个祝三晌，二十来岁了尚未娶进内家，爹死得早，家里就与娘李阿凤两个。李阿凤对囝很宠，宠得祝三晌不像生年。将家里财产败得七打八①。

有一日，祝三晌又要出门赌博，问娘要银两。娘讲，家里一粒米都没了，叫祝三晌覅赌了，上马正经寻点事情做。祝三晌不相信，叫来几个赌博伴将大门卸下来抬去典当，换转银子去赌博。一直赌到半夜三更，他才走回家里，进门一看，则桌凳都没了，老娘浑身是血躺地上。祝三晌晓得家里来过贼人了，他不怪自个门板当掉，还骂老娘家里没看好，骂了还将娘赶出去。

李阿凤没地方去，拄着一根木棍来到老公的坟前诉苦。第二日五更，坟头旁边的槐树上，一只老鸦"吓吓"跳上跳下在那叫。李阿凤仰头一看，树上有个鸟窝，是两只小鸟在窝里叫。一条蛇正在往树上爬，想吃小鸟。李阿凤举起木棍对着蛇准备打，蛇转过头来，伸出舌芯。李阿凤"卟"一棍打去，正好打着蛇的七寸。蛇顿时瘫软掉在地上，李阿凤随手捡了块石头把蛇砸死。

树上的鸟娘飞到李阿凤的头顶绕了三圈才离去。过一会儿鸟飞回来，口嘴衔着一根金钗，放在李阿凤面前。李阿凤想，金钗肯定是古坟里的陪葬品，日子一长露出地面，老鸦衔来给我。李阿凤将金钗擦干净放入衣裳袋里。坟头旁边有个稻秆蓬②，李阿凤将稻秆拔出一些摊开当床睡。

当午时，老鸦飞飞歇歇，嘴里衔着一个肉麦饼飞到李阿凤面前。李阿凤一日未吃东西了，看到麦饼拿来就吃。她刚吃两口，一个后生气急彭亨③地跑过来，讲，他在路边沿烤肉麦饼卖，一只老鸦把他的一个麦饼背走，老鸦偷麦饼他头一次看到，

---

① 七打八：七零八落。
② 稻秆蓬：稻子收割后，将稻秆以树干为中心，捆叠成一堆。
③ 气急彭亨：气喘吁吁。

就叫人看着麦饼摊,一路追来。当他看到老太婆一个人躺在稻秆蓬旁,就问她怎么一个人睡在这儿。李阿凤将让团赶出来的经过讲了一遍。后生看李阿凤食过侬①,就自我介绍,说他叫梅顺儿,从小就没爹娘,烤麦饼为生,要认李阿凤做干娘。李阿凤看梅顺儿诚恳、百寥②也就答应了。

梅顺儿把干娘背回家里。李阿凤看梅顺儿家里也穷,就拿出金钗换成银两,帮梅顺儿生意做大些。梅顺儿对干娘孝顺的事,上下三处越传越远,好些人都慕名来买他的肉麦饼,生意也就日过一日兴隆起来。没几年赚了好些银两。

有一日,娘俩讲起祝三晌,听人讲祝三晌将祖屋输掉,还背了一身赌博债,人也不晓得逃哪儿去了。梅顺儿晓得以后主动地还清祝三晌的赌博债,还拿出所有积蓄将祖屋买回来,娘儿俩日日盼望祝三晌回家,只是始终未看到他的踪影。梅顺儿在祖屋边又造了新屋,并且娶了内家。还买了好些田,将溪拦作堰浇水。堰上经常有成群老鸦来食水,慢慢地这个地方就叫为"老鸦堰"。

---

① 食过侬:可怜。
② 百寥:乖巧。

鲤鱼塘

很早以前,芝英北面二十来里的地方,有一口很大的池塘,离塘不远有一户姓夏的财主人家。

夏财主九月初九那日生了个囡,就取名阿九。阿九不但生得黄妧,人又聪明,心还非常好。有一日,看到一个老太婆倒在大路边沿,她就把她扶回家里,一直照顾到病好了才离去。老太婆临走时,与阿九讲:"细囡,你人好心好,将来肯定会大富大贵,只是千万不要嫁给姓李人家,否则会福浅命薄。"阿九听后笑笑,根本不放心上。

有一个月亮夜,阿九坐池塘边沿的一块条石上弹琴,无仑青空①,池塘的对面有人用箫声和她的琴声。她好奇地走过去看。在池塘边沿的一棵柳树下,一个后生在吹箫。后生看到阿九就抱拳施礼:"在下李若,家住池塘边沿不远,尚未娶妻,经常听到细囡抚琴,早就想见你一面。"

阿九看李若文质彬彬,渐渐地产生了爱慕之情。两个人谈得很投机,一直到半夜子时才依依不舍地分开。

第二日早五更,李若就托媒人上门求亲。阿九的爹听到是姓李人家,想起老太婆讲过的话,就一口回绝。阿九晓得以后闷闷不乐躺床上,一连三日三夜一点儿东西也不吃。娘看到心疼,就与爹大吵一场。爹静下心来,也想,总不能眼睁睁看着囡饿死,何况李若一表人才,也就勉强同意了这桩婚事。

阿九出嫁也选择九月初九。一晃半年过去,有一日李若来到夏家,向丈人、丈母娘报喜:阿九怀孕了。爹娘听到很高兴,就跟着李若去看囡。当爹娘看到阿九以后,两人都吓了一跳。只见阿九瘦了,而且还老了许多。爹把李若领口揪起来大骂。李若讲:"我对阿九照顾得很周到,不晓得怀孕以后就这样了。"都讲嫁出去的囡是泼出去的水。爹娘也没办法,只好一转身走回家。

①无仑青空:突然。

阿九足足怀孕十二个月才生，谁晓得生出来是个鲤鱼。阿九与李若讲，团一定是让接生婆调换了！李若讲："是我们的团，我本身就是一个鱼。"李若与阿九讲出原委。

原来李若是这口池塘修行多年的一个鲤鱼，因欠功力，只够化作人形。只有借助人的精华才能够跳过龙门。阿九是九月初九至阳日出生，为了下一代，李若就一手导演了开头的那一幕。阿九怀孕后，自己的精华让团吸去，所以老得这么快。

阿九听后将鱼团抱起来，将自己仅有的最后一点儿精华通过乳汁饲喂鱼团，眼睛一眨就断气了。李若飞快地从口嘴里吐出一粒金丹塞入阿九嘴里。阿九有金丹护身，脸色慢慢地红润起来，好像睡着一样。

经过三年的苦苦修炼，鱼团成功地跳过龙门，成了一条龙。九月初九午时，雷公火线，龙风大雨。从云缝里钻出来一条龙，飞到阿九的床前，龙口开着朝阿九喷口仙气。阿九慢慢地醒过来。阿九开口就问："你阿伯[①]呢？"龙团讲："阿伯身上没了金丹，又将仅有的一点儿功力传输给我，日子一长仍旧变成了鲤鱼。"阿九讲："尽快去寻。"

在一个岩石洞里寻到已经变成鲤鱼的李若，阿九将金丹塞入鲤鱼口嘴，转眼间，鲤鱼又变成了李若。夫妻俩坐上龙背，腾云驾雾向天上飞去。

阿九救过的老太婆从塘后堪草丛里走出来，仰天望了望，讲："修炼要这么辛苦，犯得着不？"过一会儿又讲："眼馋别个也没用。"就转身变成乌龟慢吞吞爬回池塘里，日子一长，乌龟变成了岩石。池塘边沿那个村就叫"鲤鱼塘"。老一辈的人经常要讲：只有辛勤、协力，鲤鱼才会跳过龙门过上天堂生活，懒惰会与乌龟一样变成岩石。

[①] 阿伯：父亲。

连枝

很早以前，永康有个县官，本事没有一点儿，但是巴结上头较内行。当他晓得金华府太爷喜欢花，他就用纯金叫人打造一株花送去，但是府太爷没动心。县官估计理解错了，府太爷喜欢的花是小囡。他就叫管库房的张老头去寻府太爷，将自己十六岁的囡给府太爷当小内家。县官的囡叫香琴，她自个的娘死得早，后娘对她坏，她都能忍住，要把她当作礼物送给府太爷，真的是接受不了。

第二日四更时，趁大家都未起来，香琴就偷偷地逃出家门。她一双小脚一路往北，经东陈炳坑，等走到三十里坑已将近黄昏了。当她走到溪头时，又肚饥又乏力又口燥，看到一个老内客①在大路边沿的井边打水，就走到井边沿向老内客讨水喝。老内客看看小囡头钻进水桶里喝得那么急，又不像是山坑窟窿②人，就问她哪儿来的，到哪儿去。

香琴看看老内客是个本分人，就泪眼婆娑地向老内客讲了自己的身世。老内客看小囡可怜，就把她领回家里认干囡。老内客有个二十把岁的团，叫陈春财，又忠实又勤劳。香琴住下来以后很百寥，整日跟干娘学纺纱、织布、烧饭、洗衣。春财在田畈耕田种地，家里有香琴帮娘做生活③，一家人生活很是清爽。日子一长，春财与香琴慢慢地产生了爱意。

自从香琴出走以后，府太爷就三天两头派人来催。县官没办法只好派人四处寻，终于打听到囡在三十里坑溪头。他晓得囡性格刚烈，硬拖会出事，只有拿来骗。

有一日，有一个差人突然上门来讲爹生病很严重，想见她最后一面。香琴听到就泪眼婆娑地要跟差人去。春财送别时与香琴约定："三日看不着走回来，我就寻到府上去。"香琴一走回家里就被爹关了起来。

---

① 老内客：老妇。
② 山坑窟窿：山沟。
③ 做生活：干活。

三日后春财寻到县衙,县官就以拐骗妇女罪打了春财一百棍屁股,并关入大牢。

夜里,香琴晓得以后就对爹讲:"放了春财,我答应嫁给府太爷。"县官满口答应,马上放了春财。等到半夜三更香琴就又逃到溪头。县官晓得囡又逃了,就召集人员追到溪头。春财听到村口介狗吠得凶,晓得官兵追来了,就慌急慌忙地拉着香琴逃。

溪头是个三溪汇聚的地方,一边是从方里屋方向流下来的小溪,一边是从龙潭里方向流下来的前溪,后头是若干举稻秆火把追来的官兵。两个人看看没地方逃,就双双跪在地上,仰天发自内心地讲:"在天愿为比翼鸟,在地愿为连理枝。天长地久有尽时,此情绵绵无绝期。"讲完两个人就紧紧地抱一起,跳进路边沿的那口井里。

第二日,村民们将他俩捞上来时,还紧紧地抱着拆不开。村民们就将两个人葬在离井不远的一块空地上。后来在坟头上长出一棵樟树,树大以后开叉分成两枝,两枝树丫长到三四尺又合并成一枝。村民们晓得这棵树就是春财与香琴所化身,大家都被两个人忠贞的爱情所感动,就将溪头改名为"连枝"。

多少年来,这棵樟树曾经被前来烧香的人点着燃烧过两回,可它现在还顽强地活着,那口井被村民用石板盖上保护了起来。

两头门

　　明朝末年,公婆岩北面的一处侬家,有徐明、徐亮兄弟俩。他们的爹徐义开了间酒坊,日子也还过得去。

　　有一年,爹生病,徐亮天早五更①就起来到芝英帮爹抓药。可他没走几步,一个邻舍就跑过来把他叫住,讲他的爹就要不行了。徐亮立即赶回家里,刚走到门口,只见哥徐明跪在床前听爹讲遗嘱。

　　爹讲:"我在地下园了一个坛……"就在这时,外头有人喊要买酒,爹摆了摆手,让徐明去卖酒。徐明走出房间,徐亮接着跪在床前听。爹讲:"那个坛就在……"一只手指着房间外头的天井不动,就断气了。

　　等处理好丧事,徐明问徐亮:"爹讲有个坛园地下,那时我刚好离开,那个坛园哪儿,你听到爹讲了吗?"徐亮讲:"爹手指天井未讲一个字就没气了,我也不晓得。"过一会儿他问哥:"我走回来晚,爹应该与你交代过一些事情。"徐明讲:"爹只讲了酒怎么制作,别的什么话也没讲过。"从那时起,哥弟俩就相互猜忌,并且钩心斗角,制作酒也懒人勿甘意②,没过多少日子,酒坊就关门了。

　　有一日,徐亮问哥:"爹在时生意那么好,肯定攒了好些铜钱。爹临死前没与你交代过家里财产?"徐明讲:"爹讲有个坛园地下,临死前只有你在,你真的不晓得园哪?"哥弟两个越争越来气,到后来相互之间看到都像仇人似的,哥弟俩干脆把大门也用砖头垒砌关闭掉,天井中间隔起火墙③,并在房子两头各自开个门出入。哥弟两个都在天井挖寻,找不着坛,都怀疑对方独吞。

　　有一日,哥弟两个一句话不投机就打成一团。邻舍出来劝拉也拉不开。就在这时,一个老成人走过来,讲:"覅打了,哥弟之间要讲得来!"哥弟两个停住手,徐明

---

① 五更:一大早。
② 勿甘意:不用心。
③ 火墙:墙壁。

问:"你是啥人,怎么也讲我爹经常讲的话。"老成人讲:"难为你俩还记得着爹的话,我是你爹的小侬伴①磨山人陆高桥。"听到陆高桥,哥弟两个一齐跪下叫:"阿叔!"

爹在时,经常与哥弟两个讲:陆高桥是他一生当中最要好的小侬伴。哥弟两个赶紧用酒肉饭款待爹的小侬伴。吃饭时,哥弟俩又争吵起来。陆高桥讲:"徐义哥在世时做做侬家②攒了好些银两,只是都借给我了。徐义哥确实有个酒坛园地下。"

哥弟两个听后立即伸长脖子问园哪儿?陆高桥讲:"我们有个约定,现在还未到讲的时候。"并且还讲:"当年,徐义哥开酒坊,侬家清爽③,也不嫌我穷,与我交朋友。每当我用到银两,未等开口,他就把银两送到磨山我家里。借的银两从来都不开口讨要。"哥弟两个相互看看,想:爹与陆高桥只是朋友,都这么好,亲哥弟还闹得这么僵。于是,定日五更就一起到天井拆去隔墙。

陆高桥看到问:"怎么要拆除隔墙呢?"哥弟两个讲:"拆除隔墙才能算个完整的家。"陆高桥讲:"这下你们爹园的酒坛可以挖出来了。"哥弟两个在陆高桥指的地下挖出一个酒坛,里面是喷香的酒。

陆高桥指着酒坛讲起来历:当年,陆高桥看中一桩大生意,没本钱。徐义晓得后就将平常日子积攒的银子全数都给他。就在他出门的头日④夜里,两个人在徐义家里喝践行酒。徐义拿出最好的两坛酒。两个人喝了一坛,徐义还想开第二坛继续喝。陆高桥讲:"大哥,这坛酒先不开,等我赚回铜钱再喝。"徐义讲:"好的,就把酒园在大门口的墙脚下,等你归来再喝。"想不到陆高桥这次出门碰到强盗,银两被抢光。路上又碰到抓壮丁,一去就是几年。等仗打完,陆高桥身无分文回不了家,全靠跟徐义学过会酿酒,就在当地开了一间酒坊。生意相当好,赚了好些银两。

陆高桥讲:"徐义哥重情义,临死之前都没提借给我的银两,只是想到那坛酒。今日,我要还债。当年徐义哥借我十两黄金,加利息,还一百两,算是爹留给你俩的遗产。"

徐明讲:"这个银两我们不能要。爹留下来最好的遗产就是这坛酒。"徐亮接着讲:"是的,爹教我们做人要情义第一。哥弟之间更应该要讲得来。"讲完哥弟两个

---

① 小侬伴:朋友。
② 做做侬家:勤俭节约。
③ 侬家清爽:家庭富有。
④ 头日:前一天。

就要把房子两头的门垒砌封闭回去,重新从中间大门出入。陆高桥讲:"两头门仍旧留着,看到两头门就会让人想到:哥弟一条心,黄泥变黄金。"

从此,两头门一直留着,慢慢地整处侬家就叫"两头门"。

龙潭里、八仙

很早以前,有一日,八仙要到东海去游蓬莱岛,本来腾云驾雾转眼就到,可吕洞宾偏偏要坐船观看海景。他把铁拐李的拐杖丢入海里变成一条船。八个神仙坐上船边观海,边喝酒斗歌,好不热闹。

东海龙王第七个囝,从小就不像生年,让龙王剁掉尾巴。可"茬尾巴龙"不思悔改,仍旧游嬉浪荡。当他听到海面上有仙乐之声,伸长脖子一看,见是一条雕花船,船上坐着八个神仙,其中的何仙姑额外黄妩。桩尾巴龙转眼被迷得魂飞魄散,早忘记了父王的调教,他一头钻出海面,顿时,巨浪把雕花船掀翻。

张果老眼睛见亮①立即爬上驴背;曹国舅踏上巧板;韩湘子仙笛当坐骑;汉钟离蒲扇垫脚底;蓝采和抓着花篮边沿;铁拐李没了拐杖,还好有个葫芦抱着;只有吕洞宾没提防衣裳布裤浸泡湿透。

汉钟离清点人数发现少了何仙姑,掐指一算,发现是让桩尾巴龙拖入龙宫去了。七仙正准备直奔龙宫,只见桩尾巴龙挥舞珍珠鳌鱼旗,催动虾兵蟹将前来迎战。汉钟离扇动蒲扇把虾兵蟹将扇到九霄云外,吓得四大天王立即关上南天门。

桩尾巴龙喝声"变",海上立即蹿出一条巨鲸,道闸那么大的口嘴,张开就要吞汉钟离。汉钟离蒲扇扇了又扇都不管用。韩湘子马上吹起仙笛,悠扬悦耳的笛声使巨鲸慢慢地酥软。吕洞宾抽出宝剑就剁,一剑劈下去,只见火星四溅,锋利的宝剑剁出好些缺口,原来鲸鱼早已变成了大礁石。

铁拐李朝海上手一挥,那根拐杖马上"唰"地飞到手上,他举起拐杖就打下去,只觉得两手软绵绵的,像是碰到一堆软肉。眼看着礁石又变成了大章鱼。拐杖被大章鱼的手缠住无论怎么拔都拔不出来。如果不是蓝采和用花篮把章鱼罩住,铁拐李老早就被章鱼吸入肚里去了。

巨鲸与大章鱼都是桩尾巴龙变的。当看到花篮从头顶罩下来,他立即变成一

---

① 眼睛见亮:手疾眼快。

条海蛇朝东逃去。张果老骑上驴就追,眼看就要追上,不料毛驴脚蹄被蟹精咬住,毛驴一声狂叫把张果老丢出兰路远①。还是曹国舅反应快,他救下张果老,打死蟹精。

桩尾巴龙显出本相,摆动龙角,张舞着龙爪朝七仙扑来。七仙各显法宝,一起围攻桩尾巴龙。桩尾巴龙眼看斗不过七仙,只好逃去向龙王求救。

龙王晓得八仙不好惹,马上让人送出何仙姑,还当着七仙的面大骂桩尾巴龙:"有这么没明俭②的,尾巴剁了还教不起!"龙王好话讲了一大堆,八仙就是不肯。龙王一发火,朝桩尾巴龙一耳光打去。顿时,桩尾巴龙昏昏沉沉一直飘到大寒山。当他看到大寒山脚南面有口水潭,就一头钻入潭里。慢慢地龙潭边沿的侬家就叫"龙潭里"。八仙担心桩尾巴龙过些日子恢复元气又会出来作恶害人,就在大寒山西面山脚离沈家不远的地方住了下来,随时盯着桩尾巴龙。慢慢地那个地方就叫"八仙"。

---

① 兰路远:大老远。
② 明俭:出息。

地名大话

牛栏头、牛筋岭

　　明朝天启年间，永康城西南角十来里的一处人家，有个徐根火。从小就没了爹，与娘相依为命。家里穷，三十来岁好不容易娶了个内家。内家是个支离婆①，一进门看到家里穷，就将气都出到蝶家②头上，横着竖着都看不顺眼，动不动就骂"老不死"，有时甚至还打。颠倒过来变成蝶家像小媳妇。徐根火怕内家，叫干啥就干啥，慢慢地徐根火也对娘无一句好话。

　　有一日，徐根火在耕田，突然，一个老鼠窝被耕了出来，七八个小老鼠还未睁眼，老鼠娘快速地逃到田塍茅草窿。等徐根火第二圈耕回来时，看到老鼠娘正在用口嘴衔着小老鼠，举头顶在泥浆里头艰难地爬，一直背到田塍茅草窿藏好，再去背下一只。徐根火看呆了，心想：老鼠都这样舍命救护囝囡，娘把我养大要花多少心血？！我却在娘面前没一句好话，真的是连老鼠都不如，看来该改改了。

　　过一会儿，娘送午饭来了。徐根火看着就马上停下耕田，面带笑容跑去接娘，慌急间连牛草权栖③握手里也忘记放下。娘以为根火要打她，回转身就逃。根火怕娘一双小脚走田塍路会跌倒，就着急地大喊："阿䭾！"娘听根火一喊，心一慌，一脚踏空跌落下堪，一只脚的胫骨跌骨折。徐根火一边哭一边把娘背回家里。家穷，哪有铜钱给娘治伤？内家成日板着脸，动不动敲桶打听④骂两句。徐根火想想没办法，就去与下里溪的小侬伴商量：牛卖给他，等有铜钱再买回来。

　　一日夜里，等内家上床困觉，根火轻脚轻手走到牛栏，牛绳解出来就牵。内家看根火偷影盘形⑤，衣裳布裤也顾不上穿就走出来看。当她看到根火解牛绳就立即

---

① 支离婆：泼辣女。
② 蝶家：婆婆。
③ 牛草权栖：赶牛竹枝。
④ 敲桶打听：旁敲侧击。
⑤ 偷影盘形：偷偷摸摸。

把一领蓑衣披身上,拿手剪①将牛绳剪断,她抓住牛绳跟着根火走出来,想看个究竟。

根火牵着"牛"走出家门一段路,对面有两个捕快提盏灯笼走来,走头前的捕快厉声问:"鬼形实戏②去啥干?"根火讲:"这头牛牵去准备卖掉。"捕快讲:"半夜三更卖牛,肯定是偷来的!"根火吓得瑟瑟发抖:"不,不,我自个家里的。"捕快将灯笼提高往根火脸上照照,讲:"看你这个形术头③就不是好人,走,跟我俩到县衙去。"讲完两个捕快就抓住根火手臂。根火讲:"我也不怕倒嫁子④了,都与你俩讲。"接着根火乑约面形⑤将整个经过讲一遍,最后讲:"你俩如果把我抓到县衙,内家晓得要大相争⑥,老娘困床上没人服侍。"捕快讲:"你的意思是牛卖掉,与内家讲牛被别个偷了,是吗?"根火点点头:"正是,正是。"捕快讲:"你看看,你牵的是啥西?"根火转身一看,牵的不料是内家。内家光身子披着蓑衣不好意思吭声。捕快对根火内家讲:"你统统都听到了,做你老公多么不容易?被你逼得都去做贼了。赡养老人是我们每个小辈人的本分。"内家手抓蓑衣扪住胸脯,面红耳赤地讲:"正是,正是,若不是你俩拦住,我被当牛牵去卖了。"

从那日起,公婆俩对娘就非常孝顺,嘘寒问暖,端汤泻茶,声叫声应。一家人和和睦睦。家也逐渐兴旺发达。真的是应着这句俗话:"家和万事兴。"为了让子孙后代听到"牛"就会想到对爹娘要孝顺。整处人家就作"牛栏头",被捕快拦住禁走的地方就叫作"牛筋岭"。

---

①手剪:剪刀。
②鬼形实戏:鬼头鬼脑。
③形术头:形象。
④倒嫁子:丢人。
⑤乑约面形:哭丧着脸。
⑥相争:争吵。

桥头周

明朝嘉靖年间,华溪东边有个财主叫崔凤梧。想在大门口两旁供一对岩头狮子①,以增加气派。他找华溪西边的岩头老师②周贵树来雕琢岩头狮子。

过了三日,周贵树挑着工具担,准备到崔凤梧家里去。在过华溪石板桥时,突然溪里传来"扑通"一声,只见一个十来岁的小活鬼③跌入溪水里,小孩一边哭一边爬上来。石板桥是崔凤梧出银子修建的,要想过桥每户人家就得一年交他一担稻谷。一般的人家交不起,只能在溪上用石子滑④堆出一条路,以涉水过溪。石子滑又光又滑,小活鬼就是一脚滑到溪水里头的。

周贵树看看小家脚⑤,摇摇头叹口气,心里想着如何才能让水路平稳好走。过了桥就到了崔凤梧家里,门口放着两块大青石,是从外地买来的。周贵树放下工具担就动手雕琢。没几日,狮子的模样就雕琢出来。崔凤梧好像较内行一样,经常在旁边指指点点。

有一日,崔凤梧捧着茶杯走到周贵树的背脊后,讲:"不错,雕得不错!"周贵树故意双手一抖:"完啦,这下完啦。"崔凤梧讲:"怎么啦?"周贵树讲:"你无仑青空来一句,我手一抖,狮子的左前爪凿断了。"崔凤梧心疼得蹬脚拍地。又不能责怪周贵树,只好再买块石料来雕琢。

想不到过了三日,崔凤梧一高兴,唱了一句《马超追曹》戏腔,又把周贵树吓唬得手抖,周贵树失手把狮子的右脚爪凿断一段。接下来的三个月里,不同的原因又三次失手,废石料增加到五块,两只狮子总算雕琢好了。

结好工钱,周贵树走之前与崔凤梧讲:"主人家,这五块废石料供门口难看,不

---

① 岩头狮子:石狮。
② 岩头老师:石匠。
③ 小活鬼:小孩子。
④ 石子滑:河滩石。
⑤ 小家脚:小孩子。

如把它扔到华溪去。"崔凤梧点点头,就叫几个手下抬的抬,推的推,一起把废石料都搬到华溪去。周贵树也热心地跟着去,他到溪边沿还指点抬的人怎么放废石料。

定日,周贵树又叫人把五块废石料均匀地挪作一排,变成五个平稳的大石墩,就这样,大家过溪就不会滑跌到溪水里去了。

有一日五更,崔凤梧看看大红日头①,就叫几个长年②把家里的谷子都挑到晒谷场晒。就在吃午饭时,无仑青空天上出现雷公火线,眼看就要落大雨了。几个长年立即收拢地箪抢搬稻谷。崔凤梧站旁边很着急,一个劲地催着长年:"快点,快点!"就在这时,好些处里侬③挑着曹箩④,拿来簸箕赶到晒谷场,帮着收拢,搬运稻谷。崔凤梧连声是声地讲:"谢谢,谢谢大家。"有个处里侬讲:"谢啥西,你的那几块石料放溪里,我们过溪方便多了,帮你抢收点稻谷应该的。"

崔凤梧听后心里一阵开心,放在以前,根本没有人会出来帮。看到全部的稻谷在大雨之前都抢搬到家里,激动得泪眼婆娑地讲:"从今日起,那座石板桥,大家都免费走。"

桥两头的人晓得整个事情的起因以后,都认为还是要感谢住桥西边的岩头老师周贵树,慢慢地大家就把那处侬家叫"桥头周"。

---

① 大红日头:红太阳。
② 长年:长工。
③ 处里侬:村里人。
④ 曹箩:箩筐。

清泉寺与炉村

三国赤乌年间,乌伤县的白云山南面山脚下有一户人家,杨善、杨高哥弟俩,爹死去,娘半身瘫痪躺床上,哥杨善靠砍柴卖扶持一家人生活。弟杨高灵活,一点儿点大就娶了内家。弟媳妇郑月娇是个泼辣婆,一进门就要分家。哥与半身瘫痪的娘一起生活。杨善白日里要到白云山砍柴,夜里回家要服侍娘,三十岁还娶不了内家。

有一年大旱,就连每日挑柴路过白云山脚的清泉都只是岩石缝里渗点水出来。杨善就在泉眼的下方挖口池,泉水积多了也好让所有砍柴人装茶筒带到山上喝。当他挖到丈把深时,一条金黄色的泥鳅"涕巴涕巴"在那挣扎。杨善看看黄妩就把它拿回家放养在洗脸桶里。泥鳅总是浮头,杨善认为是洗脸桶太小养不了,就把泥鳅拿到沙畈溪去放生。

夜里,杨善在睡梦中见一条金黄色的龙飞到床面前,讲:"我本来是泉龙王,你替我放到沙畈溪升级为溪龙王。你许一个愿,不管是金钱、房产、内家还是当官,我都满足你。"杨善讲:"我随便啥西都不要,只要娘的毛病早日康复。"

第二日,娘真的起来与平常人一样健康了。此事很快就上下三处传遍,大家都赶到杨善挖的那口池边,朝池里拜,泉水舀回家喝。慢慢地村民就把那口池叫作"杨善塘"。有和尚干脆在泉水边沿造了一座寺庙,取名"清泉寺"。

孙权的娘吴国太生疥疮,求遍名医都没见好转,听讲清泉寺灵验,就坐马车赶来。经过一个月的泉水沐洗,竟然痊愈了。回去时她叫人铸了一个香炉供寺庙门口作为还愿。孙权还将乌伤改为"永康"。

有一日,郑月娇到清泉寺去烧香,看着香炉这么黄妩,走回家里与杨高讲:"如果把香炉偷来,就是卖废铁都值好多铜钱。"杨高觉得有道理,就在一日夜里,趁哥到武义卖豆腐干未归,又怕内家嘴多,就瞒着内家偷偷摸摸一个人到清泉寺将香炉偷回。准备背远些藏起来,等风声过后再拿出去卖。过沙畈溪又怕溪龙王报复,就

在离沙畈溪里把路的地方挖坑,整个香炉太大难埋藏,就敲成好几片。

　　第二日五更,和尚起来看到香炉没有了,马上报官。捕快四处探查都没踪影。这时,郑月娇自作聪明地想:大伯较早出门,又半夜三更才回家,讲他偷会百口争不明①。到时也好得点报赏钱来,杀头的话,全部家当就全归我了。

　　郑月娇真的去报官。捕快将杨善拖去,在轩间还搜出一双带香灰的草鞋。县堂上,杨善将到武义卖豆腐干,在白洋渡碰着朋友,被拉去吃晚饭,较晚才走回家讲了一遍。县官令捕快到白洋渡额实②不假。县官凭着带香灰的草鞋推断不是哥就是弟,随即将杨高拖来审。杨高想:认不认都要坐牢,香炉已经被他敲成好几片,也赔不起,就做硬汉子,随便怎么打都不认,几遍刑罚下来,已经半死半活了。县官没办法就让差人把杨高内家传来诱供。奄奄一息的杨高只与内家断断续续讲,香炉藏在离沙畈溪里把路的地方就死去了。内家不晓得具体位置,也就不敢与县官讲。

　　杨高内家走回家里,经不起如此大的打击就疯癫了,日日在沙畈溪溪沿一边走一边嘀咕"香炉、香炉"。后来,有人认为藏香炉的地方神会保佑,肯定是风水宝地,就在沙畈溪北边安家,取名"炉村"。村里上辈人教团囝都会讲"做人好,福虽未至,祸已远离;做人坏,祸虽未至,福已远离。"并且还把"出入家门,以德才为本"写入家谱。

①百口争不明:百口莫辩。
②额实:核实。

地名大话

山后胡

很早以前,三十里坑有个秀才叫陈文生,有一日出门闲游。当他来到黄溪马家花园时,看到八角亭上坐着一个显火黄妩①的细囡,看见他,还朝他笑了笑。陈文生刚想开口,只见一个丫鬟走过来把细囡扶进房间。陈文生愣了很久才离开走回家。

从那时起,陈文生就像少了个魂似的,日日靠乌影就到花园边去闲逛,总想再次看到马小姐。有一日夜里,陈文生刚想困熟②,只听见有开门声,他举灯盏照着一看,竟然是马小姐。陈文生的心一阵狂跳,立即下床迎接。马小姐讲:"我叫马翠,承蒙文生哥厚爱,特来相会。"陈文生讲不出地高兴,关上门就把马翠扶上床。

从那时起,马翠夜夜乌影就来,天亮即去。几个月过去,小侬伴胡孝昌看陈文生每日早早就关门熄灯困熟,就硬拖他走出去嬉。陈文生走不了几步就借意头逃回家。大家都感觉陈文生就像变了个人。有一日晚上,胡孝昌路过陈文生的后窗脚时,听到屋里有细囡较肉麻的声音,于是他就特意叫来好几个小侬伴去敲门。可是,等门开出来一看,整幢房屋只有陈文生一个人。

半年过去,陈文生日过一日地瘦去,讲话也有气无力。共处③的小侬伴王良策,有一日碰到陈文生,看看陈文生又黄又灰的脸色,讲:"我观察你好些日子了,脸色这么难看,你一定是让鬼狐迷了。鬼狐吸人精血,等精血吸完,你的命也就没了。你与我讲讲看,看我能帮得上忙不。"陈文生站在路边沿,稻田水当镜一照,也吓了一跳。他就把与马翠相爱的事讲了一遍。王良策讲:"这个人不是马翠。你想,一个财主人家的千金,整日有爹娘、丫鬟陪伴,哪有这么随便夜夜走出来与你相会。"陈文生听得半疑半信。王良策接着讲:"我有一样东西,只要你送她,就会验出她是人还是狐狸精。"陈文生点点头,讲:"好的。"王良策拿出一只装满东西的干粮袋,

---

① 显火黄妩:非常漂亮。
② 困熟:睡觉。
③ 共处:同村。

讲：“你不能拆出来看，等天亮马翠离开时，你将此袋送给她。”

夜里，马翠照样来。快要天亮时，随着公鸡的声声啼叫，马翠起身就要离开。陈文生把干粮袋递给她，讲："我与你相好半年，没东西赠送，今日这袋东西送给你，等拿回家才能解出来。"眼看就要天亮了，马翠也顾不得多想，提起干粮袋就走。

等到天亮，陈文生把门开出来，看到一路上有油麻①粒掉地上，此时才晓得王良策的用意。于是，他就沿着油麻痕迹沿溪坑寻到头，又爬上前山，翻过全岗，山后是一条溪，再沿溪寻一段路，只见山后堪有个洞。油麻一直到洞口才没有再看到。陈文生把头钻入洞里一看，只见一只狐狸蜷团在松毛堆上困熟。听到声音，狐狸转眼不见。过一会儿，从洞里走出马翠。

陈文生讲："你再变也没用，我再木呆也晓得你是狐狸而不是人。"狐仙讲："我看你痴迷马小姐成病，就成全了你，也是一片好心。"陈文生讲："我感激你让我梦想成真。只是我现在已形神支离，完全是个病壳，活不了几日，怎么好呢？"

狐仙讲："我已修行千年，采吸人的精血后就会成仙。我用三束仙草报答你：第一束拿回去放马小姐门口，不久她就会全身长满疥疮，百药没用；然后，你用第二束给她煎汤沐浴，她的疥疮就会痊愈，到那时她就会嫁你；第三束你自个吃下，就会强健如初。你欲考取功名，想法是不错，只是官场险恶，我劝你与马小姐成亲后还是住到我这儿来生活好一些，这儿是风水宝地，与世无争。成仙后我就要升天。"

陈文生听后显火开心，走回去就将第三束药煎起来喝了，身体立即复原。乌影就将第一束药放到马翠的门口。过不了几日，马翠浑身长满疥疮，越抓越痒，百药无效。马员外没办法就贴出布告：谁能医治得好，就将马翠嫁给谁。陈文生撕了布告上门医治，一帖药煎起来泡洗后，浑身就光洁如初。马员外看看陈文生一表人才，就立即把马翠许配给陈文生。

洞房花烛夜，陈文生与马翠讲了整个事情的经过。马翠讲："其实，我也一直中意你，我与你有今日，还是要感谢狐仙。"陈文生："我与你就按狐仙讲的住她原先大山后的地方，那儿真的是块风水宝地。"夫妻俩真的就在大山后的溪沿树屋造田，繁衍后代。

后来，三十里坑人都讲大山后陈氏家族的兴旺，是狐仙成全的，慢慢地就把那处依家(村庄)叫"山后狐"，后来又改为"山后胡"。

① 油麻：芝麻。

地名大话

善塘

永康到丽水的官道边沿,有一处人家,好些家庭开设染坊,漂染绵麻纱线与布匹。周边的池塘一年到头汰纱洗布就混浊不清,大家就叫这处人家为"染塘"。

明朝正德年间,染塘有个财主李文富,家风淳朴,心地善良。一年到头经常施粥救济上下三处的穷人,捐衣给穷苦人家过冬。

有一年,李文富在染塘的边沿造了一幢十三间屋,宴请亲戚朋友。酒过三巡菜过五味,有一个小侬伴平时就话多嘴不牢,再加上三大碗酒落肚就更加有话藏不住了,与李文富讲:"富,你的新屋别的都好,就是屋后这口塘,应着一句古话:'背水一战'。最好是寻个风水先生看看,怎样祭度一下。"

李文富不怎么相信这些东西。听后也就一笑了之。爹娘晓得以后就一再催他寻个风水先生来看。经不住爹娘的劝,李文富就雇了一乘轿,亲自到缙云壶镇去请风水先生。这个风水先生永康话也会讲两句,一路上,两个人讲讲笑笑较投合。突然间轿停下来,抬轿人在骂:"好狗不挡路,站边沿点!"李文富与风水先生头伸出轿一看,不料是一个老成人①站路中央。李文富快速下轿与抬轿人讲:"覅骂,这个老成人肯定有啥难事。"老成人走到李文富面前,"扑通"跪下来:"老爷,我家穷,孙子生病没铜钱医治,现在连吃的都没有了。求老爷讨点吃的。"李文富看看老成人,就将家里带来的一叠小麦饼与豆腐干统统都给他,还从衣裳袋里扒出一把碎银给他的孙子治病。

午时,轿子路过舟山,李文富看抬轿的人有点儿累了,就一起到一间饭店去吃午饭。正吃得津津有味,店门口传来"叽里呱啦"的争吵声。一个秀才想给病重的娘买个鱼来吃,一下子拿不够铜钱,想先赊吃,过两日再还。店老板不肯。李文富可怜他的孝顺心,就主动替秀才付了鱼的铜钱,还多点了几碗菜送秀才。

吃完午饭,天公下起雨,轿抬到源口溪时,溪水上涨,抬轿人得涉水过溪,踩来

---
① 老成人:老人。

39

踩去很难走。过溪以后,李文富就与当地人讲,他要出资在这里造一座桥,让大家好方便点。

　　黄昏时,轿到了染塘。李文富与风水先生讲:"先生,这么远一路颠簸,你一定累了,先吃碗鸡子索面,等一下再陪你去看房前屋后的风水。"风水先生讲:"贵府的风水覅看了。"李文富眼睛眨眨:"先生已经看出我家里的风水了?"风水先生笑笑讲:"确实。从壶镇到染塘,一路上老兄造桥铺路,惠泽乡里;帮秀才尽孝心;施舍老成人救孙子。从这些事情上,我已断定贵府覅看风水了。心善就是最好的风水!"

　　也真的应着这句话,李文富从此更加兴旺发达。村里人都学样。团囵孝顺爹娘,邻舍和睦谦让,做善事成为全村风尚。全村子孙后辈出仕为官者众多,考取功名者不乏其人。村名也就从染塘改成善堂,后来又称为善塘,只是大家叫顺了,仍旧叫染塘。

上谢、下谢的由来

南宋淳熙年间，永康、武义交界处有个生意人谢家立，整天连做梦都想做大生意。

有一年春上，他与永康城里开山货店的周庚水谈好一笔生意：由谢家立到宣平去收购一批山货，然后运到永康卖给周庚水。谢家立估算了一下，这批山货需要一千两银子，他自个手头上只有五百两，就讲好家里的房屋当抵押，向周庚水借五百两银子。

谢家立带上几个伙计到宣平十来日，收购好两辆车的山货回来。他毛估估四百两银子可以赚。定日当午一行人来到武义，酷日当头，大家来到路边沿的一间饭店去歇气、吃午饭。谢家立嫌脏，从来不与伙计们共桌吃饭。几个伙计一桌。他自个单独一桌，点两个好菜下酒。伙计们很快就吃完了。

谢家立正吃得惬意，一个年轻伙计贪嬉，到街路上逛了几步才回来，见饭桌上的菜已经吃完了，就盛了碗饭来到谢家立坐的饭桌夹了点菜。谁晓得谢家立则桌一拍，大骂。饭店的客人，甚至饭店老板出来劝都没用。伙计里头年纪大点的陆秋生出来劝了几句。谢家立又转过身骂陆秋生不识好歹。别的伙计看不下去，都讲：这样的气受不了，不干了。谢家立讲："不干就不干，武义街上还雇不来干活的人吗?!"

谢家立放下碗就想走出饭店到街上去找雇工。刚走到门口，天上就落大雨。车上的这些山货，雨布不盖落湿发霉的话就出手不了。如果伙计没得罪，大家一起，这点雨布转眼就盖好。可是刚骂完，伙计们都还在气头上，无论谢家立怎么喊都没一个人动一下身子。大风大雨，一个人根本没法盖，统统的山货转眼都被雨水浇透。

货物全毁啦，谢家立还不起银子，只好按照字墨写的，房屋当抵债。第二日，周庚水来拿锁匙时，看到则桌上有个紫红色的笔筒也顺手拿去。

永康大话

　　过了一个月,有一日谢家立坐在茅草庐里正愁着这日子怎么过。周庚水勿冷空①进来将笔筒、房屋锁匙与一张五百两银票递给谢家立,讲:"我今日来,是将这个笔筒、房屋契给还你,另外,再送你五百两银子。"

　　谢家立丈二和尚摸不着头脑,愣了一会儿,讲:"这、这、这是怎么回事?"周庚水讲:"没什么,就缘于这个笔筒。"讲完就离开。

　　谢家立搬回家里,只是始终搞不明白:缘于这个笔筒,周庚水房屋契会还给他。有一日,他到桐琴,在一间饭店吃馄饨。看到老伙计陆秋生也坐在店里吃,就硬着头皮问:"秋生叔,你是跟我爹多年的老伙计,我爹有没有对你讲起笔筒的事?"陆秋生讲:"十年前,你爹到武义做生意,认识了一个读书少年,是武义泉溪人,叫巩丰。巩丰天资聪明,只是家里贫穷,已经到了读不起书的地步。你爹就资助了他一笔银子,还经常去看望他。有一日,你爹在武义城里看到紫红色的笔筒很中意,就买了两个。一个给巩丰,一个他自个拿回家里。淳熙十一年,巩丰考中进士。经邻舍做媒,周庚水的囡嫁给了巩丰……"

　　谢家立听到这儿,碗一放就赶到永康城里问周庚水。周庚水讲:头些日子,巩丰因公事路过永康,顺便来看丈人,无意当中他看到那个紫红色笔筒,就问是哪儿来的。巩丰晓得整个事情的来龙去脉后就央求丈人将笔筒、房屋给还谢家立,另外再送谢家立五百两银子。因公务在身,巩丰在永康没待多长时间就动身走了。周庚水怕谢家立缠牢巩丰,也就没敢讲清楚实情。

　　从那时起,谢家立就像变了个人似的,将五百两银子当本钱,把原先的伙计都请回来,以礼相待。生意越来越兴隆,依家发②后又分出两处③居住。谢家立经常讲:"我有今日的好日子,首先,上,要谢爹当年乐于助人修的德。下,要谢所有伙计的同心协力。加之姓谢,就把两处依家叫为:上谢、下谢。"

---

①勿冷空:突然。
②发:壮大。
③两处:两个村庄。

地名大话

上柏石、下柏石的由来

明朝隆武年间,有个大财主陈家富,周边两处侬家都是他的佃户。凭着家大业大,平时作威作福,佃户看到他都远远避开。

有一年永康大晒①,田地颗粒无收。村民没有吃的,只能到陈家富家买稻谷,陈家富却趁机抬高谷价,好些人买不起只好出门逃荒。可陈家富粮仓的稻谷却山一样堆着。

有一日五更,陈家富习惯地在粮仓周围绕了一圈,就到山西孔亲家家里去喝酒了。等吃完午饭回家路过方山脚时,看到一个大户人家七大八小②在家门口哭。旁边有人讲,是一批强盗闯进家里,金银珠宝抢走耍讲,就连稻谷都耍光。陈家富听后立即赶回家里,看着粮仓的稻谷想:方山脚离我这儿五里路,强盗讲不定几时也会到我这儿抢,金银细软可以园起来,可这些稻谷咋办?

吃过晚饭,陈家富叫管家把佃户陈良友叫来。陈良友刚踏入门槛,陈家富就手指粮仓讲:"友,今天给你十担谷。"陈良友讲:"你的粮价这么高,我买不起。"陈家富讲:"不是卖,是借,等明年稻谷收割后再给还我,耍利息。"

陈良友以前吃过陈家富好些苦头,不敢相信,愣着不吭声。陈家富看陈良友不肯要,牙齿筋咬了咬,讲:"今日借你十担谷,明年你只要还给我九担,那一担给你白吃,这样总得了吧?"陈良友不晓得陈家富的意图,可家里没得吃,也不去多想了,随他咋的,先拿来吃了再讲,就满口答应,当即写了借据,挑回十担谷。

管家不晓得陈家富的肚子里怎么想的,问:"干吗借陈良友这么多稻谷,还要一担让他白吃?"陈家富将强盗到方山脚大户人家抢稻谷的事讲了一遍,讲:"我将稻谷都借佃户,强盗就抢不了,到明年割稻谷时重新收回来,损失一成,保住九成,也还合算。"管家听后点了点头,当晚就去把佃户一个个都叫来借稻谷。本来想出门

---

① 晒:旱。

② 七大八小:全家大小。

逃荒的佃户,有了吃的也就都不走了。周边村庄好些村民因借不到粮食,都出门逃荒了。

定年①二月,有一日,陈家富到永康城里去看戏,看到好些人朝一个方向走去,一打听原来是法场上一批强盗要杀头,都去看热闹。陈家富也跟过去看。法场上三十几个人跪地上,大家都在议论:这批强盗真是罪孽,好多财主人家的财产被抢,这下都抓了,永康会安则②一点儿了。陈家富听后再也没心事看杀头了,转身就走回家。一路上嘴里叽咕叽咕不停地讲:"亏了,强盗都抓掉没人会再抢,我真不该把这么多稻谷借出去,甚至还白吃。"一连几日嗯勒唉勒③,躺在床上草席都蹬破。

转眼三月,开始种田插秧,陈家富的田里,两个村的佃户都忙着播种。而周边村的佃户,因去年都出门逃荒还未回来,财主人家的田都没人耕种。好些财主看着田荒了可惜,就主动上门来请佃户,田租降了又降,村民还是不肯去种,都讲处里的田种一下就够了。

这一年风调雨顺年成好,佃户个个交掉租,还了借来的稻谷,有点儿良心的还主动将白吃的稻谷也还给陈家富。陈家富的粮仓又堆山一样满。周边好些财主,田地荒着没人种,收不了几担租。

从那时起,陈家富就像变了个人一样,该帮的帮,该助的助,积德行善。大家都讲好人有好报,白吃是积德,应着"积善之家必有余庆"的古话,大家就顺口叫那两处侬家"白吃",慢慢地改成"柏石",因分处两地,就分别叫"上柏石,下柏石"。

①定年:第二年。
②安则:平安。
③嗯勒唉勒:唉声叹气。

尚仁

明朝年间,在花街与潘宅西面十里的地方,有一片较肥沃的土地,山环水绕,特别适宜种植晚稻,慢慢地大家就称之为晚稻畈。整畈田东面大部分属潘宅的潘中和,西面小部分属花街的方永团。整畈田收成虽好,只是离家太远,干活不便。搭的茅草庐又经不起风吹雨淋。潘、方二人商量后一致认为干脆在此盖房定居。俗话说:房屋好盖基难定。这么大的一畈土地,盖哪儿才是好风水呢?日子一日一日过去,两人始终定不下。

有一天夜里,有个白发老翁走到中和面前:"中和,晚稻畈中央盖房,左青龙右白虎前朱雀后玄武俱全,是一处风水宝地。"中和正要问,那老翁已不见踪影,中和一觉醒来,才知是梦。第二日五更,中和就梦中之事向永团讲,两人都觉得此梦可信。

第二天,两个人就来到田畈中央定桩。潘中和年纪略小于方永团,就对永团讲:"方大哥,你在东面大手方①先定基立桩。"永团讲:"不好这样的,东面方向都是你的田,你让我靠近你方一点儿就不错了,怎么好我在东面呀。"中和讲:"我在西面也一样占了你的田。"永团讲:"你的田地比我多得多,我占你太多肯定不行。"中和讲:"你是我的大哥,房盖大手方是应该的。"如此你推我让协商不下。

日子一日日过去,中和选的动工日子到了,就让泥水老师在西面②打桩拉线。永团晓得了马上赶来将石灰线抹掉,桩也拔掉。无论如何就是不同意。当日夜里永团梦见一个白发老翁走到他面前说:"永团,这片晚稻畈原本便是潘中和的,那一小部分田是当时半卖半送给你的,凭良心,你不能盖东面。"永团觉得梦中老翁说得有理,第二日五更就将梦中之事与中和讲,中和听后大笑:"大哥编大话都编不相似,头些日子我讲白头老翁托梦,今日你也讲白头老翁托梦,哪有这么的确?"此时

---

① 大手方:古人以右为大,即右边青龙方位。
② 西面:小手方,即白虎位。

方永团百口难辩,急得他指天发誓:"我方永团若把房子盖东面,雷公马上替我打死。"中和见永团发这么大的誓,就只好自己盖东面大手方。方永团不但盖西面小手方,并且还怕日子一长,后代会做出不理智之事而影响潘、方两家的和睦,就定下不设香火,不立本保,只在前山右边造一幢"隔墙殿"以续方姓香火。

多少年来,潘、方一直相处得和和睦睦。随着人口、家族的不断壮大,大家商量着取村名。认为潘、方两家高尚风格,仁义道德当永世相传,就取名为"尚仁"。

地名大话

石江村的由来

很早以前,永康、东阳交界的东溪边沿,一处人家有个叫吕秀的读书人,资质好又用功,二十来岁就考取了秀才。但是自从他得了痨病以后就身体日过一日地垮了下来,学业也就荒落了,一直到三十来岁仍旧一事无成,家里的三四百把田也只能靠老娘打理。

有一年夏天,一连落了好几日的大雨,东溪发大水。一日五更老娘徐阿春叫吕秀到东溪去抓捕上水鱼。吕秀拿了个三角渔兜来到东溪。看到溪水里有个细囡坐在一块门板上,门板让树茬钩住,水浪一个接一个打到细囡身上,随时都有可能掉入水里。吕秀立即寻来一根竹竿,把细囡拉上岸并且背回家里。

老娘看看细囡黄妩,一问,晓得她名字白珍,未出娘门,真的是天赐的好媳妇呀,当日就让他俩在一起。白珍进门以后里里外外的家务都抢着做,吕秀明显精神了许多。重新捧来书本,准备下一年去考取功名。

有一日,有个游方道士路过,走到屋里讨茶水喝,当看到来开门的白珍,一下愣住,立即从身上抽出桃木剑大喊一声:"妖孽!"就戳。白珍转身逃入里屋。道士正要追进去,让徐阿春挡在门口。道士着急地讲:"阿婆,这个是狐狸精,如果讲不把她杀掉,你的囡会让她阳气吸光的。"徐阿春让道士的话吓呆了。吕秀抓来一把扫帚就满头贯切①地打道士:"哪来的疯癫道士,青天白日介狗喊似的!"道士看看娘俩无奈地转头离走。

转眼间整处侬家都议念八响②了。难怪,一个生痨病的穷秀才,这么黄妩的细囡会嫁他,不料是个狐狸精。讲的人多了,徐阿春也开始疑心疑录③。

天气转凉,读书用功,吕秀有一日夜里看书到半夜子时受凉,加上原来的痨病,

---

① 满头贯切:满头满脑。
② 议念八响:议论纷纷。
③ 疑心疑录:起疑心。

发烧躺床上。白珍坐床前喂饲药。隔壁的彩梅突然推门进来,双手叉腰盯着眼睛,骂:"昨日夜里,我听到鸡舍有响动,点着灯走过去看,一只狐狸在咬我准备过年的大雄鸡,我抓来一把铁耙打过去,狐狸的后脚让我打伤,我看它一蹶一跷地朝你这厢逃来。"

徐阿春绷着脸,讲:"啥的狐狸,我们没看到过。"几句话把彩梅打发走了。白珍好像没事一样低着头喂饲吕秀喝药。等白珍去提水时,徐阿春走到床前,叫团替白珍的脚注意看看。吕秀开始不相信,夜里等白珍睡时,真的半疑半信地将被角揭开看。只见白珍的右脚布包着,上头还有血痕。吕秀吓得瑟瑟发抖。

吕秀与娘讲晓得以后,徐阿春就骂:"还以为天上掉落来的好姻缘,不料是个丧门星。"白珍眼泪汪汪地解释:"不是的,阿驰,你听我讲……"徐阿春一把推开白珍:"还不呢,自从你进家门,我的团一日都未断过药!"

白珍双手护着药碗,只怕药汁流淌出去。徐阿春继续骂:"药碗捧得这么牢,是不是毒药。"吕秀听后也害怕了,坐在床沿裹着被子,随手从床前的则桌上抓来一把手剪护心。

徐阿春要去夺药碗,白珍一转身没站稳,朝床前跄去,刚好跌落在吕秀面前,胸脯头正对着吕秀的手握着的剪尖。吕秀心里害怕,手剪捏着不放,正对着白珍的心脏戳去。白珍忍着痛讲:"当初你救我一命,今日给还你……"

就在这时,曾经来讨过茶水喝的道士进来,看看白珍已经断气,解出白珍脚上的布,伤口整齐,不像是铁耙打的,叹口气讲:"作孽啊!狐狸血肉是医治痨病的良药,是她一直用自个的血肉做药引,掺到药里喂饲你喝。"

吕秀大哭一场,从此,见人就讲:随便啥事都不好急着下结论。世上还是好人多。到过年,他写了一副对联:借得大江千斛水,研石为墨颂恩人。有人在上下联各选一字以"石江"作村名,一直沿用到现在。

48

双锦的由来

北宋年间,离永康城里十来里的波塘,有个徐刚,是永康一代才子。他爹是个老秀才,娘也是名门之秀。徐刚12岁就考中秀才,但是没考运,以后就屡试不第,到30岁还一事无成。爹娘先后得病死去,他没一技之长,就坐吃山空,到后来就有了这餐没那餐,还得靠别个布施。

有一年春天,徐刚正在路边沿孵日头①,一个细囡慌慌张张地从他面前走过去,身上脱落下来一个布包也不晓得。徐刚捡起来拆开一看,里头都是金银首饰。他就坐那等细囡走回来。过一会儿,细囡上气不接下气地一路寻找过来,嘴里不停地讲:"焦塞好,焦塞好。"从身上拿出一根大带②挂到路边沿的树枒上准备上吊。徐刚走过去问:"细囡,你是掉东西了,是吗?"细囡一边哭一边讲:"我是舒家服侍舒英小姐的丫鬟舒娟。舒英今年18岁,从小定了娃娃亲嫁给波塘徐纪。后来徐纪家里一日比一日败落,舒家就开始悔婚,逼舒英改嫁。舒英日夜就是哭,我看看舒英可怜,叫她取出所有的私房钱,我替她送徐纪,让他进京赶考,等考取功名,再来迎娶舒英。一路上急急忙忙跑得太快,整个布包被我打乌③。我还有啥脸面去见小姐。"徐刚将布包给还舒娟。舒娟一看就"扑通"跪下来拜谢。徐刚尽快帮她扶起来。舒娟问:"你这么穷,捡到这么多银两,都给还我,我该怎么报答你呢?!"徐刚讲:"我一个三十多岁的光棍,无伴,可以陪我一会儿吗?"舒娟听后呆一会儿,点点头讲:"那么让我事情办完了,再来报答你。"

三日以后的一个夜里,徐刚正准备熄灯睡觉,舒娟敲门走进来:"徐刚哥,今日我来履行我的承诺。"讲完就坐到床上。徐刚问:"你这是算啥意思?"舒娟讲:"你见财不贪心,是个好人。我也讲话算数来陪你。"徐刚讲:"娟,你误解了,我一个人无

---

① 孵日头:晒太阳。
② 大带:背小孩用的织带。
③ 打乌:丢失。

伴,是让你陪我讲讲话。拾金不昧是做人的基本道德,我怎么好乘人之危来贪你的便宜?况且人在做,天在看,举头三尺有神灵。"舒娟讲:"我看徐刚哥也不是一般的人,怎么会沦落到这样的地步呢?"徐刚详细地讲了他的经历。舒娟讲:"男子汉大丈夫应志在四方,建功立业。怎么好自暴自弃呢?以后我将我自个的饭食分一半给你充饥,你应该继续读书,求取功名。"在舒娟的鼓励下,徐刚重新捧书本发奋苦读。由于吃饭要愁,他潜心苦读,学业大有长进。

  转眼到了大考之年,舒娟替徐刚凑了几两银子让他去赶考,想不着徐刚竟然考中了举人,接着又中了进士。舒家小姐舒英的夫婿徐纪也考中进士。两个人一起留京城为官。波塘人认为一地同时有两个人在京城做官,就自豪地将波塘改成"双京"。当朝皇帝晓得这个事情后认为:徐刚、徐纪能够考中进士,全靠舒英、舒娟两个锦丽少女的鼎力相助,才能够锦上添花。遂将"双京"改为"双锦"。

四知村的由来

"四知村"坐落在芝英镇,由上下前山杨、郭段与继绪塘四个自然村组成。"四知"不但表示"四村合一",还与前山杨上、下自然村杨姓始祖杨震有关。

东汉时期,陕西华阴杨震、杨昌哥弟俩出身大户人家,从小读书用功,志向高远。谁晓得好景不长,爹娘过世,哥弟俩都不善理财,不长久就家道败落。杨震只好去做教书先生,供杨昌继续攻读。

这一年京城大考,哥弟俩都想去,但是没盘缠。杨震只好与弟讲,这一次由你去京城大考,我一路跟着你沿途替别个写字做对,书写文墨,赚点钱粮供你使用。待你大考得中,日后你再资助我上京应试。杨昌听听也觉得这样子比较好,就是苦了大哥。

哥弟俩商量好就动身去京城。怕别个笑话,哥弟俩不走一起。每到住宿,杨震就先给弟交掉住宿费、伙食费,他自个则睡柴草庐、屋檐下。到了京城杨昌参加会试还真的高中了。不久,朝廷就任命杨昌为昌邑县令。

杨昌上任不久,当地的大财主夏林升就将宝贝囡夏翠雯嫁给他。谁晓得夏翠雯是个支离婆,一进杨府就将财政大权抓过来,并且不准杨昌与哥来往,更甭讲资助杨震去京城大考。杨震怕弟难做人,只好到昌邑乡下去教书。杨震虽然与弟断绝往来,心里总放心不下,担心弟讨个贪财又霸道的内家,变成遭万人唾骂的贪官。就一边教书一边搜集民情提供弟参考。杨昌有哥帮助,把昌邑治理得相当出色,三年期满就升任为荆州刺史。

杨昌官场得意,离不开哥的民情搜集。离开时,一定要杨震与他一起去荆州。杨震为了弟能够做个好官,也就答应了。杨震离开昌邑时,很多百姓来送他。这一日恰恰有个微服出巡的钦差大臣路过,看看县官离开冷冷清清,反过来一个教书先生有这么多人送,就将此事私下探听明白,回京城禀报汉安帝刘祜。汉安帝听后龙颜大喜,下旨地方官资助杨震参加京城大考。杨震参加会试还真的名列榜首。汉

安帝钦点杨震替换杨昌为荆州刺史。不久又升任东莱太守。

在荆州期间,杨震发现王密才华出众,就向朝廷推荐王密为昌邑县令。一日,王密听说杨震要赴任东莱太守,路过昌邑,就在半夜三更拿一只装有十斤黄金的箱去拜访杨震。杨震看到后对王密十分失望,讲:"你对我最好的报答是为国效力,做一个廉洁奉公的好官,而不是送我东西。"王密讲:"我晓得大人一世清名,不好受损,所以在半夜三更送来,没人晓得。"杨震严肃地讲:"怎么会没人晓得呢?天知、地知、你知、我知。"王密看到恩师动怒,听着这"四知"后,十分惭愧地把黄金拿回去。

后来,杨震不断转任升迁,每到一地都清正廉洁。他言传身教,给子孙后代留下了一份丰厚的精神遗产。"四知"写入杨氏家谱,作为家训世代遵守,作为家风永远相传。"四知"村名由此而来。

地名大话

天表村的由来

明朝天启年间,石柱东面十来里的小山沟有户人家,老公死得早,内家杨月梅想让独生囝俞定邦有个出头日子,一个人早五更晚乌影①家务、田畈活发狠地干,总算把囝供养大,等囝通过院试考取了秀才,杨月梅自个得了鸡爪风②,走路、干活都不便,为了让囝考上举人,杨月梅送囝到俞溪头私塾去读。

私塾先生让每个学童月底交三十斤米,俞定邦晓得娘交不出,就不肯读了。杨月梅七劝八劝,囝都不肯去,她发火起来就一娘颈③打过去:"你替我去读!米,我会按时交的。"

头一个月的最后一日,杨月梅一跛一拐地走到私塾的锅灶间,气急彭亨地从肩膀上放下一袋米。伙夫将米袋解出来一看,皱着眉头讲:"你们这些做爹娘的,就喜欢贪小便宜,这里头早稻、中稻、晚稻都有,还有细米,把我这儿当杂米桶了?"杨月梅红着脸连声讲:"对不起。"

第二个月月底,杨月梅又背一袋米到学堂锅灶间。伙夫解袋看米,当看到仍旧是杂色米,就直着喉咙讲:"不管啥米,我都收,但是品种总得分出来。像你这样混做一起,烧出来的饭难看要讲,还会烧出夹生饭。这个月就算了,下个月再不能这样了。"杨月梅吞吞吐吐小声讲:"师傅,我家里的米都是这样的。"伙夫挖苦讲:"你家的田,种得出百样米,该进贡皇上了。"杨月梅低着头不敢出声。

第三个月,杨月梅又来交米。伙夫一查验,睁大眼睛就喊:"仍旧是杂色米,你今日怎么背来的就怎么背回去。"杨月梅两腿"啪"跪倒在地上,讲:"师傅,今日就不怕你笑了,这些米是我要饭讨来的百家米。"伙夫听了愣在那儿,一时不知道该怎么说。杨月梅坐在地上,布裤脚挽上去,露出一双僵硬变形的小脚,泪眼婆婆地讲:

---

① 早五更晚乌影:起早贪黑。
② 鸡爪风:类风湿。
③ 娘颈:耳光。

"我得了鸡爪风,覅讲种田,连走路都难。我怕囝与邻舍晓得,每一日天未亮就揣只空米袋,爬山过岭到缙云那厢去讨饭,等乌影再走回家。讨来的米倒做堆,到月底再送来。"

私塾先生晓得这个事情以后,特意吩咐伙夫,不要再难为杨月梅,甚至还减免了俞定邦的学杂费。一直到三年以后,俞定邦考取了举人。

有一日,先生将私塾的学童都叫做堆,三只米袋拿在手里,高高地举着,讲了三只米袋的故事。讲完后用手指指后头:"这个伟大的母亲就站在我们的背后。"俞定邦转回身一眼看到是自己的娘,就走过去把娘抱住大哭。

先生动情地接着讲:"覅看她手脚变形,走路不稳,面容乌黑憔悴,她的心是世上第一的善良、慈祥;她的外表是天下最黄妭的。正如《晋书·裴秀传》里头写的:'天表如此,固非人臣之相也。'慢慢地,上下三处的人都晓得这个事情,整个村庄也就慢慢地叫成'天表'。"

地名大话

王慈溪的由来

　　清朝乾隆年间，离永康城西面十米里有一条溪，溪边沿有个水碓，大家就叫这个地方"水碓头"。王金水夫妻仁就住在水碓旁边。王金水在财主家做长年，内家空闲时为村民舂米磨麦，生活也还过得去。

　　有一年夏天发大水，王金水内家到溪边洗衣服被大水冲走淹死。落下一个三岁的儿子王小虎。没办法只能带着在一起干活。吃别人的饭就得让别人讲，做长年还带个小孩，主人经常敲桶打听地讲。王金水没办法只好将王小虎留在家里。

　　有一日，王小虎走出家门去田畈玩被蛇咬了，脚肿得很严重，发烧不退甚至惊厥。草药用遍都没用，眼看伤脚渐渐溃烂。小侬伴王兆财来看他，劝他说："水，你儿子的蛇伤看来是有点儿难治了，就算蛇伤治好，脚也要瘸，你做长年带个小孩干活主人不高兴，留在家里又不行。"王金水听后点点头："是的，我想想也很焦臭。"王兆财讲："你今年也快三十出头了，内家总该再讲一个，别人看看有这么一个拖油瓶在身边，哪个还会来？"王金水看看王兆财："那该怎么办呢？"王兆财讲："我是为你着想，索性把他丢到火桶塔①算了。"王金水讲："亲骨肉，不忍心。"

　　过了几天，王金水干活不能够去，王小虎病情不见好转，就这样下去，生活没着落，眼看着日子过不下去。王金水真的想下狠心将王小虎丢进火桶塔。那天夜里，王金水一个人走到田桥背，想想哭哭整整一夜，天快亮时，才擦擦眼泪走回家里。当他走到家门口时，看见门槛坐着一个瘦老太婆，仔细一看原来是他的嫂子。王金水立即把嫂子扶进家里，接着就"扑通"跪倒在嫂子面前："大嫂，小虎的事你总该听说过了，我该怎样才好？"

　　嫂子将王金水扶起来，讲："水，你先不要讲小虎，你晓得你的命是怎样子留下来的？"王金水呆呆地看着嫂子摇摇头。嫂子平时话不多，从来没有与他讲小时候的事。嫂子讲："我嫁到水碓头的那一年，村里发瘟疫，婆婆、公公、你的大哥都先后

---

① 火桶塔：丢弃童尸处。

死去,那时你也是三岁。我把你抱着一起出门去讨饭。有一日走到一户财主家的门口,你看着一只介狗在那啃骨头,就跑过去抢骨头,介狗凶狠地追你咬,我上前挡住,脚被介狗咬去一块肉。"嫂子挽上裤子,腿肚子露出一个很大的疤。"大嫂!"王金水看着疤哭。嫂子接着讲:"介狗的主人拿出五十个铜钱算赔偿。这些铜钱根本不舍得买药,伤口眼睁睁看着肿,甚至发烧晕过去。也该是命大,慢慢地好了起来。这五十个铜钱拿来买点盐、野菜当饭,就这一日日活过来,等你长大,我再嫁到后金龙。"王金水擦擦眼泪讲:"大嫂,我晓得怎么办了。有个老人讲过,七叶一枝花是最好的蛇药,小虎你帮我照看一下,我到三十里坑去寻。"

　　小虎用七叶一枝花以后慢慢地还真的好了。小虎长大以后对爹非常孝顺,一家人和和睦睦。就这样,水碓头人上辈慈祥,下辈孝顺成为风尚。这条溪因水碓头人慈祥、为人好也慢慢地叫慈溪,整处人家姓王,村跟溪叫,便叫作"王慈溪"。

象瑚里的由来

李景天在方岩周围几十里是个算得着的大财主。家里牛羊成群，良田万顷。

有一日，李景天吃饱没事干就到派溪去游嬉，右手捧着一把形影不离的紫砂茶壶，时不时啜一口。当他走到一间茶楼门口时，听到背后有人叫："李老爷!"他转头一看，是个三十出头的高大男子，满脸胡须，一眼看去就一副凶相，他却文质彬彬地讲："我姓白，久闻李老爷大名，今日碰到实属难得，还请李老爷赏脸到茶楼喝杯茶。"李景天也不客气，两个人一起走进茶楼。姓白的坐下来看看李景天的茶壶，讲："我是做古董生意的，你这把茶壶卖给我得啦。"李景天摇摇头。姓白的讲："一千两银子，怎么样？"李景天仍旧摇摇头。姓白的讲："五千两?!"坐旁边喝茶的人个个听呆了，一把茶壶五千两银子，是啥茶壶哪！李景天讲："白老弟，这把茶壶是我祖上传下来的，乃前朝名家亲手所制，就你这么点银两，我是看不上眼的。"姓白的过一会儿牙齿一咬，讲："一万两怎么样？"李景天站起来一边走一边讲："十万、二十万我都不会卖。"

古话讲：财不外露。这一下李景天是露富了，要买茶壶的人不姓白，他是缙云白竹的强盗头子黑虎。这次来买茶壶，只是试探一下李景天到底有多富。一万两银子都不动心，不到他家抢还到谁家抢？

过些日子，李景天捧着茶壶到岩下街游嬉，有个卖青菜的人挑着一双簸箕面对面走过来。有人要买青菜，卖菜人一转身，簸箕碰着李景天捧茶壶的手，"啪"的一下，整把茶壶摔稀碎。上下三处人都晓得李景天手里的紫砂壶万两白银都不卖，这下摔碎可怎么好?! 卖菜人脸色吓得发青，愣在那瑟瑟发抖。李景天很恼火，直着喉咙嚷："这么宽的街路，你眼睛青盲啊，你赔，赔我的茶壶!"这么一嚷，周围的人都围过来。个个都为卖菜人担心，这下倒霉了。

围着看热闹人的后面，有个戴箬帽的高个子，就是缙云白竹的强盗头子黑虎，今日是来实地踩点的，想不到在岩下街碰到这样的事。再看看卖菜人，哭丧着脸

讲:"李老爷,我不是特意的,你的茶壶,我就是身上的肉都割下来卖,也赔不起。"李景天讲:"我管你特意不特意!反正要赔,最少十个铜钱。"

所有看热闹的人都听呆了,一万两银子都不卖的紫砂壶,赔十个铜钱?是不是听错了。李景天睁大眼睛嚷:"你连十个铜钱都没,骗小活鬼啊?今日不赔覅想走。"卖菜人听后,终于放下心来,衣裳袋里扒出铜钱数数只有九个,讲:"一个五更卖的菜,只有九个,要么我下次再给你一个。"李景天九个铜钱拿过来,又到簸箕里抓来一把青菜:"哪来的下次,这把青菜就算一个铜钱了。"卖菜人簸箕一挑就飞快地逃去。看热闹的人都议论纷纷:"这把紫砂壶肯定是假的。"都在那笑李景天越有铜钱越抠门,连这么一把青菜都看得着。个个都用鄙视的眼光看着他离去,只有黑虎在那没动。

李景天到附近的店里借来笤帚、簸箕,把紫砂壶碎片扫起来正准备离去。黑虎讲:"李老爷,请留步。"李景天转身一看,不料是要买他紫砂壶的人。黑虎讲:"李老爷,刚才干啥只要他赔十个铜钱呢?"李景天讲:"因为紫砂壶是假的。"黑虎到簸箕拾来一块壶底看看,讲:"李老爷,你瞒得了别个,可瞒不过我,这把茶壶是真的。你连这样的碎片都舍不得。"李景天眼睛冒出一点儿泪花,叹口气讲:"唉,可惜啊!"黑虎讲:"既然是真品,干啥只要他赔十个铜钱?"李景天讲:"我要他赔多,一个卖菜的赔得起吗?"黑虎讲:"一个铜钱都覅他赔,不是更加好?"李景天讲:"我是让卖菜人能心安理得,心里过得去。"黑虎听后肃然起敬,讲:"李老爷,我小看你了,别个是为富不仁,你是有钱而仁义。不瞒你讲,我是缙云白竹的黑虎。从今日起,没人胆敢碰你一根毫毛!"

上下三处人晓得这个事以后,教囝囡都会讲:"厚德载物,做人就要像捧紫砂壶的李景天。"后来大家就把李景天住的地方叫"像壶李",慢慢地写成"象瑚里"。

杨公桥和大屋村的由来

明朝嘉靖年间,秀才倪寿统家里穷,住的茅草屋,下雨就漏得不能住人。

有一日,他到小侬伴同样是秀才的杨生家里嬉,路过一幢大宅屋,是青砖白火墙的四合院。异样①的是大门破旧。倪寿统扒门缝往里看,只见天井荒草丛生。这么好的房屋怎么会没人住呢?他走到杨生家讲起此事。杨生讲:这幢房屋是一户财主人家的,财主有个囡由于婚嫁之事上吊死了。财主为了避免触景伤情,就全家搬到武义白溪去了。

倪寿统听讲是一幢没人住的荒宅,就讲:"杨兄,那里头又宽畅又安静,我们住那里读书多好呢?!"杨生讲:"经常有人半夜三更听到屋里头有鬼哭,汗毛都要吓得竖起来。"倪寿统讲:"哪来的鬼呀,这么清静的地方到哪去寻找?这是我们读书人的宝地。"

看看倪寿统态度坚决,杨生想想自个的家里也破旧,也就勉强答应了。两个人各择一间搬进去住。到了半夜子时,两个人还亮着蜡烛看书。无仑青空房子外头的天井有树摇叶落的声音,还夹杂着哭的声音。杨生吓得瑟瑟发抖。倪寿统披上衣裳走到天井,讲:"我俩在此读书,打扰了。同在屋檐下,请大家行个方便,万分感谢!"讲完,整幢房屋就没声音了。倪寿统走回屋里将一袋炒米提出来放天井,讲:"感谢大家不打扰,这点炒米放这儿,剺嫌少。"

定日五更,这袋炒米还真的不见了。此后,夜里再也没有声响。杨生还真的佩服倪寿统还会与鬼沟通。

不计觉得②,两个人在这幢大宅屋里住了半年。到了秋天,两个人一起去参加科考,就好像天助一样,考运显火③好,两个人都中着举人。杨生显火开心,劝倪寿

---

① 异样:奇怪。
② 不计觉得:不知不觉。
③ 显火:非常。

统选择个好日子，拿上猪头鹅拜谢大宅屋里头的神灵。倪寿统满口答应。

可让杨生想不着的是，倪寿统做官以后，领来俸禄做的第一件事就是回家里，把当年住那读书过的大宅屋整幢买下来。

有一日夜里，倪寿统叫杨生做堆走到大宅屋的天井。在月亮下倪寿统深深地鞠一躬，讲："承蒙众位抬爱，为倪某行了方便，倪某与杨兄在此借宿读书，并在省城中举，为答谢众位，倪某将此宅买下，赠予各位居住。"讲完过一会儿，从四面角落走出十几个衣裳破旧的人，跪伏地上泪眼婆娑一边哭一边磕头拜谢。倪寿统把他们一个个扶起来。

杨生直到现在才晓得，倪寿统当年发现整幢大宅屋虽然天井荒草丛生，但是房间干净，门窗紧闭，门把手光洁。就断定有人居住。有一日，他躲着看，刚好撞到一个讨饭人出去寻食。经一再追问，讨饭人讲，他们在夜里装神弄鬼，是怕失去现成的安身地。

倪寿统与杨生讲："当年，你钻头毕日①读书，整幢宅屋怎么样你都未看过。我答应把这些讨饭人保密。不想让他们与鬼一样生活，只想让他们堂而皇之地做人。讨饭人也是人。"

倪寿统做官以后，体恤民情，清廉正直。杨生深受影响，为民请命，赈济灾民，还出资在村边的溪上造桥，大家都叫这座桥为"杨公桥"。这个村也就叫"杨公"。倪寿统告老还乡后，在大宅屋周边树屋居住。习惯地这处依家就叫"大屋"。

---

① 钻头毕日：专心致志。

永祥的由来

明朝永乐年间,永康城南面二十来里的一处山里农家。朱启富与舒明高是隔壁邻居。舒明高家里有一头大黄牛,力气好,田里干活全靠它。大黄牛有一缺点就是贪吃。七八岁的儿子舒小宝牵牛时稍微不留神,边沿种的庄稼就被偷吃。特别是邻舍朱启富的田,一年到头稻禾麦苗经常被啃吃。

有一日,小宝看到溪里有好多鱼就下去抓。转眼时刻,黄牛就把朱启富田里的好多稻禾啃吃了。朱启富看着已经灌浆了的稻子,心疼得很,就赶去与舒明高讲。舒明高听后没吭声。朱启富看看舒明高不理不睬,走回家就与内家讲,下次如果再看到牛吃稻禾,我就打死它。朱启富内家听后劝老公覅任性。

第二日天未亮,朱启富内家就起床挑着簸箕,到田畈割了满满两簸箕的嫩草倒进舒明高的牛栏里头,等到舒小宝五更饭吃完去牵牛,黄牛已经吃饱了。一连几日过去,舒明高发现早五更黄牛就已经吃饱,牛栏里头还有好些未吃完的嫩草脱落着。他感觉有点儿奇怪,就起了个早,躲在牛栏边看,才晓得是朱启富内家割草饲的。舒明高看看心里有点儿过意不去,从那时起,就一再吩咐舒小宝看牛要额外小心。

朱启富家里养着一头猪,长得很快,冇几个月就百来斤了。公婆俩商量:养到过年再杀,卖个好价钱,做衣裳,买年货,过年的开销就都有了。有一日,猪逃出猪栏,跑到舒明高的荞麦田,将整丘荞麦啃得一塌糊涂。舒明高本身就性子暴躁,看到就火冒三丈,拿锄头"卟"对着猪头就砸,大肥猪当场倒毙。

朱启富内家知道后,心想此事如果被老公晓得肯定会大发雷霆,不是争吵就是打架,还不如瞒着老公。她将死猪拖回猪栏,把放在猪栏顶的一根大木头根部放下,让木头刚好压在猪头上。中午朱启富田畈归来。等吃完午饭,内家提只米泔桶装作去喂猪,推开猪栏门她就大声喊:"哎呀嘞,不好啦!"朱启富听到内家的喊声,快步跑过去看,原来是放在猪栏背上的木头掉落下来把猪砸死了。内家讲:"你快

点去烧水,等下好熜毛,放掉死血,腌制一下,过年还可以吃。"朱启富信以为真,就去烧水了。

第二日夜里,舒明高的内家半夜三更"哇……哇……"大声哭着。朱启富公婆俩走过去一看,原来是舒明高肚子疼,在床上打滚。内家不晓得怎么才好,只是哭。朱启富公婆俩二话不讲就走回家,拿来柴冲、绳索将竹椅捆夹成轿,把舒明高抬到永康城里去找郎中先生看病。

朱启富公婆俩抬着舒明高在前头走,舒明高内家提灯笼在后面照。半路上,舒明高内家心感愧疚,吞吞吐吐地讲:"我家明高性子暴躁,昨天把你们家的猪敲死,我们赔……"朱启富一听,我的猪原来是被舒明高敲死的!心头一气就将竹椅"啪"放地上,不抬了。朱启富的内家讲:"富,我们与他们是近邻,难免有时候牙齿咬舌头,一点儿小事斤斤计较值得吗?!远亲不如近邻,隔壁邻舍和和气气,生活才会永远吉祥安康。"明高内家听后,马上接嘴:"正是,邻舍好,是个宝,我们真的是得到宝了。"朱启富听后重新抬起竹椅,直到永康城里。

这个事一传十,十传百。整处侬家都学样,睦邻友好,生活永远吉祥安康。慢慢地大家就把这处侬家叫"永祥"。

地名大话

长蛇的由来

唐朝末年,盘龙谷东边的一处人家,章凤娇与徐友娘俩,家有千把秧田。徐友平时田里打理一下,空闲时就到大面山去打猎,生活也还过得惬意。只是章凤娇患鸡爪风,关节弯曲生活不好自理。

有一日,徐友进山打猎,看到一只老鹰"呼"一下往下飞,转眼一条大蛇抓起来就朝西飞去。徐友箭拔出来就射,"嗖"刚好射到老鹰的脚。老鹰一惊吓,丢下蛇就朝西飞去。大蛇从高空脱落地上,摔晕过去。徐友跑过去捡起来就拿回家。

走到村口,好些人围过来看,懂点医药的邻舍徐天富讲:"蛇肉是祛风通络的第一好药,这么大一条蛇如果让你娘吃下,鸡爪风肯定好了。"徐友越听越开心,拿回家里就叫娘走到天井看。章凤娇讲:"我的囝真的是孝顺,这么一条大蛇吃下,我的毛病肯定好了。"讲完她就走回房间等蛇肉吃。

徐友把薄刀①磨快,摁住蛇头正想剁,此时大蛇流着眼泪开口:"要杀我,我在大面山修炼多年,就要成仙。今日一时贪杯,喝醉酒现出原形让老鹰抓去,全靠你射吓老鹰,放我一条生路,我会报答你的。"徐友听后晓得碰到蛇精了,吓得薄刀都掉落地上。

大蛇爬到天井中央,翘着头口嘴一张,吐出一颗珠,讲:"这颗珠够你受用一生。"讲完就朝门口爬去。大蛇刚爬到门槛,房间门"咯——"开出来,章凤娇跨出房门睁大眼睛讲:"友,娘的身子重要,还是银子重要?"徐友想起徐天富讲的蛇肉可以医好鸡爪风,薄刀捡来就朝蛇扔去。徐友打猎出身,出手又准又狠,薄刀刚好砍在蛇的三寸头。转眼蛇身在挣扎,蛇头滚到天井中央。徐友走去将蛇珠与蛇头捡起来交给娘。

章凤娇一只手捧蛇珠,一只手托蛇头,开心地大笑,僵硬的手掌一抖,蛇头歪一边去,一口咬住手指头。章凤娇立即用捧珠的那只手去拔,不料蛇珠刚好凑到蛇口

---
① 薄刀:菜刀。

嘴。蛇头将珠吞入口嘴,蛇得珠以后马上法力大增,蹦到地上,滚向蛇身重新接回一体,并朝门外爬去。

　　徐友看到马上追过去抓住蛇尾巴。大蛇转回头就是一口。徐友吓得坐地上又哭又喊。等邻舍听到声音赶过来,娘俩蛇毒发作只剩一点儿点气。徐友将整个经过讲了一遍。徐天富听后叹口气讲:"大蛇知恩图报,娘俩恩将仇报。得了宝珠还要吃它的肉,怎么能这样?"从那以后村里人对蛇很是敬重,慢慢地这处侬家就叫"长蛇"。老鹰飞去的那块山叫"老鹰岩"。

药渣倒路口

很早以前,永康城里有间康泰药店,自创办起,就以"道地""诚信"为本,当传到陈有仙手里时,他对药材特别考究,每次都亲赴产地选购。

有一日,陈有仙到杭州购药归来,当走到东阳、永康交界时,天黑了,就在当地的"悦来客栈"住下来。

到了子时,陈有仙被一阵哭声吵醒,他开门一看,是一个小囡跪天公下哭。听口音小囡不是永康人。陈有仙问她干吗半夜三更还在哭。小囡讲:她叫巧莺,扬州人,老家发大水,与爹一起投奔东阳千祥的姑妈,想做点小生意度日。但是投亲不遇,后来经人指点来到悦来客栈落脚。爹王可虎劈柴爿、挑水做粗活,囡择菜、洗碗做帮佣。可谁知王可虎外感风寒引起发烧,竟一病不起,半个月过去,咳嗽、气喘还加重。客栈的老板娘日日敲桶打听骂老公,想把父女俩赶出去。

陈有仙看看父女俩罪过侬①就叫巧莺带他去看王可虎。经过望闻问切,查看用过的药方,觉得药方也对症,那么问题出哪儿呢?他问巧莺:"你爹喝药剩下的药渣倒哪儿了?"

巧莺倒药渣较谨慎,都在夜里无人时才拿出去倒。客栈是做生意的地方,需要讨口彩,客栈周边不倒,侬户家的屋脚也不倒。夜里她又不敢乱走,只能沿着大路走到村外的十字路口倒。

巧莺带着陈有仙去看药渣。陈有仙蹲地上扒开药渣一样一样地对照,从药渣里头拣出几粒白色药粒。走回客栈将药方当中的一味药画去,并吩咐伙伴马上去抓药,画去的那味要抓,一定要用他刚采购来的。

王可虎一碗药落肚,病情看着就有所好转,脸色也好了起来,到了定日就变了个人似的。

午时,陈有仙收拾行装刚准备起程回永康城里,只见一个瘦老头把他拦住,讲:

---

① 罪过侬:可怜。

"先生留步,我借客栈略办水酒,请务必赏脸。"陈有仙看一个陌冷生疏①的人要宴请他,不晓得啥头归。

巧莺听到后走过来讲了才晓得,瘦老头叫张岩山,是个走方郎中,医术也有两下,王可虎的病就是他看的,张岩山他自认为对王可虎的诊断、用药都没问题,就是毛病没起色。上午,听讲王可虎的毛病好了,就赶到药店问。药倌将药方递他看,竟然是他开的方,只是在药方上画去一味他认为最重要的药。陈有仙从包里掏出几粒白色药粒,讲:"王可虎的毛病全靠这几粒川贝!"张岩山听后有点儿不从心②:陈有仙把他开的药方画去的就是川贝,现在又讲全靠这几粒川贝,这不是弄果③我?陈有仙看张岩山不高兴就解释:当时陈有仙看了看王可虎的病,翻了翻吃过的药方,觉得诊断不错,药也对症,那么怎么会没作用呢?后来经过察看药渣才晓得,问题就在药上,所用的川贝实际是浙贝。同样是贝母,产地不同,功效就有差别。张岩山听得口服心服。真是"用药如用兵,命医犹命将,医良则身安,将良则师壮",来不得丝毫差误。

从那时起,药渣倒路口,可以事后用来辨别真假,大家都学样,就成为一种习俗。当初巧莺倒药渣的路口,是东南西北四条大路交叉的十字路口,慢慢地这处依家就叫"四路口"。

---

① 陌冷生疏:完全陌生。
② 从心:开心。
③ 弄果:捉弄。

八盆岭

宋朝熙宁年间,永康与磐安交界的上马村,有陈柏元、陈柏章哥弟俩,爹娘死得早,哥弟俩一起过日子。哥陈柏元是个善良人,尽管家里穷,但是只要谁有困难求他,他都会帮。弟陈柏章恰恰相反,成日东游西逛,偷也来、骗也来。

有一日,柏元与弟讲:"章,就这样下去怎么行,人做得好,别个都会尊敬你,做得不好,大家都会瞧不起你。"柏章讲:"好人,坏人,只要有铜钱就是好人。"柏元讲:"那么这样,我明朝要到磐安新渥一带卖小鸡,你跟我去,问问过路客看,行恶好还是行善好,只要有一个人讲行恶好,你打我三娘颈,若都讲行善好,以后你就改邪归正。"

第二日,卖完小鸡,哥弟俩从新渥往回走。路上看到一个后生提只鹅走过来,哥就当着弟的面问他:"同年哥,一个人行善好还是行恶好?"后生想,我从来不供养爹娘,只要爹娘有点儿好东西就不放过,今日在爹娘家里看到这只鹅值铜钱就捉来。就一口回答:"当然是行恶好。好人不留种呀。"柏章听后得意地朝柏元笑笑。等走到八盆岭半山腰时,柏章讲:"哥,讲话算数,给我打三娘颈。"柏章捏拳头,咬着牙死劲地朝哥头上打去,打死的话家产就都是他的了。柏元当场昏倒在地。柏章将哥拖到柴窟窿就自个走回家里。

夜里柏元被一阵大雨浇醒,迷迷糊糊当中,听到好几个人到大树脚躲雨。其中有个人讲:"听讲,八洞神仙在这座山上,分别藏了八盆金银宝贝,我们如果得到一盆,就用不着四面去偷去抢了。"另一个讲:"你耍睡不醒,八盆金银宝贝是要一生做好事的人才能得到。有句诗讲:岭中珍藏八盆银,神仙赐名八盆岭。要问这银该谁得,终生行善积德人。我们抢来的那坛银藏好就得了。"另一个讲:"我们的银藏山洞里,洞口好些岩头①堆着,绝对安全。如果讲真的有积德行善人拿去,我们也学神

---

① 岩头:石头。

仙——给他！"

柏元回到上马家里，照样孵小鸡卖。有一日，挑小鸡挑到八盆岭，在树脚下歇气，一只小鸡从蒲笼里头爬出来，转眼逃到柴窟窿。柏元随便怎么追，都追不着。小鸡钻进岩头堆里，柏元只好将岩头一块一块揭开。突然，岩头堆里头露出一只酒坛，提出来一看，满满一坛白银。柏元估计就是那几个强盗藏在这儿的。他也不私藏，就将那坛银子全部拿来在棠溪、上马一带造桥铺路，造福一方百姓。

柏章看哥发大财，也学哥的样子，每日半夜三更躲八盆岭柴窟窿。有一日那几个强盗又来了，只是柏章听不清楚他们讲啥，就走近些，不料发出声音。强盗发现后就是一顿揍，打得柏章半死半活。柏元晓得后把弟背回家，并且边走边劝："财富是要靠自个的双手创造的，省力铜钱是用不安逸的。"柏章扑哥的背脊看着被他打伤的头，终于良心发现，悔过自新。

大寒山龙宿塘

去过大寒山的人都晓得山上有口水质清澈的龙宿塘。为什么叫龙宿塘呢？就不一定晓得了。

很早以前，山后胡村的陈旺达从小就为财主家看牛。有一日，牛到山上的池塘里喝水，旺达看到塘后堪有一片地橘，红中带紫很黄妩，就去摘。谁知一脚踏空跌入塘里，几下挣扎就沉到水底。这时，一条金色的大鲤鱼游过来把他托出水面，并且推向池塘边沿。

陈旺达爬上燥滩，看鲤鱼搁浅，在滩上一下回不了水里，就一把抓住鱼口鳃将鲤鱼拖上岸，并且抱回家放到水缸里。他随手拿来一把薄刀放水缸沿磨。鲤鱼见水就有了点力气，问："小阿哥，磨刀干什么？"陈旺达讲："把你烧了吃。"鲤鱼讲："求求你要杀我。我是东海龙王的小囡，跟父王到这里布雨，看到大寒山上的池塘水清澈，青山环绕，就瞒着父王来此。龙宫一日，人间一年。等父王在龙宫发现我不在，一定会来寻的，如果晓得我已经被你杀掉吃了，这一带的百姓都会牵连着遭殃。我拔一片鳞甲给你，够你吃、穿。"

陈旺达真的从龙女身上剥落一片鳞甲，第二日早五更就拿到永康当铺。当铺老板看鳞甲闪着金光，晓得值铜钱，就当了十两银子。陈旺达有了银子就不去财主家看牛了，成日嬉嬉玩玩，没几日银子用完，又将龙女捞上来要拔鳞甲。龙女讲："如果把我鳞甲拔光，我在水里会活不成的。我口嘴里头有两粒珠，给你一粒，龙口珠价值连城，保你这一生吃、穿、住要愁。但是你要把我放回大寒山池塘里。到时候父王寻到我也不会为难一方百姓。"龙女从口嘴里吐出珠。陈旺达将龙女放回池塘。

陈旺达想：居住山后胡这样的山坑窟窿，"家有财产万贯，不如进城做官。"如果将龙口珠献给县太爷，肯定会给我官做。

第二日，陈旺达把珠拿到县衙，县官看到珠非常开心，当他晓得鲤鱼口嘴里头

69

还有一粒珠,就想,如果自个藏一粒,进贡皇上一粒,这样升官、发财两不误,多好呢?于是他当日就要陈旺达带路亲自来到大寒山龙宿塘,令弓箭手、打渔网手埋伏四周。但是一连几日都看不到龙女出来。县官眼睛盯着陈旺达讲:"哪来的龙女,你在这捉弄本老爷?!"陈旺达讲:"龙女善良,叫个人跳进塘里头,她肯定会来救,到那时再把她捉上来。"

　　陈旺达刚讲完,县官就叫手下把陈旺达推入塘里。过一会儿龙女真的顶着陈旺达游到池塘边沿。就在此时,好几张渔网从不同的角度撒落下来。龙女一看立即往塘里头游,几十个弓箭手同时将箭射向塘里,将龙女退路封住。恰巧,此时龙王寻囡来到,看到龙囡被渔网网住,就雷公火线①,龙风大雨②,转眼乌天黑暗③。县官与手下看看不对就拼命地逃走。龙王要带龙囡飞回东海,龙女还挂记陈旺达会淹死。龙王讲:"良心长在背脊上的人,救上来也只会害人。随他去。"就这样龙王带着龙囡飞回了东海。

---

　　①雷公火线:电闪雷鸣。
　　②龙风大雨:暴风骤雨。
　　③乌天黑暗:天昏地暗。

虎踞峡

唐德宗年间,永康经常发生老虎吃人的事,特别是老鹰岩、双峰尖一带,搞得人心惶惶,大家白天都不敢出门。

金华知府派武将王征协助永康县令平息虎患。王征一到永康就四面挖陷阱,做套笼,还悬赏捉住一只老虎奖赏十捆丝帛。有个叫丁岩的老兵,主意头多,会挖陷阱,就向王征献策在啥地方挖陷阱。王征同意后,丁岩就在塘头村南面山脚挖了一口大陷阱。

过不了几日,一只大老虎果真掉入陷阱里头。丁岩在陷阱边沿得意地伸着脖子去看老虎。老虎"嗷呜"一声怒吼,丁岩吓得赶紧缩回身子,但心里还是有说不出的快活。

上下三处的人听讲捉住了一只大老虎,就纷纷地赶过来看。丁岩看看人山人海,很是得意,伯嚭得滴①地指手画脚讲了又讲,好像天下就他第一。

看的人越来越多,个个都朝前挤。在陷阱边沿的丁岩,让人一挤,站不稳,脚底一滑掉入陷阱里去。大家都以为丁岩这下要被老虎掰着吃了,都朝陷阱里看。只见丁岩坐在坑阱的一边,老虎蹲在另一边,四只眼睛都盯着不动。

地面上,大家商量怎么样才能把丁岩救上来。有人拿来一根大革索②,慢慢地放下去。丁岩轻脚轻手地抓住革索,眼睛盯着老虎不敢移开,只怕老虎扑过来。大家一起用力,把丁岩往上拉。当拉到坑阱一半高度时,老虎突然扑过来,它没咬丁岩,而是咬住革索不放。大家只好放松革索把丁岩放回坑阱底去。

在坑阱底,丁岩与老虎仍旧各在一边,眼睛对视。过一会儿,看看没动静,大家又故技重演想把丁岩重新拉上来。第二遍仍旧是拉到一半时,老虎又扑过来咬住革索不放。重复三四遍都与头一遍一样。丁岩看看老虎没伤害他的举动,就与老

---

① 伯嚭得滴:得意又吹牛。
② 革索:麻绳。

虎讲:"你们老虎见人就吃,搞得整个永康都不安则,所以人要杀老虎。今日人们没杀你,是因为我也在坑阱里。你如果伤害我,等我一死,人们就会用大岩头滚下来把你砸死。还不如让我先上去,我劝人们放过你,你再带领其他老虎离开这儿,到没有人的冷静山坑去生活。"讲来也奇怪,老虎听了竟松开口嘴,脚爪一蹁滑入坑底。

丁岩乘机抓住革索让大家拉出坑。丁岩不敢翻脸无情,立即与王征讲:"杀死这只老虎,其他老虎照样要吃人。这只老虎通灵性,我在坑里已经与它讲妥了,不杀它,它会带领其他老虎离开这儿,可以让整个永康安则。"

王征听后觉得有道理,就同意把老虎放了。丁岩与大家将黄泥从坑沿倒下去,深深的坑阱慢慢地变浅,离坑口还有一丈高时,老虎"呼"地一下跳出来。"嗷呜"一声长啸,随着一阵风而去。从那时起,整个永康老虎的踪迹就慢慢地消失了。

从此,大家悟出一个道理:人与所有的野生动物不是你死我活的死对头,人与野生动物完全是可以和谐共生的。老虎放生的地方就叫"虎踞峡"。

倪宅三板桥

明朝正德年间,金华知府刘临到永康巡案,一路鸣锣开道,沿途百姓闻之回避。当大队人马走到倪宅村铜锣山时,在铜川桥桥头大路边沿,跪着一个长发披肩,胡须尺把长的人。兵丁以为是癫人①拦路,立即报告给府太爷。府太爷坐在轿里也没多想,就下令兵丁将他打了三板屁股。

一队人马继续前行,走到东塘岸时,府太爷扭转头来看,发现那个"癫人"仍旧跪在路边沿没动,当时府太爷感觉有点儿蹊跷,等到永康城里办完案打道回府,走到铜锣山时,那个"癫人"仍然跪在那儿。府太爷见状,断定三板屁股打冤枉了。府太爷落轿把"癫人"扶起来,问了才晓得,他是倪宅人,叫倪大海,爹倪永琦三年前死去,就葬在铜锣山。他就在山上搭茅草庐守孝。看着府太爷大队人马鸣锣开道,只怕府太爷的浩气吓着爹的阴魂,所以没去回避而跪在桥头。

府太爷刘临听后愧疚万分,错将孝子打了三板屁股。自己身为朝廷命官,不辨真假乱作为,也该处罚。于是当即命令兵丁打了自己三板屁股,并改授铜川桥为"三板桥",以作警示。

刘临走回金华府后,就行文书到永康县衙了解倪大海的情况。经永康县衙反馈情况才晓得,倪大海的爹倪永琦到田畈做生活被蛇咬伤,伤口腐烂得很严重。大海四处背爹去求医,床前床后,烧汤煎药寸步不离,煎好的药汁冷热先尝,伤口腐烂的脓头流不出来,他就口嘴扑上去吮。有人与他讲,蛇毒要用草药"七叶一枝花"才能解,他就到三十里坑的大寒山、白云山连寻七日,等他将"七叶一枝花"拿回来,爹已经回天无力了。

明朝正德九年,府太爷刘临亲自将永康旌其门改曰"孝行之门",并上奏朝廷旌表。明朝嘉靖十五年,朝廷为表彰倪大海的孝行,特敕建立孝子牌坊。三板桥不仅传承弘扬孝行美德,也一直警示当官人慎始如初,自省自勉。

---

① 癫人:疯子。

永康大话

三眼井

　　清朝咸丰年间,永康城里有个财主叫李贵念,乐善好施。在他家里的围墙外有一口东、西两个口的井。东边是富人井,井脚有个铁盒,有铜钱人家挑一担①水一文钱,由自个放入铁盒里。西面是穷人井,免费。井水清甜,城里有铜钱人家多,生意很好。

　　住在旁边的王良看着眼馋,找人在双眼井靠路这边也打了一口井。不管穷、富一律一文一担。井刚打好,王良就找打铁老师②做了个井盖,把井给锁起来。并且他还提着一面锣大街小巷去喊:"我的井,水质又清又甜,头三日免费。"

　　头三日,前来挑水的人很多,王良看着开心极了。到了第四日,他拿一把小交椅,坐在路边沿等着收钱。可是,一日看到乌影,也没个人到他的井里提水。他拦住一个挑水人问:"你怎么不到我那口井提水?"担水人讲:"主人家吩咐过,只到李贵念的井提水。"

　　王良想不通,他的井靠路边沿,更方便提水。穷人覅讲,富人挑水同样一文一担,可他们宁愿多走几步,也要到李贵念的井挑水。

　　有一日夜里,他硬着头皮来到一户财主人家去问。财主讲:"吃惯李贵念的井水了,换井的话,会水土不服。"王良想:"骗小活鬼呀,头三日覅铜钱时,怎么有那么多人来挑水呢?"

　　王良气不出,趁夜里没人时,把一块大岩头"嘣"地丢进李贵念的井里。

　　第二日天早五更,王良困毛熟里③让敲门声吵醒,打开门一问才晓得,李贵念的井提不上水了,让他把井锁开出来,好让大家提水。王良估计是昨夜丢的大岩头堵住泉眼了。剩下我的一口井,发财的日子来了。王良来到井旁把井盖开出来一看,

---

①一担:一百市斤。
②打铁老师:铁匠。
③困毛熟里:睡梦之中。

他的井也没水。于是,他眼珠一转,赶到县衙,状告李贵念断了他的水脉,赔偿损失。

知县邹屏刚上任不久,听王良讲完就亲自来到现场察看。李贵念听讲王良告他,就立即赶过来,讲:"不晓得这井怎么会勿冷空干燥没水。"他叫一个长年到家里背来一架①两脚梯下去看,长年在井底看到有块大岩头,就把它移到旁边,泉水就又涌流了出来。长年从井里上来与知县禀报泉水是被一块大岩头堵住,现在已经把它移开了。

知县转身对王良讲:"你去看看你那口井是不是有水了。"王良看到他的井也有水了,但还要告李贵念害他的井一日没水,少收一日铜钱。知县讲:"你既然要告,那就回县堂审理。"

回到县堂,邹屏惊堂木一拍,讲:"王良,你的井干燥一日,要李贵念赔多少?"王良讲:"少少讲讲一日卖五百担水,赔五百文。"邹屏令签一丢:"信口开河,先打他二十板屁股。"李贵念求情讲:"请大人先审明白再打也不迟。"

邹屏讲:"李贵念,你讲讲看,你的两口井这些年赚了多少铜钱?"李贵念讲:"分文未赚。"邹屏接过去讲:"双眼井,与我还有缘。当年我还是个穷秀才时,进京赶考路过永康,到双眼井去舀水喝,看到井边沿的铁盒未上锁,里头有好些铜钱,就偷偷地扒出来当盘缠。后来我春闱高中被任命为知县,又刚好调任永康。本想去谢恩,不料先碰到双眼井官司。到现在我总算悟出双眼井的奥秘:穷人井是为百姓方便,富人井是叫富裕人家留点铜钱让有难处的人应急用。等难处过去再放回去救助其他有难处的人。"

邹屏从袖袋里拿出几两银子递给李贵念:"这点银子帮我放入铁盒。"王良听得脸面像红头雉鸡似的,讲:"我回去就把铁盖拆除掉。"

王良回去找来挖井人,索性将井与李贵念的井连成一口,并且盖上石板,仍旧开三个眼。从那时起,大家就把这口井叫为"三眼井"。

---

① 架:具。

石桥头毛红塘

民国时期，石桥头有个胡阿山，出身财主人家，头脑灵活，就是赌博成瘾，只要有点儿空闲就去赌，并且不输光手里的白洋不歇手，没几年爹娘遗落下来的家产就都输光了，村里人都叫他"呆头阿山"。阿山讲义气，小侬伴阿狗只要用得着，无论倒贴力气还是贴铜钱都会帮，好几次帮阿狗渡过难关。

有一年春上，阿山与阿狗到古山赶集，阿山看到赌博场就一头钻入赌博窝。集未赶，带身上的白洋就输光了，还倒欠别个四十块。债主不让他走。没办法，阿山很不舍得悄悄地讲："我家里有一丘很大的毛红田，田后堪上头还有毛红塘，如果碰到大旱之年，旁边还有仰天灯盏塘，车桶车水也方便。今天拿来当抵押，等以后有白洋再赎回来。"债主把阿山搜遍全身也不见一个铜板，不相信也得信，比打手掌心总好点。两个人立了字据，捺过手指印，阿山才得以脱身。

快要散集时，阿狗看阿山垂头丧气地走过来，晓得又输七打八了。一问，真的田地都输了。阿狗以前也会赌，自从娶了内家，几次让内家教训，不敢再赌了。头些日子酒筵上一个小侬伴喝醉了酒，将怎样赌博抽老千搞鬼透露了出来。想想阿山平时经常帮自己，今日也帮他一次。就对阿山讲："山，你在这等一下，我去帮你赢回来，以后就是你欠我的。"未等阿山开口就转身离去。

阿狗进入赌博场，利用抽老千搞鬼还真的顺利，一会儿工夫就将阿山的田地契赢了回来。阿狗将字据拿上手就离开赌博场。阿狗一看到阿山就很开心地讲："山，赢回来了。"阿山看看阿狗手里拿着他写的字据，哭笑不得地讲："谁要你这么多管闲事！"阿狗不晓得咋回事，也就闷声不吭了。

第二年春耕，阿狗想：阿山已经将田地输我了，料他也不会来种，就打算到毛红田做秧田撒秧谷子，先种上早稻，等有机会再寻阿山商谈，将田地还给他，条件是必须戒赌。谁晓得，阿狗走到田畈一看，毛红田已经插上秧。经打听才晓得"毛红田"根本就不是阿山的。毛红田在西边，毛红塘在东边，中间隔着两座山岗，仰天灯盏

塘在南边,中间是一条大山沟,分处三角,三个地方一日都走不过来,更加嫑讲车水浇田了。

阿狗现在才晓得阿山是骗赌博伴的,难怪讲他"多管闲事"。当日夜里,阿狗走到阿山家里,就摊开讲,赌债既然是假的,也就不再追究了,但是要阿山答应以后不再赌,古话讲得好:"十个赌徒九个输,倾家荡产勿如猪。"

从那时起,两个人一起去学编藤椅,农忙时到田畈做生活,空闲时在家里编藤椅卖。没几年,两户人家生活就过得很清爽①。石桥头人都讲:"赌博是真的碰不得,没有人是靠赌博发财的,赢来的铜钱不当铜钱用,来得快,去也快。"

---

① 清爽:富有。

虹霓巷

明朝嘉靖年间，王崇与西街徐昭先后高中进士，都在京城做官。徐昭定个囝①徐文阶邀请风水先生选地基，在永义巷口与后坟头之间造了一幢豪华宅府。王崇老爹王科，不甘示弱，也聘请风水先生寻找风水宝地。风水先生踏遍永康城，认为最好的风水就是徐昭的宅府，要造也只有紧靠徐府的西面，并且房屋要高于徐府。王科高价购得此地，两幢房屋之间墙脚紧靠墙脚，并且王府围墙高于徐府。

徐昭有囝四个，相当豪强。他认为"宁可青龙高万丈，不可白虎回头望"，王府高过自个的宅府不讲，落雨天屋檐头的水会溅到徐家墙脚。经过几次协商讲不通，就一状告到县衙。县官接状后觉得两户人家都得罪不起，就一拖再拖。

徐家凭着兄弟多，几次奔到王府门前争吵。王科怕吃眼前亏，就打发家里人赶到京城与王崇反映。王崇觉得自个与徐昭都是小侬伴，并且同朝为官，处理不好会伤和气。就叫时任总兵的囝王鉴回永康慎重处理。徐府也叫最小的弟弟徐文熊赶到京城与爹徐昭反映。徐昭晓得整个事情的来龙去脉以后，随手写了一封信让徐文熊带回家里。

徐文熊按照爹的吩咐，当着两家人的面打开信看。只见上头写着：

千里寄书为堵墙，

让他三尺有何妨？

万里长城今犹在，

不见当年秦始皇。

王鉴一见，立即下令推倒自家围墙，后退三尺。徐家看到也马上动手拆除外墙后撤三尺。留下六尺通道。

徐昭的一封信化解了两户人家的危机，只是相争过后，两户家人总开不了口重新讲话。过些日子，徐府的猪栏清猪粪，一只猪走丢没地方寻，一个长年讲："王府

---

① 定个囝：次子。

地名大话

的菜地里有一只猪与咱们丢失的猪很相似,我看就是我们的。"徐家哥弟俩走去一看,还真的与自个的猪毅然八对①,兄弟俩二话不讲,抓起来就拖回家去,王府的家里人跑去与王科讲,王科与家里人讲:"随他去,徐家讲是他的,就给他。"

第二日,徐府的猪找到了,徐家哥弟俩心里过意不去,但是都开不出口讲,只好让一个长年把猪送回来。

王府的猪栏地形偏高,猪尿流到徐府的围墙里去。哥弟俩也一声不吭,而是在围墙脚挖个坑,每日让长年把猪尿舀掉。王府的长年日日听到徐府在围墙脚舀水,有一日爬上墙头一看才晓得是王家的猪尿流过去。长年与王科讲晓得后,王科就将猪栏移到别的地方。

这一年的十二月,王家杀年猪。王科刚好看到徐文阶从门前走过,就大声地叫:"阶,今日我家杀年猪,你们哥弟俩晚饭都到我家吃猪三腑②!"徐长阶觉得王科是他的长辈,还先叫起他,就满口答应。走回家里哥弟俩一商量,就一同到王科家里吃晚饭。

过些日子徐家杀年猪,也叫王家人来吃猪三腑。两家人变得亲密无间。边吃边闲聊,王科深情地说:"人生如彩虹霓光,再华丽也只是一晃而过,只有蓝天依旧。咱们就把此巷取名为'虹霓巷'如何?"大家听后齐声叫好。

王、徐两家还真的印着一句古话:"邻里好,赛金宝。"谦让、宽容不是做人没用,而是一种美德,是一种肚量。

① 毅然八对:一模一样。
② 猪三腑:猪的胃、小肠、大肠。

79

永康大话

方岩山

很早以前,派溪程天安捂红曲做出来的糯米酒,醇美甘洌,只要酒坛一打开,整处侬家三天三夜都飘逸着浓浓的酒香。种田人喝了他做的米酒,一年三百六十五日都不会讲乏力。出门行担的手艺人喝了他做的米酒,一日走一百里都甭歇气。

有一日,中八洞神仙,各显神通到东海蓬莱岛游嬉回来,刚上海岸,他们就闻到一股酒香从永康方向飘来,暗暗称奇。铁拐李忍不住流出口水,讲:"错过这么好的酒不喝,白做一个生世的神仙。今日我要到永康去走一趟了。"其他的仙人听听也觉得有道理,就一个个都扮成贩茶客商,一起找到派溪程天安家。

好客的程天安舀出米酒,热情款待这些客人。八仙喝了程天安的米酒,个个连声叫好。他们虽然尝遍仙家玉液,也尝过不少人间佳酿,就是从未喝过永康人家这么香浓味美的糯米酒,真的是酒中上品。

从那时起,八仙就不想到别的地方去游山玩水了。特别是铁拐李,自从喝了程天安的米酒以后,日日拄着拐杖,一瘸一拐地来买酒,喝完还要装一壶带走。

有一日,铁拐李在程天安家里喝酒,他三杯落肚,面泛红光,就问程天安:"你是怎么酿出这么好的上等美酒的?"程天安手指北面讲:"我的酒是八百[①]良田种的糯米酿造的。"铁拐李点点头,又问:"还有呢?"程天安手指南面讲:"我的井头[②]里甘甜清洌的井水酿造的。"铁拐李又点了点头,继续问:"还有呢?"程天安手指东面讲:"我的酒是缸窑[③]烧制的瓷坛酿造的。"铁拐李讲:"好的,这三件都是永康的奇珍,难怪你能酿出这么好的美酒。"

铁拐李越讲越激动,竟忘记了还要与其他七仙一起去赴瑶池的蟠桃会。等七仙寻找到铁拐李赶到蟠桃会时,蟠桃会已经开始了。只见一排排则桌上摆着仙桃,

---

[①] 八百:范陌,村名。
[②] 井头:村名。
[③] 缸窑:江瑶,村名。

一个个客人面前斟满仙酒,众仙云集非常热闹。铁拐李坐下来举杯就喝,可他刚喝一口,就"哇"地吐了出来。众仙都看蒙了。王母娘娘责怪八仙没素质。铁拐李讲:"这些瑶池琼酿算啥酒,远远不如永康程天安做的糯米酒好喝。"

正在这时,从永康飘来一阵酒香,众仙闻到,一个个都流出口水。王母娘娘责怪酿酒大仙还不如人间村民。铁拐李对王母娘娘讲:他愿意与酿酒大仙一起去向程天安买坛米酒让大家尝尝。王母娘娘一点头,两仙就立即飘然来到派溪程天安家里。铁拐李说明来意。程天安听讲仙人要喝凡间酒,就满口答应,并豪爽地讲:"我送你们一坛。"

两仙谢过后,酿酒大仙捧上酒坛就迫不及待地离去。铁拐李瘸腿走不快,只好叫酿酒大仙回到蟠桃会时,先替他囥一碗。谁晓得酿酒大仙走回蟠桃会只顾为众仙斟酒,忘记了铁拐李的交代,等铁拐李赶到,酒坛已经见底。铁拐李看看他的空酒碗心里一蓬火。举起拐杖就要打酿酒大仙。酿酒大仙一躲避,身上没打着,刚好打到捧酒坛的手臂上。酿酒大仙疼得手一松,酒坛滚出瑶池,掉落人间。

酒坛底朝天掉在离派溪南面十来里的地方。慢慢地酒坛化为一座山,像擎天柱又似酒坛;看似圆也像方,四周岩石陡峭,慢慢地大家就叫这座山为"方岩山"。酒坛底剩余的米酒就是现在方岩山顶的放生塘,无论过多少日子都不会干涸。

金豚山

很早以前,天上王母娘娘开蟠桃会,宴请各路神仙。统领天河水军的天蓬元帅卞庄因喝醉酒,竟色胆包天调戏嫦娥,被玉皇大帝责罚,重打两千锤降落凡间。

卞庄昏昏沉沉一头钻入猪娘①肚里,生出来就变成了猪的头,人的身。他一肚子气没地方出,就大闹猪栏,将猪娘咬死,把身边的一只金黄色毛的小猪一脚踢出几万里外的江边沿。还好金黄色毛小猪与卞庄同胞出生,从卞庄身上沾了点仙气,没被踢死。

杨木塘有个人看到,就把小猪捡回家与一只介狗一起养。猪吃饱就是困觉,介狗成日围绕主人摇头摆尾,舐手舐脚。

有一日五更,猪与狗正在那吃五更饭,主人走过来对它俩讲:"你们两个要么困觉要么嬉戏,这样子不行,从今日起,勤奋的吃饭,懒惰的吃刷锅洗碗的米泔水。五更饭吃完你们都去耕地。"

猪与狗一起走到田里。猪一到就用猪鼻拱黄泥翻地,很卖力。狗呢,满田埂东跑西奔,跑没力就躺树脚下,伸出长长的舌头喘气,还时不时地朝猪"汪汪"笑笑。猪气呼呼地讲:"我么做生活没空,你么到处奔奔跑跑,回家时我要照实与主人讲,看你晚饭吃啥西。"猪牢骚发完照样用猪鼻翻地,狗仍旧时而奔奔跑跑,时而树脚下睡觉。

日头快要落山时,猪气呼呼地走回家。狗看猪走远,就到翻过的地上头来来去去跑了几遍,并且抄近路比猪先跑回家里,抢先禀告主人:"今日的地都是我翻的,猪成日就在树脚下困觉。"刚讲完,猪"呼、呼"地口吐白沫走回来,与主人讲:"地都翻了,我累得腰酸背疼,狗却满田埂乱跑,跑没力了就在树脚下睡觉,一点儿活也不做。"狗马上反驳,两个畜生争得不可开交。主人看看猪与狗讲:"覅争了,等我到田里去看一看就晓得了。"

---

① 猪娘:母猪。

主人与猪、狗一起到田里一看,满地都是介狗脚爪,就冷冷地讲:"争也没用,地上是谁的脚印,地就是谁翻的。"狗一听扬扬得意地摇摇尾巴,舔舔主人的手。猪有口难辩,低着头狠狠地瞪着狗一言不发。

走回家里,猪就被关进猪栏,到年底还要将猪杀掉吃肉。猪越想越气不出,就撞开猪栏门,逃到杨木塘边沿的山上。主人带着介狗一路追来。介狗嗅觉灵敏,跑得比猪快,不到半日,就将猪寻着并咬住猪后脚不放。主人将猪抓住就往回拖。此时猪讲:"我是天蓬元帅卞庄的同胞,在娘肚里时沾有天蓬元帅的仙气,如果将我吃了,你就会长生不老;如果将我放了,我会保佑此地一方百姓永远安康。"主人听后将猪放了,从此,这地方就叫永康,永康人视金黄色毛猪为保护神。猪就是豚,金豚山因此而得名。

永康大话

西津桥的由来

　　清朝康熙年间，每当天气晴燥时，住永康江南岸的人可以挽上布裤脚踩石块、涉浅水赶集，可在雨天水满时，只能花铜钱坐渡船。如果是贫苦人家碰到急事就只能涉深水。

　　徐长火在永康城里也可以算个头面人物，有一天他把好几个人叫来凑一起商量集资造桥。并且让造桥师傅估算了一下，这么宽的溪，石料、木料加造桥师傅的工钱，起码也得一万两白银。这么多的银两筹集也没那么省力。有人提出去寻找城里的首富陈招财，让他来补足资金缺口。

　　陈招财在溪南有上千把良田，城里开有米行、茶叶行、当铺、酒楼、客栈等，他一人的店铺就占半个县城，家大业大，让他出几千两白银没问题。

　　徐长火一行来到陈招财家里说明来意。陈招财听后愣了一会儿，讲："这座桥我独自一人建好了。只是桥造好以后要收过桥费。"徐长火一行人商量了一下，大家认为，有桥总比没桥好，也就答应了。

　　花了一年工夫，桥造好了。桥两头还各造了两幢小房子用来收费。桥造好以后看的人多走的人少，一般的人宁愿绕道多走一个时辰也不想花铜钱过桥。本来天气晴燥水浅时可以踩石块涉浅水过溪，走的人多了也就走出一条水路。可现在桥就造在水路上，天气晴燥时也不容易走了。赶集不方便，慢慢地就在溪南的王染店形成集市，王染店没的东西才到城里买。

　　陈招财发现，自从桥造好以后，每间商行的生意都日过一日冷淡了，收来的过桥费，等扣除掉收费人的开支，所剩无几。经常有开店做生意人叫陈招财勥收过桥费了，陈招财无论怎么讲就是不答应。

　　有一日，陈招财的爹伤风，一天到晚咳个不停，城里好点的郎中都来看过，咳嗽没见好转还喘起气来。听有人讲，下园朱村的王笑疾医治咳嗽技术高明，陈招财就马上去请。但是无论陈招财怎么请，王笑疾就是不肯出诊，并且还讲："前年，城里

有个人的囝生病,来请我爹去看,那户人家贫穷出不起过桥费,两个人就涉水过溪,当走到溪中间时,我爹一脚踩空,让溪水冲走淹死。自从爹过世后,我就发誓以后再也不到城里行医了。如果只为富裕的人家出诊,穷的人家不去,别人会骂我欺贫爱富,如果我自个出过桥费的话,生病的人家又过意不去。"

陈招财走回家与他爹讲了王笑疾的话。他爹讲:"从今日起过桥费勥收了。"陈招财讲:"为造桥花了一万两白银,就这样白丢了?"爹讲:"是人要紧还是白银要紧? 王笑疾不肯出诊,是逼我免收过桥费。顺水推舟给他一个人情,我们也可以落个好口碑。反正过桥费一年到头也收不了几两白银。"陈招财想想也是,就走去与王笑疾讲,从此免收过桥费,并请他出诊。

大家一晓得免收过桥费,到城里赶集的人又日过一日多了起来。王染店的集市也就慢慢地消失了。

有一日,陈招财的爹又伤风了,他再次请来王笑疾到家里为他爹看病,顺便留下来吃晚饭。喝过酒,话就多了起来,陈招财讲:"王先生,想当年我花钱造桥,舍不得白花花的银两,非要收过桥费不可。结果没人走,造桥费收不回来勥讲,商行的生意都没了。亏损的银两,两座桥都可以造起来。到后来免收过桥费,店里的生意眼看就好了起来,赚来的银两造得起好几座桥。"

王笑疾讲:"舍得,舍得,有舍才有得。这就是厚德载物。"陈招财点点头,心想:好人做到底,干脆把桥两头收费的小房子接着盖,把整座桥搭到头连成廊桥,让过桥人可以遮风避雨,乘凉歇气。

桥建的位置是原来的西津渡口,桥也就取名为"西津桥"。

永康大话

陈弄坑栖山寺

永康、武义、金华、义乌四县交界之处有座白云山,山脚下的陈弄坑有座栖山寺。逢年过节,四面八方的人都会来朝拜寺里的十八罗汉。

明朝时,出了一件怪事。每年大年一过,永康县衙就会有人因细囡去烧香失踪前来击鼓鸣冤。好几任知县带领衙役到陈弄坑搜寻都搜不出踪影。

有一年,新任二十来岁的年轻知县徐武,上任头一日,就有人前来击鼓鸣冤。徐武年轻气盛,马上带领一班人马赶到栖山寺。

当他带着几名衙役来到出事的十八罗汉殿,只见一个老僧出来接待。徐武问起有细囡来进香失踪之事。老僧讲:"出家人戒律在身,一般只迎不送,不晓得香客离寺后的去向。"徐武整座寺庙转了一圈,也看不出异样,刚想离开寺庙,见有两个细囡前来烧香。徐武就吩咐一个衙役躲起来,看着这两个细囡,自己则带人马走回县府。

时近黄昏,躲着看的那个衙役走回县衙讲,两个细囡拜完十八罗汉,就讲讲笑笑离开寺庙,没见有和尚出来送。

转眼又过去三个月,有一日五更,徐武正在洗脸,县堂门口又有人击鼓。报案的是武义桩村的财主李长庚。全家人到栖山寺烧香,拜完菩萨,李长庚与家里人来到寺庙后面半山腰的百灵岩洞嬉。大囡李仙娇怕吃力没去,就与妹妹一起在庙里头嬉。等大家山上下来,姐妹俩都不见了。

徐武立即带上几个衙役赶到栖山寺,前后搜了一遍,发现在百灵岩洞前有两只绣花鞋。有个董村人讲:很早以前,董村有个财主生了个呆头团①,财主见娶不进儿媳妇,就买了个婢女让团当内家。婢女不肯,就逃到山上,从悬崖上跳下去摔死。两个细囡肯定是让婢女拖去做伴了。李长庚信以为真,就在百灵岩洞前点了香,烧了锡箔纸就回家去了。

① 呆头团:傻儿子。

86

案子破不了,徐武整日皱着眉头。内家朱赛花晓得后插嘴:"既然婢女抓去做伴,怎么又会把鞋放在百灵岩洞口呢?这明明是故意转移视线。抓细囡的肯定是和尚。"徐武讲:"有道理,只是没人证物证呀。"朱赛花讲:"我从小跟爹学得一身武艺,扮成香客,协助你揪出罪犯。"徐武讲:"我上报金华府,叫府台调集金华八县捕快埋伏寺庙四周,围歼和尚。"

端午日下午,穿白衣孝服的朱赛花,由婢女小英搀着进入寺庙。朱赛花跪在蒲垫上一边哭一边拜,讲老公这么年轻就死了。

一会儿,一个老和尚走过来替她超度亡灵,讲:"细囡,中央这个蒲位是祈福求财的,超度亡灵要跪旁边那个蒲位。"小英搀扶着朱赛花走到旁边蒲位,刚跪下去,只听"哐"的一声,两人就掉落到深深的地洞里,地面转眼恢复原样。老和尚像无事人一样仍旧在那儿念经。

地洞里头,一张网把两个细囡裹着挂在中间,四周有两三支蜡烛点着,好几个和尚阴笑着逼近她俩。朱赛花从身上拔出小匕刀把网割破,与小英背靠背迎战和尚。打了一炷香工夫不分输赢。朱赛花与小英讲:"小英,你沿着这条通道出去报信,这儿我来对付。"

小英瞅空钻出洞口。周围埋伏的官兵在小英的指引下冲入地洞,把和尚一个个抓出来,整座寺庙的和尚没一个漏网。还从洞里搜出钗簪珠宝三箱,一堆白骨。上下三处赶来看的人都讲:这些和尚怎么会有这么阴汁的。

真的是:人在做,天在看,恶事做多天报应,多行不义必自毙。

永康大话

凤山寺

很早以前，永康北面三十里的一座山上有个山洞，洞里住着一只鸟，长得很黄妩，真可以称为"百鸟之王"。大家都叫它"凤凰"，那座山也就叫为"凤山"。

凤凰娶了个内家长得又尼申又乌妻讲，还好吃懒做、支离①，无论啥事都要管，动不动就"哇哇哇"讲个不停。大家都叫她老鸦②。

有一日，五更饭③刚吃完，老鸦就飞到一棵大树上嬉。在树头尖看看蔚蓝的天空，秀丽的山水，很是惬意。无仑青空，天上飞来好多鸟，衣服五颜六色，在那轻歌曼舞。老鸦越看越嫉妒，气不过，就眼睛朝天轻蔑地眨眨说了声"啥西好得意"，就一头钻入洞里与凤凰讲："亏你还是个鸟王，整日就晓得在洞里，也不出去看看，那些比你尼申的鸟都在那漫天飞舞，看它们有多么神气！"老鸦看凤凰一声不吭，就将它耳朵垂揪着，扑耳朵脚"嘀咕嘀咕"说个不停，直到凤凰点了点头。

第二日，凤凰召集统天世下④的鸟，命令每一只鸟的翅膀都剪掉，省得在天上胡乱飞，鸟屎胡乱拉。

听讲鸟王有令，不到一个时辰，斑鸠刚落地，孔雀就来了，紧接着百灵鸟、鸽子、猫头鹰，还有鸡，一只接一只地赶到。

老鸦挺着肥胖的肚子代替凤凰点名。结果发现麻雀未到，老鸦讲："不等它了。鸟王有话要讲。"凤凰照着老鸦的吩咐朝大家训了话，接着动手剪翅膀。大家听讲要剪翅膀，个个都吓得瑟瑟发抖，一个劲地朝后面躲。凤凰一把抓住鸡，"咭咭"两下，鸡的两只翅膀落地。

就在这时，天上传来麻雀"唧唧唧"的声音。凤凰看到麻雀就是一蓬火："你个

---

① 支离：不讲理。
② 老鸦：乌鸦。
③ 五更饭：早饭。
④ 统天世下：全天下。

小东西,竟敢违抗本王命令,干吗这么晚才来?"麻雀低着头讲:"禀告鸟王,我在路上遇见一事耽误了时间。"

老鸦眼睛一盯,插嘴:"啥事?"麻雀讲,路上有两个人在那相争,愣是把我拉住评理。一个讲:"晴天比阴天多,白天比夜晚多。"另一个却讲:"不是,是阴天比晴天多,夜晚比白天多。"凤凰问:"那么你是怎么讲的呢?"麻雀讲:"我讲夜晚比白天多。"有几只鸟插嘴:"怎么会这样呢?"麻雀讲:"白天日头①出来,如果将乌云把日头遮挡的阴天算入夜晚,那就是夜晚比白天多。"

老鸦讲:"就这么点事,也不该迟到呀!"麻雀讲:"还有。没走几步路,一堆人围着看夫妻俩相争。老公讲,天下男的比女的多。内家讲天下女的比男的多。"凤凰问:"那么你是怎么讲的呢?"麻雀讲:"我与他们讲,男的少女的多。"凤凰好奇地问:"怎么会这样呢?"麻雀讲:"天下本来是有一男就有一女,只是较多男的光听女的话,自个没主见,受女的摆布,被指点惯了,也就成为女的,所以,天下女人比男人多。"

凤凰听后脸红耳赤,半日说不出话来。它是让麻雀对心拳②打着了:遇事自个没主意,全听内家指点,做了好多傻事。过一会儿,他宣布大家解散,就一头钻入山洞里,再也不理老鸦了。

从那时起,大家提起老鸦就摇头,骂:"老鸦口嘴。"吃亏的是鸡,从那以后再也不会飞了。大家从中悟出一个道理:一个成功男人的背后都有一个贤惠的内家。

后来有个和尚晓得这事以后,就在山上造了幢寺,叫"凤山寺"。

---

① 日头:太阳。
② 对心拳:正中胸前要害。

永康大话

下堰永川公祠的由来

清朝咸丰年间，下堰村的徐永川待人讲仁义，很多处里侬都受到过他的恩惠。有一年冬天，徐永川到武义收账，回家时路过罗山脚，看到崖塔皮①下有个人挂在树头尖②上。徐永川把他救了下来，看着伤重，就把他背回家里。那个人醒过来讲，他是做生意的出门人，不巧碰到长毛③，他就逃上罗山，长毛不但把他的钱财抢去，还把他从崖塔皮上推下去。徐永川听后叹口气，出门人讲的长毛就驻扎茭道。以前对周边百姓不怎么侵扰，最近却变了，好几个村遭抢劫，做生意的人如果碰到长毛，不死的话，就算是命大。出门人背脊打伤有点儿重，徐永川就收留下来让他养伤。

端午那日，一批做马戏④的人来到下堰，最出手的是"翻九楼"，一个小后生在九张重叠的八仙桌顶翻筋斗，结束以后艺人们就绕着门口来讨要铜钱。

马戏班刚走，出门人就把徐永川叫到没人的地方轻声地讲："主人家，你们村要收拾⑤了。"徐永川听后心里头"赫"地一下，问："怎么要收拾了？"出门人讲："刚才那批做马戏的人就是长毛。那个翻九楼的小后生，站半天顶高，整处侬家都看到，谁的家里有几间房，门口朝向他都看得一清二楚。"徐永川问："你怎么晓得他们是长毛呢？"出门人讲："我被长毛抓去几天，在兵营里头，好些人我都认识。马戏班里头那个独眼就是这支长毛的头，他叫李仁寿。"徐永川倒吸一口冷气，愣一会儿，讲："我以前听讲，驻扎茭道的长毛头是飞天黄龙呀？"出门人讲："我让长毛抓去，看到发号施令的是个独眼。"

徐永川不晓得怎么才好，出门人让他派两个人，挑两双箩筐，到八字墙买两担

---

① 崖塔皮：悬崖。
② 树头尖：树梢。
③ 长毛：太平军。
④ 做马戏：卖艺。
⑤ 收拾：倒霉。

铁钉回来,排家份户①连夜把铁钉打成三角,尖头朝上。

全村人听讲铁钉是拿来反长毛的,个个动手。当日夜里,徐永川趴在村口的樟树上,一夜没合眼。就在二更时,路上传来马蹄声。过一会儿,随着一声马嘶,接着就是马匹踩踏碰撞的声音,人跌落地上喊痛的声音。

此时,长毛感觉异样,就点着火把。可火把刚一亮,一支箭"嗖"地飞过去。紧接着村里头锣鼓喧天,四面在喊"反长毛"。长毛不晓得怎么回事,转过身就往回逃。大家看看这么省力就把长毛吓跑,个个都很高兴。不料,出门人却讲:"大家先勿高兴,更加大的祸事还在后头。刚才,我那一箭,本来想把独眼射死,结果让他躲过去。他肯定不会就此罢休。"徐永川问:"那么怎样才好呢?"出门人讲:"事到如今,只有让官兵来打,我得亲自到官府去。"徐永川讲:"你的伤还未好,这么远的路怎么能行?"出门人讲:"老哥,就凭你的恩德,我拼老命也要去。"

出门人离开没几日,永康城里传来消息,侵扰永康的那批长毛被剿灭了,抓来的长毛要开刀问斩。徐永川与几个处里人赶到城里看热闹。远远看去好些囚车,徐永川挤到前头,当看到囚车时吓得目瞪口呆,头一辆囚车里关的是那个出门人!

徐永川疾步走到囚车前,双腿跪下来,问:"恩公,怎么会是这样?"出门人讲:"主人家,我就是驻扎菱道的长毛头飞天黄龙。在我当头时,订有规矩:只抢为富不仁的财主与贪官污吏,对平民百姓秋毫不犯。可是,就在一年前,独眼李仁寿让官府追杀,是我收留了他。李仁寿来兵营以后,经常瞒着我带人去打家劫舍。我对他责罚以后就怀恨在心,设计把我从崖塔皮上推下去,当时全靠你及时相救。"飞天黄龙流着眼泪接着讲:"我不想看到官兵不分好坏把弟兄们杀光,只好我自个领官兵去打。用我的一条命去换来他们的不死。"

徐永川再也看不下去,跪地上朝囚车拜了三拜就离开。回家以后,他在三十里坑见人就讲:长毛不是个个都坏。过了几日,他就到金华参加了太平军。发誓要做飞天黄龙未做完的事。

有一日,就在徐永川宣讲他的想法时,一言不合与一个长毛头打了起来,他被长毛头打成重伤。家里人晓得以后,其声、其淮、其党仨囝②一起去看望、服侍爹,经爹劝讲,仨囝都留下来加入太平军。

---

① 排家份户:家家户户。

② 仨囝:三个儿子。

永康大话

　　同治二年,清军攻打金华城。守将刘政宏撤退之前,将一部分库银交给伤重的徐永川,让他与仨囝一起回家里囹好,以备以后东山再起之用。过了好些年,哥弟仨仍旧看不着太平天国复兴的踪迹,就将一部分库银造了一幢祠堂,取名"永川公祠"。

湖西

明朝弘治年间，永康城南面五里有一处人家，翁元奎、刘仙娥夫妻俩结婚十几年了还没囝囡。

有一日靠乌影，翁元奎挑着一担柴过桥时，碰到落大雨，就跑到桥下躲雨。来到桥下，他看到有个老成人躺在桥底下，衣裳破旧，只剩一点儿点气。翁元奎问老成人怎么睡在这儿。老成人流着眼泪，摇摇头，嘴唇动了动讲不出话，一只脚还腐烂得出脓。

翁元奎看看老成人就这样躺着，只能等死。就把他背回家里。内家刘仙娥也是个善良人，见到后马上端汤递茶把老成人安置了下来。经过翁元奎公婆俩的精心照料，老成人慢慢地恢复了健康，腐烂的脚也逐渐痊愈。

定年刘仙娥生了个囝。有一日吃晚饭，睡在摇摇车里的囝醒过来哭，老成人把碗一囥，就跑过去抱了起来。看看老成人对囝这么积钱①，想想自个夫妻俩都没爹娘了，夫妻俩一商量就认老成人为爹。

日子一长，慢慢地才晓得老成人叫胡安文，覅看他是从桥下捡回的，十几年前他还做过翰林院侍讲学士，是现在皇上的先生。只因有一日，太子顽皮不肯读书，胡安文用戒尺把太子抓起来打了九下手板，让太监告到皇上那儿去，讲是一只手有五个手指，打九下，寓意九五至尊，是打皇上看的。皇上一听顿时发火，立即把胡安文乱棍打出京城。就这样，一代帝师变成讨饭人。

翁元奎的救命之恩，胡安文统统转化到调教小孩身上。把他取名翁文锦。经胡安文的精心调教，翁文锦七岁就会吟诗，十二岁高中秀才。秋天赶到杭州应试还高中举人。考完乡试以后，主考官看看试卷，不相信这么点大的小活鬼能写得出这样的试卷。就对他随口吟唱："新月如弓，残月如弓，上弦弓，下弦弓。"翁文锦眼睛一眨对出下联："朝霞似锦，暮霞似锦，东川锦，西川锦。"这联把自个的名字嵌归

---
① 积钱：心疼。

去。主考官口服心服,叫他继续攻读,肯定会大魁天下,翁文锦讲:"父母在,不远游。等先生、爹娘百年后再讲。"主考官是个爱才之人,这样的人才如果埋没了实在可惜,就上报朝廷:永康出了个神童。

皇上听后,感觉荒村山野的小活鬼有这么了得,想必授业先生肯定是个奇才,就派人去打探。打探人走回宫,讲:授业先生就是当年因自个贪玩让父皇乱棍打出京城的老师,翁元奎夫妇捡父行孝。

皇上知道后,就命太监带上黄金白银赐翁元奎夫妇。翁元奎夫妇称:尊老行孝是人伦之道。将所赐金银全数退还。皇上心里头总感觉有愧于胡安文先生与翁元奎夫妇,到过年时又叫宫里人做了个大红包,里头塞满金银,命太监送去。

翁元奎一家收到金银犯难了,一介草民总不能一而再地撕皇上的脸面呀。还是胡安文先生想了个办法:将这些金银全数拿出来造桥铺路修河道。

过了些年,胡安文先生归天,大家都讲整处人家能好起来,都是胡先生带来的,慢慢地大家就叫这处人家"胡先生住过的",日子一长,就顺口叫成"湖西"。

胡则卖名声

宋太宗端拱年间,古山有个老童生陈诚,读了三十几年书,就是考不上秀才,终日与老娘相依为命。陈诚虽穷但是做人正直,名声较好。胡库胡则比他小十几岁,两个人是忘年交,关系很好。

有一年入秋,县里考秀才,陈诚想再去拼拼看,就把老娘托付给胡则照顾,他自个则到永康城里去考试。秀才发榜快,陈诚前脚刚跨入家门,结果就已经出来了——考不上!接下来是胡则要到省城考试。小侬伴要出远门总要意思一下,陈诚衣裳袋摸个遍,只有几个铜钱,够买一把折扇供路上用。为了要面子,他硬着头皮来到平时偶尔要去吃几餐的一个小酒馆,与老板娘商量赊一回账。

老板娘应秀丽是个年轻寡妇,老公死后,一个人经营着一个小饭馆,听到陈诚讲要为胡则送行赊账,就满口答应。

喝完酒,陈诚走回家里,老娘生病躺床上喊头疼,欲请郎中又没铜钱。陈诚正在着急,只见胡则慌里慌张地走进来,讲:"陈诚哥,救救我。"接着胡则吞吞吐吐讲了倒嫁子的经过:喝完酒,陈诚刚走,胡则几杯酒下肚,头昏脑涨地去上龙司①,当从茅坑②走出来时,看到老板娘的房间亮着灯,里面有流水声,就扒门缝上看,发现是应秀丽在那洗浴,吓了一跳。应秀丽听到门外有动静,衣裳一披就喊。胡则转身就逃。

陈诚听后没好气地讲:"你这是有辱斯文,还好她没看到你,否则你的前程就歇工③了。"胡则讲:"陈大哥,你送我的那把扇子,在我逃跑时掉地上了。"陈诚一听顿时吓住:"啥西?那扇面上有我的落款吧!"胡则讲:"所以应秀丽晓得不是你就是我。"胡则从衣裳袋里掏出几个银子,讲:"你的名声丢了也就丢了,我如果丢了名声

---

① 上龙司:大小便。
② 茅坑:厕所。
③ 歇工:完蛋。

就前途尽毁。这一百两银子都给你。"陈诚听后心软了,讲:"唉,我也不要你的银子,你去吧,此事由我来承担。"胡则把银子无论怎么推,陈诚都不肯要,胡则无奈,就讲:"留下一半就算是给你的娘治病。"讲完把银子则桌一园,就逃跑似的走了。

定日五更,差人把陈诚带到县堂。县令将陈诚落款的扇子,举起来问陈诚怎么解释。陈诚讲,是昨晚酒喝多了,不晓得怎么会走到老板娘门前。县令觉得也不是啥大事,就判陈诚有辱斯文,五年内不准应考。

应秀丽听后不肯,讲:"他偷看我洗浴,叫我以后怎么做人。如今,要么他娶我当内家,要么让我上吊!"陈诚听后满口推。应秀丽大娘八爷[①]地大哭。县令惊堂木一拍:"陈诚,你偷看别个洗浴又不要她,想逼死她吗?男子汉敢做就要敢当!"陈诚无话可讲,只好接受。

恰好,胡则的五十两银子可以派上用场办喜事。婚后,陈诚觉得反正五年之内不得应考,就钻头毕日帮应秀丽打理饭店。陈诚会写会算,应秀丽做生意名工[②],两个人凑在一起,饭馆开得还真不错。

胡则也争气,到省城后,考中举人,端拱二年,胡则二十六岁时考取了进士。金榜题名回家里时,他特意去看望陈诚。陈诚讲:"你有今日的出头日,不枉我当年卖名声。那样做既救了你,也救了我自个。如果没有那件事,如今我还是一个读书的老童生,连老娘都供养不起,哪有现在这样清爽的家?"

此时,应秀丽红着脸,插嘴讲:"当年胡则根本就没做酒后失德的事。是我看你为人好,请胡则帮我演的一出戏。"陈诚讲:"万一我不答应,你俩怎么收场?"胡则讲:"就在你到县城考秀才,我在你家里照顾你老娘时,你老娘就担心你不是读书的料,可又沉迷科考,这样下去会毁了你一个生世。看看秀丽也百寥,于是三个人凑在一起相商,叫老娘假装生病急需用钱,加上我与你的友情,逼迫你娶秀丽做内家。"陈诚讲:"胡则老弟,为了帮我,你能舍出名声。真是难得的高风亮节,将来肯定是一个好官!"

[①] 大娘八爷:呼爹喊娘。
[②] 名工:能干。

名人大话

金秋塘楼焰

宋徽宗政和二年十二月,金秋塘秀才楼焰娶内家,亲朋好友满座。新妇娘潘莲妹,出身财主人家,从小喜欢诗词歌赋,有钱有势的人家她都不嫁,偏偏要嫁个穷秀才,看中的就是楼焰才学造诣非同一般。

拜过天地以后,新妇娘送入洞房。楼焰在外头招待客人。古话讲:"新婚三日没大小。"娶新妇越热闹越吉利。在恭喜的人群里,有一批是楼焰的同窗读书伙伴,讲到闹新妇房一个个长头八颈①。上范的范东讲:"楼兄,等一下闹新妇房我们要翻筋斗,花床柱坚实一点儿。"楼焰笑笑讲:"我好不容易扛个内家,如果把她吓跑,我得一个生世做光棍。"

读书伙伴王瑞雪插嘴:"不翻筋斗也可以,只是你要与我们每个人各饮一杯酒。"楼焰没办法只好与这些读书伙伴每个人各饮一杯酒。等喝完,楼焰有点儿吃不消了,走到茅坑吐掉一些才清爽一点儿。

吐过以后,楼焰想到锅灶间喝水,走到柴房,就一头倒在柴堆上睡着了。等楼焰醒过来已经是天黑点灯了,客人都已散去。楼焰从柴房里走出来,想到新妇娘红盖头还披着,该去揭下来。楼焰轻轻地推门,房间里的门闩着,开不了。楼焰朝着门缝讲:"莲妹,门开一下,我是楼焰。"里面的新妇娘讲:"我有一个上联,你如果对得出来,我就开。"楼焰想:一个细囡能读过几本书?就满口答应。潘莲妹讲:"水有虫则浊,水有鱼则渔,水水水,江河湖淼淼。"楼焰酒后还未完全清醒,一时半会儿还真的对不出来,只好走到轩间去睡。

定日五更,楼焰过来叫新妇娘起床见公婆,潘莲妹嗔怪楼焰:"昨夜你对出对子了,啥干还要睡后窗脚的大凳上?"楼焰讲:"我对不出对,睡轩间的,怎么讲我对出来了呢?"潘莲妹讲:"昨夜三更时,你在门口对的下联是:木之下为本,木之上为末,

---

① 长头八颈:兴高采烈。

97

木木木,松柏樟森森。我就开门让你进来,你进来后出声勿响①,连衣服也不脱就睡在后窗脚的大凳上。那个人难道不是你?"楼炤苦笑讲:"肯定是那几个读书伙伴搞的恶作剧。"

过一会儿,几个读书伙伴走过来。范东讲:"楼兄,新婚之夜怎么好让新妇娘守空房,昨夜我替你代劳了。"那几个读书伙伴一起附和:"正是,要分利市。"楼炤与他们一起读书多年,晓得都是正人君子。只是经过这件事以后,晓得自个才学尚浅,还需苦心攻读。接下去他就谢门闭客,在家里刻苦读书,第二年考中举人,政和五年考中进士。调任大名府户曹。

有一年冬天,楼炤有事外出。有个人撞到他的轿上,轿夫开口就大骂。楼炤下轿一看,原来是读书伙伴范东,穿着破烂的衣裳就像讨饭人似的。楼炤讲:"范兄,你怎么会落到这样的地步?"范东忍不住泪眼婆娑地哭。楼炤把他搀扶上轿,接回家里。

范东讲,他连考几年都落榜,就出门去做生意了。可生意场上尔虞我诈,他根本不是做生意的料,没多长时间就让别个骗精光,不得已沦落街头。楼炤讲:"做生意总是有赚、有蚀的,覅灰心。如果不是当年你在洞房夜羞辱我,激起我的斗志,就不会有我今日的日子。这么看来,范兄是我的恩人。"楼炤把范东留家里嬉了十几日,又送了些盘缠给他,才让他回永康。

当范东走到上范,大老远就听到内家在哭。门口刚跨入,一具棺材放在街沿,内家看到他,还以为看到鬼。范东问她棺材里咋会是他。内家讲:"前几日,金秋塘楼炤讲,你在外头生病死了。是他派人把你囥入棺材送回家的。"

范东走到棺材前,不晓得啥头归,他拿起一把斧头就剁。棺材盖破开一看,里面放着两箱金银珠宝与一张纸。只见纸上写着:

你让我妻守空房,我让你妻哭断肠。范兄勤勉多努力,他日扬眉生意场。

范东看后,着实感动,现在的楼炤与他乃天地之别,还这么帮他,真是"贫贱之交不忘,珠玉满堂不贵"。到后来,范东用这些金银珠宝当本钱,发奋努力,终于富甲一方。

---

① 出声勿响:一声不吭。

名人大话

林大中折桂

南宋绍兴年间,林通海在永康城里开了一间丝绸店,富甲一方。他有个囝林大中从小就很聪明。林通海一心想让囝金榜题名。焦臭的是林大中却偷偷摸摸学赌博,林通海无论怎么劝、骂都没用,学业慢慢地荒废下来。

有一年,林通海生病去世,林大中没人管束就整天钻入赌博场,不到一年,家里的银两输得尼尼脱脱①。有一日,林大中手头没银子,就在家里翻箱倒柜,寻找出一张当票,是爹的朋友家陈长归当铺开的。当票上只写着一只樟木箱,里面是啥西、当银多少都没写。林大中想,就凭爹与陈长归几十年的交情,价值肯定不会少。于是,林大中拿着当票赶到当铺。

陈长归看看当票,叫林大中报出赎当的信物。林大中讲:"赎当耍当银要信物,哪有这样的规矩?!"陈长归讲:"你爹在世时盼罢盼咐②,赎当的信物在《论语》里,只有讲出信物,才能赎回樟木箱。"林大中无法得③,只好回到家里,把《论语》翻出来寻找。

定日五更,林大中将揣摩出来的信物讲给陈长归听,陈长归摇了摇头,讲:"不是。"林大中只好走回家再去翻书。从那时起,林大中过两三日就到当铺去一趟,每次都扁扁伏④走回家。

转眼半年过去。有一日,陈长归想起林大中有好些日子没来当铺了,就来到林大中家里,看到林大中正捧着一本《论语》在看,就问他信物琢磨出来了没有。林大中讲:"还没。只是我发现《论语》是一部博大精深的好书。每读一遍都有不一样的感受。"陈长归点点头,走回当铺,每隔些日子,他就盼咐伙计把米、菜送到林大中家

---

① 尼尼脱脱:干干净净。
② 盼罢盼咐:一再嘱咐。
③ 无法得:没办法。
④ 扁扁伏:垂头丧气。

里。连着三年,林大中钻头毕日读书。

近段日子,林大中又三日两日①来当铺赎当。陈长归以为林大中又去赌博了,一再打听也没人讲他赌博。后来才晓得今年是大比之年,想赎当筹盘缠。陈长归提着一袋银子送给林大中。

绍兴三十年,林大中高中进士。朝廷任命林大中为江西金溪县知县。

有一年,金溪县发大水。有很多房屋、田地被冲毁。朝廷虽然拨了些钱粮,但是灾情严重远远不够,百姓生活没着落。林大中想方设法筹集银两。有一天,他仰躺床上睡不着,就翻出一本《论语》来读,一直读到天亮。林大中想既然赎当的信物在《论语》里头,背一遍不是报出来了?

定日天早五更林大中就骑马赶回永康,他来到当铺就讲,要赎当。并且当着陈长归的面一口气将整部《论语》从头一二②背到头。陈长归讲:"不错,可以赎当!"讲完就将樟木箱递给林大中。林大中打开一看,里面都是金元宝,讲:"这下金溪百姓有救了。"

陈长归讲,当年林通海看囝只记着赌博,勤讲金榜题名,就是万贯家产也都会输光。就将银两,值钱的东西兑换成金元宝锁入樟木箱交给陈长归典当。讲是典当,又没当银,实际是保管。盼罢盼咐赎当的信物只能点化在《论语》里头,不能讲明背一遍。目的就是从研读《论语》来促使他重新激起对读书的兴趣而远离赌博。

林大中通过研读《论语》,还练出一颗仁慈的心。

① 三日两日:三天两头。
② 从头一二:从头到尾。

名人大话

文楼程正谊读书

明朝嘉靖年间,文楼程梓一把年纪了,才生了个囝,取名正谊,一家人就像得了宝贝一样。程梓在后塘弄村教书,正谊一到读书年龄程梓就把他带在一起伴读。谁晓得,正谊聪明活泼,只是一到课堂就不安分,不但自个不读还影响别的学童。程梓想打又不忍心,想想自个的佛经要别个念,只好把囝放文楼家里另请教书先生。

程梓请来一个先生个对个地教。没几日,教书先生就不肯教了。正谊虽然聪明,但是从小娇生惯养,读书写字根本坐不住。教书先生软硬兼施一个字都灌不进去,先生只好辞去。接下来,教书先生请一个走一个,程梓将薪酬加倍也没人肯教。

有一日,余姚县的窦光鼎路过永康,因为是王守仁的学友名声大,好些人都去拜访,程梓与窦光鼎有一面之交,也去拜访。见面谈起家常时讲到囝,程梓顺便讨教教育囝囝的方法。窦光鼎把正谊叫到面前问了几个问题,断定程正谊比一般的小家脚聪明,耽误了可惜,当场就讲:"让我来试试看。"程梓还以为听错了,得知确定以后就非常感激。吩咐家里人不管怎么,一切听先生的。

窦光鼎叫程梓事先准备好一堆瓦灶泥,放在门前的空地上,再准备一个做泥菩萨的模型。自拜师那日起,窦光鼎教书之事一字不提,而是带正谊去玩泥巴。将泥土揉捏成团,放进模型里压实,取出时一个泥菩萨就出来了。正谊看着头长三寸,手伸出来就学着做,转眼一个做好。就这样,两个人一边提水揉泥巴,一边做泥菩萨。做好的排队摆开晒,到天黑一个个拿回阶沿园好,第二日再搬出去晒,然后再继续做泥菩萨。

没几日,就做了好些泥菩萨。湿的燥的混一起,哪些要晒哪些要晒,分择出来都要花好些时辰。窦光鼎讲他年纪大看不清,就叫程正谊分择。正谊择了很长久也择不了几个。就问窦光鼎咋办?窦光鼎讲:"在菩萨的背脊刻上名字就好分择了。"程正谊听着就催窦光鼎刻字。窦光鼎一把手剪拿来就一个个地刻:赵山、钱

101

水、孙田、李土……

窦光鼎一边刻,程正谊一边认,没几天100多个泥菩萨都有名字了。该晒的、覅晒的有头有序一点儿不乱,个把月每个泥菩萨的名字就都认得烂熟了。窦光鼎讲:"这些泥菩萨干燥了,我们再做新的。"正谊迫不及待地报出他自个中意的名字:"小鸡、小鸭、小猫、小狗……"新做的泥菩萨就按照正谊讲的名字,窦光鼎一个个刻上去。

两个月不到,第二批100多个泥菩萨的名字都记熟了。程正谊催窦光鼎做第三批,窦光鼎讲:"接下去,我们把泥菩萨取三个字的名字。"窦光鼎做一个取"人之初",再做一个取"性本善"。正谊嫌不顺口,窦光鼎就一个名字一个大话①讲给正谊听。正谊听得入迷,没多少日子《三字经》就学得差不多了。

有一日,窦光鼎对程正谊讲:"接下去泥菩萨暂时不做,咱们就用这些泥菩萨取侬家②。"听到取侬家,正谊更加长头八颈。窦光鼎与他讲《三国演义》里的大话,按大话用这些泥菩萨排兵布阵。有一日,窦光鼎特意把好几个泥菩萨囥起来。程正谊晓得以后很心疼,哭好两日。窦光鼎讲:"只有把泥菩萨造册,点名就晓得哪个没了。"程正谊立即去拿来纸笔要窦光鼎教他写字。

勿到半年,程正谊就学会了《百家姓》《三字经》。窦光鼎看看程正谊已经转入正道,就向程梓告辞回余姚。回去之前讲:"读书靠填鸭式的教,摁着牛头喝水,是灌不进去的。做先生重要的是要挖掘学童的特长,调动学童的读书渴望,由要他读变为他要读。"就这样,程正谊从童生、秀才到举人一路考来顺风顺水,并在隆庆四年,37岁时考取进士。

---

① 大话:故事。
② 取侬家:过家家。

名人大话

应材考功名

　　南宋绍兴年间,岩后村的应材饱读诗书,一心想进京赶考,可爹就是不点头。
　　应材有个习惯,每日五更都要在岩后村到井头村的路上一边走路一边看书。有一日,他突然看到路中间有个银锭,就喊:"谁的银锭掉了!"喊不了几声,就有人赶来,讲:"我掉的,给还我。"应材一看,是整日不像生年的邻舍赵山,就将银锭园衣裳袋,问:"赵山哥,你的银锭是什么时候掉的?"赵山讲:"今早五更到井头村走回来时掉的。"应材讲:"就凭你这么讲,我也不能相信,我要再讨信一下,今早五更你到井头村去过没有。"
　　应材讲完就来到井头村村口问坐在门口卖甜酒酿的老成侬①卢金生。卢金生讲:"我今日一早就坐在门口洗酒坛,从未看到赵山从这条路走过。"赵山讲:"我走得快,卢金生老眼昏花看不清。"应材讲:"那么你讲讲看,你到井头谁家。"赵山讲不出来只好扁扁伏地走了。
　　应材仍旧走回掉银锭的地方等失主。
　　赵山不甘心,回家与弟弟赵水讲了此事。赵水听后笑了笑,讲:"今日五更我还真的到过井头村。"讲完就来到掉银锭地。赵水一看到应材就讲:"银锭是我掉的,给还我。"讲完用手指了指卢金生:"呶,今日五更卢金生看我从这儿走过。"卢金生讲:"嗯,是看到过。"讲完朝应材眨了眨眼睛,摇了摇头。
　　应材明白了卢金生的意思,就问赵水:"既然是你掉的,那么你讲讲看,几锭?"赵水讲:"两锭。"应材摆摆手讲:"不是你的,我捡到的是一锭。"赵水怩怩糊糊答不出话,也只好离开。应材在那一直等到当午,也不见有人来寻找,只好先走回家里。
　　接下去一连几日没人来寻找,应材就贴出一张告示:
　　如果再过五日还是没人来寻找,就将银锭送给井头村最穷的卢金生。
　　转眼五日过去,仍旧没人来寻找,应材就真的将银锭送到卢金生家里。卢金生

① 老成侬:老头。

103

讲:"这锭银子我不能要,我晓得是谁丢的。"应材讲:"金生伯,你既然晓得是谁丢的,干啥不早点讲呢?"卢金生讲:"是因为丢银锭的人不让我讲。现在你要将银锭送给我,我不得不讲。银锭是你爹故意放那儿的。那日,你捧着书离开一会儿,你爹就走过来将银锭偷偷地放在路中间,刚好让我看见……"

  应材立即走回家问爹干啥要将银锭放路上。爹捋了捋胡须讲出原委:应材的爹以做买卖为生,经常与官府打交道。他看到、听到好些官员为非作歹的事,只怕应材考取功名当官以后,也贪赃枉法,这样的话既害了别人又害了自己。于是,他就在应材日日要走的路上放了一个银锭,想试试应材捡到后会不会将银锭自己囥起来,看看他贪不贪。如果应材囥起来不吭声,他就无论如何都不会让应材去考取功名,去做官。

  应材直到现在才晓得爹的一番苦心。

  爹接着讲:"材,你没将银锭占为己有,还知道明辨是非,不让别人冒领,更加可贵的是体恤贫困百姓,我放心了。"

  绍兴二十七年,21岁的应材考中进士,一生端庄谨严,廉洁自律。

名人大话

偷来的祸

前黄龙窟受陈亮的影响,村里文风昌盛,代代都有通过科考入仕做官的。

明朝末年,村里的陈金山,资质好又用功,15岁就考中秀才。只可惜爹死得早,再也不能脚伸则桌下安安逸逸读书,年年赶考年年落空。一直考到45岁,连个举人都没考中。转眼半百,陈金山为了科考,家里搞得点苦先天[①]。一家人要吃饭,只好放弃学业。但是除了读书,他又没啥本事,想来想去只有写书来卖文养家。

他平时对上辈的陈亮很崇拜。平时读书只要碰到有关陈亮的资料,不管出自正史、野史,只要看到只言片语,他都会随手记录下来,替陈亮立传,应该不难。就这样,早五更晚乌影经过三年,还真的拿出了十来万字的书稿。

但是光有书稿还不行,还得去印出来才能换银子。家里穷哪儿拿得出这么多银子去印刷出版。金山想到一个人,是本家在京城做官的。两个人小时候一个书馆读书,也对陈亮较崇拜,他的名字是他考秀才时从陈亮《念奴娇·登多景楼》里头"一水横陈,连岗三面,做出争雄势"拣出来的"陈争雄"。他考运好,考中秀才中举人,中了举人中进士,中了进士留翰林院。朝代更迭满人入主中原,他仍旧在翰林院供职。这两日刚好回归家里嬉。

陈金山就捧着书稿寻上门。陈争雄根本就瞧不起陈金山,听后只是冷冷地说一句:"为上辈人立传,要慎之又慎呀!"陈金山连连点头:"正是,所以恳请大哥拨冗一阅,如果大哥认为小弟拙作尚可,麻烦你作个序,并请族人赞助点银两,尽早付梓。大家都晓得大哥在龙窟讲话有分量。"陈争雄很不耐烦地起身摆出要送客的样子,讲:"书稿先放这儿,我看看再讲。"

陈争雄打开书稿一看,想不到陈金山的笔头还真的有两下,写得确实不错。带回京城就付梓上市。

转眼一年过去,陈金山日日盼穿双眼,陈争雄就是没动静。有一日家族要修家

[①] 点苦先天:贫穷。

105

谱,祠堂家长①特意把在京城做官的陈争雄请回商讨家谱重修大计。刚坐下来,陈争雄就拿出一本《陈亮年谱》新书让大家传看。就在这时陈金山进来,陈争雄料想不到他会来,愣着很不自然。

陈金山起先还不在意,好多人在传看新书,他也好奇地伸过去看。当看到是他写的,封面署名是"陈争雄",就走过去把陈争雄领口头揪来要他讲清楚。在场修家谱的都是家族头面人物,没一个人会相信陈金山的话,当场就把他赶出祠堂,并且还将他的名字也踢出家谱。

过了半年,翰林院同僚江西人许远将《陈亮年谱》送大清皇帝顺治看。借此邀功请赏,弹劾陈争雄,讲陈争雄居心叵测,《陈亮年谱》就是证据。特别是那首《念奴娇·登多景楼》里头的上句:"一水横陈,连岗三面,做出争雄势。"把自个的名字改成"陈争雄",与谁争雄?下句里头的"正好长驱,不须反顾,寻取中流誓"。这不是明摆着要反清复明?陈争雄为此人写传,用意就是造反。顺治皇帝听后龙颜大怒,挥笔就写"灭九族,斩立决"的御批。拿陈争雄的乌栗头开了清初文字狱的先河。

清兵将龙窟村包围,要祠堂家长按照《家谱》上头点名,点一个杀一个。陈金山修谱时已经被除名,因祸得福逃过一命。事后他经常讲:做人就要丁是丁,卯是卯,不管啥西贪来,不一定是好事。

---

① 家长:族长。

名人大话

戴枷锁当留念

明朝嘉靖年间,独松村秀才程文德进京赶考,当他走到萧山元沙时,发起烧来,晕倒在路边沿的凉亭里。元沙的做木老师①张旺木刚好从那走过,看到他食过侬就把他背回家里,并且请来郎中为他看病。郎中看了讲,程文德是走累了又得了风寒。服药半个月逐渐痊愈。

程文德很感激,离开时千恩万谢。张旺木讲:"这么点小事夋谢,人生在世,谁没有个三灾六难?相互帮一下就过去了。"张旺木家里也不算爽,一头牛刚刚生下一头小黄牛,就牵来送他,讲:"到京城还有许多路程,你的身体刚刚好点,万一走累躺下,会耽误考期。这头小黄牛可以在路上用来背书本、铺盖,到京城以后再处理掉。"程文德接过小黄牛,一再地讲日后一定要报答。

过了半年,张旺木收到程文德寄来的一封信。信上讲,他已在京城做翰林编修,张家如果有啥难处,可以到京城去寻找他。张旺木不是那种施恩望报的人,家里有几千秧田,他自个又有木匠手艺,不会轻易求别人。将信往抽屉角一丢,慢慢地就忘记了。

不料三年以后,萧山一带大旱,张旺木的娘又生病在床,日子有点儿过不去。此时,内家想到那封信,就劝旺木去寻找程文德借点儿钱渡一下难关。旺木是个孝子,为了给娘治病,只好硬着头皮到京城寻找程文德,将家里的困难一五一十讲了一遍,恳求借五十两银子。

谁知程编修绷着一张冷冰冰的脸,讲:"如果讲,张兄蒙受冤案,小弟书信一封即可昭雪。本官一向清正廉洁没有余钱,要银两,难办。"张旺木讲:"凭你现在的官职,这么点儿银两,算个鸡毛之须②啊!"程文德则桌"啪"一拍,站起来,讲:"你、我只是一面之交,不借是本分,借是情分,送客!"张旺木讲:"程文德,算我盲了眼,当年

---

① 做木老师:木匠师傅。
② 鸡毛之须:鸡毛蒜皮。

107

帮了你这么一个良心缚背脊的人!"程文德讲:"放肆!竟敢辱骂朝廷命官!来人,将这个刁民关入大牢!"刚讲完,几个武士就把张旺木关入牢房。

张旺木在牢房里头一连三日,也没人来提审,床铺柔软清爽,主食餐餐鸡鱼肉蛋,夜里还有一碗参汤。到了第四日,牢门开出来,程文德牵来一头瘦骨嶙峋的小黄牛,对张旺木讲:"当初在你的家里吃得好,这两日,你也吃得不错。再送你一头黄牛,这下咱们谁也不欠谁了。"张旺木越听越发火,"呸!"一口唾沫吐到程文德脸上。程文德讲:"你侮辱朝廷命官还了得?!戴上木枷,押送回家!"两个差人马上冲过来把张旺木戴上木枷,一个在前头牵牛,另一个在后面跟着,就这样,把张旺木押出京城。

有一日,三个人来到一座山脚,突然跳出几个强盗,把两个差人身上仅有的十几两银子搜了去。看看黄牛瘦得没肉也就没要。身上没了银两,三个人只好一路讨饭。

又一日,三个人走到一条大溪,寻不着桥,见有艘小划船可以送他们三个过溪,三个人就坐上去。当小划船撑到溪中央时,船老大瞪着双眼,开口就要一千两银两。三个人讲刚刚被前面的好汉抢劫过,一个铜钱都没有。船老大逐个搜了一遍,叹口气讲:"碰到三个穷鬼,少了三个水鬼。"就放了他们三个。

走走歇歇,半个月总算来到萧山元沙。两个差人把张旺木木枷打开,并且交给他一封信,就走回京城去交差。

张旺木打开信,只见上面写着:"有难请再来,再来还戴枷。木枷作留念,赠物莫劈它。"张旺木越想越气,拿来一把木匠斧就朝木枷劈去。只听"叮"的一声,木枷里头滑出十根金条。张旺木看愣了,过了一会儿,泪眼婆娑地讲:"程文德,我的好兄弟!你真的是用心良苦啊!"

名人大话

一个铜钱

明朝嘉靖年间,江西玉山有个叫吴奕的秀才,从小就跟爹在京城读书。嘉靖二十三年,考中进士,放任安徽青阳知县。

吴奕来到池州,拿出名帖到池州府衙门拜谒知府王崇。王崇看了名帖也不接见,而是让书办把吴奕引到一间房屋问了好些事情就叫他走了。

第二日,吴奕又去知府衙门求见。王崇推说有事还是不见。吴奕没办法只能等,日复一日,一直到了第十日,王崇仍旧不见。吴奕非常着急,就硬着头皮问书办。书办与他讲:"你不要再来了,青阳也甭去了。知府王大人已把你挂牌免职。"吴奕听后心里头"咯噔"一下,不晓得哪儿得罪了王崇大人,要毁了我的前程。书办与他讲,免职的原因是贪财。吴奕越听越糊涂,我与王崇大人认识都不认识,我在京城读书时,他在都察院当官,怎么晓得我贪财?肯定是认错人了。事关前途命运,我要当面问个明白。书办不让他见,他只好送上一锭银子,书办才答应帮忙。

进入知府大堂,吴奕低着头跪地上。王崇讲:"你认得我吗?"吴奕翘起头,擦了擦眼睛,讲:"小人眼拙,认不着王大人。"王崇将经书往案上一扔,讲:"你认不着我,我可认得你。嘉靖十三年,京城康记书堂一个铜钱的事,你还记得吗?"

吴奕听后眨了眨眼睛。当年的一幕隐隐地重现在眼前——

吴奕在京城读书时,有一日,他在康记书堂看书。有个小后生来书堂买了一套书,就在他付款时,一枚铜钱掉地上。吴奕看到后立即用脚把铜钱踏在脚底下,假装看书,等小后生走出书堂,才弯腰将铜钱捡起来囥入衣裳口袋。

不料,他的所作所为都让坐在旁边看书的一个人看到。那个人问了他的名字,摇摇头讲:"后生,这样做是不好的。"吴奕眼睛盯那个人一眼,冷冷地讲:"你管那么多干啥?!"

真的是冤家路窄,吴奕想不着当初坐书堂看书的人,竟然是现在池州府的知府王崇大人。吴奕低着头,吓得大汗淋漓,不敢出声。只听王崇接着讲:"后生,你真

109

永康大话

的是枉读了那么多圣贤书,还未做官就这么贪财,见利忘义。如果你当了一县之主,手中有了权,还不营私舞弊,贪赃枉法？现在就罢了你的官,省得你去搜刮民财,以免青阳百姓遭殃。"

池州百姓晓得这个事情后,都讲知府王崇大人做得好。做人就要谦和厚道,当官就需公正廉洁。

寮前骆智民

清朝咸丰年间，寮前村骆智民爹娘死得早，一点儿点大就行担出门打铜修锁补铜壶。日子也还过得去，只是没人帮他讲内家。一直到二十八九岁还是光棍一条。

有一年过年，骆智民行担回来在家里，有人帮他把青后叶村的叶仙娇介绍来做内家。结婚以后，夫妻俩感情很好。过了年开春，骆智民又要出门行担，出门时与内家讲：短则个把月，长则半年就要回家的。谁晓得半年过去，叶仙娇看不到老公回家，一年过去，仍旧看不到老公的影子，不计觉得三年过去，老公仍旧没有音信。村里人都讲，骆智民肯定是死了。

叶仙娇在家里只有支出没有收入，日子难过。有人给她做媒，介绍光棍张祥上门进舍①。张祥也还上马正经，请来道士为骆智民超度亡灵，还请来亲戚朋友喝喜酒。

不计觉得又过去三年。有一日，骆智民无仑青空回到家里来。面对两个老公，叶仙娇想不出法子，只是哭。三个人只好来到县堂，让县官来主持公道。知县听三个人讲完，讲："有些事还要核实一下，今日审判暂告结束，明朝再审。但是未判决之前，叶仙娇不能跟哪个走，今夜就留宿县衙。骆智民、张祥两个先回去，明朝辰时再来衙门大堂候审。"

定日辰时，知县升堂，对着大堂候审的骆智民与张祥两个人讲："昨日我把叶仙娇留衙门，单独问她，你们两个在她心里，谁才是她的老公。本来以为她会与我道出真情，可谁晓得叶仙娇只是哭，始终不肯透露一句。当天夜里，竟想不开，在后花园上吊寻死。她与你俩各做过夫妻，都有点儿感情，你俩快点去买副棺材，暴尸天空下让别个多些议论。"

张祥一听完，就讲："我与叶仙娇只是半路夫妻。她既死在老爷的花园里，就请老爷拨点库银把她葬了得啦。"讲完，他站起来就走出衙门。

---

① 进舍：入赘。

骆智民泪眼婆娑地讲:"我与仙娇是结发夫妻,怎么好让她的尸体暴露天空下?也不能让老爷来葬。我虽然穷,即便是借债讨饭也要买副棺材把内家送回家里安葬。"

知县听完,过了一会儿与骆智民讲,叶仙娇还未死,这是他安排的一个试探,看看骆智民与张祥哪一个对叶仙娇有真感情。讲完,知县叫叶仙娇走出来,判她与骆智民为夫妻。

这件事还真印证了西汉苏武《留别妻》诗:"结发为夫妻,恩爱两不疑。"

从那时起,在寮前,只要有夫妻两个相争相吵,不管是老公要休妻还是内家要离去,上点年纪的人就都会出来劝:"勿这样,结发夫妻才有真感情。"

毛头仙

根据《杏里陈氏宗谱》记载:清朝时,有一日,三十里坑有一户人家的媳妇做产时死去,全家人哭哭啼啼地把产妇抬出去安葬。

抬到半路,突然有个小后生边跑边喊:"停一下!"送葬人很是恼火。要晓得按照永康风俗习惯:抬棺材送葬只许往前抬,棺材是不可以放下来的,送葬人特别是提香碗人更不许转身回头看。哪有这么没规矩的人呢?过一会儿,一个小后生气喘吁吁地跑过来讲:"棺材里头的人还有救。"送葬的人看看是个乳臭未干的毛头小伙,个个都一蓬火,骂小后生是癫人。有几个年轻人还手衫袖撸撸要打小后生。小后生不慌不忙地问棺材里的人是怎么死的?亲属讲是生囝囡死的。小后生讲:"这样说来还救得回来。你们看,死人的血是凝固的,棺材里头流出来的血是新鲜的,说明产妇还活着。"大家听听有道理就打开棺材盖。小后生从包里拿出银针,在脸上人中和肚子的关元穴各扎了一针。过一会儿产妇活了过来,还生下一个大囝。在场的人都看呆了,问了才晓得他是杏里人,从小就跟爹学医。毛头小伙真像神仙一样,从此,"毛头仙"的名头就这样叫出来了。

有一日,太平人吕仁肚子疼来寻毛头的爹看病。爹开几帖中药一喝病就好了,毛头发现吕仁每年冬天肚子疼都要发作,每次都提来一只火腿。每一年过年火腿都要买。毛头看在眼里也不吭声,趁爹没人时,就将药方拿出来看,并且记在心上。

又过了一年,毛头十六岁。快要过年时,吕仁肚子疼又寻上门来,刚好那一日爹出诊不在家。毛头就给吕仁开了一张方。吕仁看看毛头还是个小活鬼,不敢喝,但是肚子疼得没办法,只好勉强喝下,过一会儿肚子还真的好了。

过几日,爹走回来看着楼檐下挂着一只火腿就问毛头,"太平吕仁来过了?"毛头点点头讲:"来过了,你不在,我看他是蛔虫引起的肚子疼,开了一张张仲景《金匮要略》里头的乌梅汤药方。"爹听后,要毛头把方拿出来看。爹看后晓得方、症相符,并且是用足了药量,就对毛头讲:"从此以后过年火腿没了。"毛头讲:"阿伯,你错

113

了。我们行医的,济世救人是本分,把病医治好是天职。"爹听听有道理也就不吭声了。

　　第三年春上,吕仁又走到毛头家里,看到毛头的爹就讲:"陈医生,你的囝真的不错,吃了他的药以后肚子就未痛过。今天我特意来将大岩会的股事送他。"就这样,日过一日毛头仙医术高明又有医德的名头就越来越大。

沐英一箭救永康

元朝末年,朱元璋带兵攻打永康,遭到元兵的疯狂抵抗,并且还在永康城外遭到伏击。朱元璋差一点儿老命都丢在乱军当中。当时,他气得仰天发誓:"等我打下永康城,我要屠城三日!"后来在军师刘伯温的谋划下采取稳扎稳打、步步为营的战术,终于打下永康。

庆功宴上,朱元璋凶狠地讲:"占领永康城屠城三日,绝不食言!"将士们听了,都吓住了。若讲真的屠城,是要失民心的,但是皇帝圣旨口,又不敢劝。这时,军师刘伯温走出来讲:"主公,我头些年路过永康时,被强盗拦截抢劫,多亏永康人出手相救。救命之恩一直未报,今日请求主公在屠城时留出一片地,哪怕是一箭之地,也不枉当年的恩情。"

朱元璋听后爽快地讲:"此次攻打永康,军师有功,既然军师讲情,这么点面子,肯定给!并且令射箭最好的沐英将军亲自射。这一箭之地里头的百姓我保证他们没事。再令蓝玉将军骑马到前头去看牢,箭射到那里,做个证。"讲完,大家就来到一条大街上。

一切调排妥当,沐英弯弓搭箭,他手里头的箭还未射出去,蓝玉的马不晓得受了啥刺激,猛地向前冲去,转眼工夫就跑出去百把步远。就在这时,沐英的箭"嗖"射出去,箭恰好射在马尾巴上,箭头的倒钩缠住了马尾须,掉落不下来。屁股给箭射疼得马发疯似的飞跑,一会儿工夫就跑得无踪影了。在场的人不晓得咋回事,个个都睁大眼睛看。

过了好一会儿,蓝玉才满头大汗骑着马跑转回来,气喘吁吁地骑到朱元璋面前,还未开口,那支挂在马尾巴上的箭"啪"一声掉落地上。没等朱元璋开口,蓝玉就讲:"主公,怪我未管好马,让马沿着永康城跑了一圈。"朱元璋讲:"看来这是天意,既然是这样,我只好收回成命。"刘伯温听后马上跪下来:"主公英明!"旁边的将士一看,也都跪下山呼:"主公英明!"

永康大话

　　大家听到这里,肯定要问,哪有这么巧呢,箭头挂马尾巴,永康城一圈跑转回来,刚刚就掉落在朱元璋面前？其实这是刘伯温看出了朱元璋当时说的是气话,并非本意。只有这样才能让朱元璋有台阶下。在现实生活当中,我们也经常会碰到发火时失去理智做错事,所以做事随便怎么样都要照着性子,否则会一失足成千古恨。

名人大话

桥下郎中朱德南

清朝乾隆年间,桥下村有个叫朱德南的郎中,医术高明要讲,还医德高尚。经常免费为穷人上门看病。夜里出诊不管天怎么样黑,都不用点灯笼。日子一长,大家发现夜里远远看去,朱德南郎中头顶有毫光发出来。大家都认为这是朱德南郎中做好人,天在保佑。

有一日,朱德南郎中到溪田去出诊,半夜子时才走回家。内家看到吓了一跳,老公的衣裳布裤又脏又破,浑身青一块紫一块。就问:"你今日怎么会这样?"朱德南讲:"天太黑,路看不清楚,走走跌跌。"内家听后感到奇怪,讲:"今日你肯定做过啥阴汁事,天公下都看不到你头顶的毫光了。"朱德南听内家这么讲,有点儿不冲心①:"我的为人你不是不晓得,好人都来不及做,咋会去做阴汁事?只是我也感觉异样,以前走夜路,不管天怎么样黑,面前总感觉有点儿亮光,今日就漆黑,一点儿都看不着。"内家叫他把今日做过的事都讲来听听。

朱德南想想讲:"午前,我在溪田帮中风的王阿婆扎银针。阿婆讲,扎了几日好多了。"内家问:"你问她拿铜钱了吗?"朱德南郎中讲:"没拿过,阿婆的团要留我吃午饭,我都推了。我看看天还早,走回来时就绕道里麻车。刚好里麻车有户人家母牛生小牛,难产。养牛人家一定要叫我帮母牛接生,我推不掉只好答应。经过很长一段时间折腾,小牛虽然生下来,但是母牛流血过多死了。"内家头点点,讲:"虽然母牛死了,你已尽力,不算坏事。"朱郎中接着讲:"往回走时路过古陇,有一对夫妻在那争吵,都讲日子活不下去了,老公求我帮他写份休书,起先我不肯写,看看他夫妻俩越吵越凶,甚至老公手握柴刀,内家手捏剪刀,再不分开,怕出人命,就代他写了休书……"内家听着一蓬火:"宁拆十座庙,不毁一门婚。夫妻俩打闹,是床头打,床尾和,你怎么好去当真!"朱郎中让内家一顿骂,也觉得有理,随手寻来灯笼,慌急慌忙连夜赶回古陇。

① 冲心:开心。

117

其实，相争无好口，等朱郎中走了以后，内家因为天黑未回娘家去，夫妻俩上床困熟，两人翻来覆去，都睡不着，想想也犯不着，到后来身体靠着也不推，正在这时朱郎中来敲门了。

老公起床，门刚开出来，朱郎中就假装讲，休书有个地方写不好要修改一下，等休书拿到手，他就拿到蜡烛上烧掉。夫妻俩愣着看朱郎中将休书烧了，没一个叫重新写。

朱德南将休书烧了，拍拍手，从衣裳袋里摸出几吊铜钱放则桌上，讲："今日我差一点儿做出傻事，这点铜钱算是庆贺你俩重归于好。"夫妻俩一起出来推，就这样两个人重归于好。

当夜，朱德南走回家里时，内家大老远就看到老公的头顶又有毫光发出来了。真的是"善恶之报，如影随形"。

清塘下名医叶长庚

清朝康熙年间,清塘下村叶长庚天资聪明,人又勤奋,从小跟着爹学医,二十来岁他就挂出"慕圣堂"的招牌医馆,开始行医。"慕圣堂"就是追慕医圣张仲景,他自个也想成为当代医圣的意思。

有一日,坑口村的朱老五背脊生毒疮,四处医遍也没好转,就专门来寻叶长庚医治。叶长庚把他的衣裳掀上去一看,一般疔疮是红肿的,中央一两个头,而朱老五的疔疮有好些头。叶长庚诊断为背痈,是一种难治病,南宋秦桧就是生背痈而死的。

叶长庚用明朝《外科正宗》透脓散,再加大剂量的七叶一枝花,开了三帖中药给他喝。过了三日,朱老五走回来看,背痈好了一些。叶长庚又给他开了三帖中药,等喝下六帖中药,就全好了。朱老五高兴得见人就讲。转眼间上下三处都传遍。就这样,寻来看病的人日过一日地多了起来,也治好了不少疑难杂症。叶长庚自以为真的是医圣张仲景再世了。

有一日五更,叶长庚刚把大门开出来,就看到两个后生抬着一个老太婆过来。抬前头的后生讲:"长庚先,我阿驰昨夜中风了,半身不会动,求求你救救她。"叶长庚走到篾箩前,弯腰看看老太婆的脸色、舌头,搭了搭脉,过了一会儿摇摇头,讲:"后生,把阿驰抬回去吧,她喜欢吃啥西就让她吃啥西,就算孝顺了。"

后生泪眼婆娑地讲:"有病就有药,我不相信我阿驰的病医治不好。"躺篾箩上的老太婆讲:"虎,长庚先都这么讲了,把我抬回去吧。"后生站着不动。叶长庚讲:"后生,你的阿驰得的是卒中,就是医圣张仲景转世也医治不了。"后生盯着眼睛讲:"长庚先,你的话我听不进。我是楼店的楼三虎,今日我把话讲在前头,如果我阿驰的病有人把她医治好,我就走来把你的招牌敲掉!"叶长庚讲:"好的,楼三虎,我今日就与你赌。憂讲敲我的招牌,从今日算起,如果你阿驰过半年还在世,我砍掉我自个的这只手。"

119

谁晓得刚过一个月，楼三虎扶着娘来到叶长庚大门口喊："长庚先，今日你把招牌敲掉！"叶长庚听到就走出大门，看到楼三虎娘俩站在门口，特别是三虎娘，与一个月之前躺篾箩上相比，完全是换了个人。叶长庚闭着嘴一声不吭，过了一会儿走回家里一把斧头拿来，左手放在门槛上就要砍。

"长庚先，动不得啊！"楼三虎一边喊一边立即走过去把叶长庚的斧头夺过去。叶长庚讲："君子一言驷马难追，愿赌服输，砍掉一只手，此生也好记住这件事。"楼三虎阿驰讲："长庚先，当初讲医治不了，我就真的回家里等死了。后来，村里一个读书人讲，他在一本书里看到过一个医治瘫痪的方法，叫我试试看。我照他的方法试做，病还真的慢慢好了。"

叶长庚问："那个读书人用的是啥方法？"楼三虎把一张纸递给叶长庚，讲："方法都写纸上。"叶长庚看纸上写着："以黄芪，防风各三斤，煮汤一大盆，放在病人床下，药汤的气息蒸发如雾，使其熏病人，药汤冷了，温之，再熏之。"看完，叶长庚叹口气讲："我当初怎么就想不着，唐朝时，王太后也得了卒中瘫痪，名医许胤宗就是用这个方法为她医治好的。"三虎阿驰讲："长庚先，我母子俩今日来与你讲，就是让你增加医术，好救更多的人。"叶长庚讲："通过此事，让我晓得山外有山，人外有人。一个人本事再好都不能骄傲，学术永远无止境。"送走楼三虎娘俩，叶长庚回身就把"慕圣堂"的匾额摘了下来。

名人大话

上把赵赵义山的故事

明朝万历年间,有一年冬天,下大雪。永康城外西北角的五里亭,赵义山劝俞海:"海,我们先回去,铜钱是慢慢赚得回来的。"俞海除了摇头就是一句话:"寻不着银子我不回去。"

上把赵的赵义山与石溪的俞海是两个隔壁处的小依伴,本来想趁年前到三十里坑收购一批茶叶贩卖到苏州,赚一笔铜钱好过年。可谁晓得银子打乌。一连三日,两个人从五里亭到炳坑村,沿路一趟来一趟去地寻找。

两个人连吃饭的铜钱都快没有了。赵义山一再地劝俞海:"这些日子又是雨又是雪,听讲,要过永康江只有翁埠今日还有人撑渡船,明朝就很难讲了。"赵义山衣裳袋里摸出几个铜钱递给俞海:"你如果真的不想回去,那么我先回去,我帮你向家里人讲一声。剩下的两个铜钱,都给你。"

赵义山讲完,挑起蒲笼担就想动身离去。由于天冷,两手僵硬不灵活,蒲笼绳未套好,绳子从扁担头滑出去,蒲笼"扑通"滚到下堪。赵义山下去提蒲笼,俞海看蒲笼滚过的雪痕下面露出一个小包裹,就叫赵义山拿来看看里面有啥西。赵义山解开包裹一看,里面是两根金条。俞海看到眼睛一亮,马上拿过一根,讲:"我先看到的,咱们一人一根。刚好可以抵销打乌的银子,这下可以回去了。"赵义山指指刻有"溪边汪"三个字的金条,讲:"不能回去,金条打乌的溪边汪人,肯定也与我们这三日一样打天地洞①地寻找。"俞海讲:"山,我们银子打乌,有谁估痛②过咱们?你不走,我自个一个人先回去了。"讲完就真的走了。

天慢慢地黑下来,雪越落越大。赵义山蹲在凉亭角落里,又冷又肚饥,想到永康城里去寻点吃的,又担心金条打乌的人寻找过来碰不着,慢慢地就困去③了。

① 打天地洞:翻箱倒柜。
② 估痛:心疼。
③ 困去:睡着。

121

过了一会儿,赵义山困毛熟里让一阵响声惊醒。只见凉亭外面有个人提着灯笼,跪雪地上一边哭一边扒雪。赵义山走过去问他在干吗。跪的人讲:"同年哥,我的两根金条打乌了,你看到过吗?金条寻不着,我也不想活了。"赵义山讲:"你的金条有啥记号?"跪的人讲:"我是溪边汪的汪瑞祥,金条上面刻着溪边汪三个字。"赵义山将金条拿出来:"这根金条是你的吗?"汪瑞祥站起身子接过金条一看,讲:"正是,正是!"讲完就跪在赵义山面前拜:"你真是我的救命恩人!"赵义山把汪瑞祥扶起来,叹口气讲:"瑞祥同年哥,你打乌的是两根金条,我这里只有一根。"汪瑞祥讲:"一根,就一根,另外那根是假的,我怕路上碰到打劫,特意铸的铅条,外面镀上金水。拿来骗坏人。"

天慢慢地亮了,雪也不落了。汪瑞祥要到永康城里去将金条换成银子,然后用银子感谢赵义山。赵义山无论如何都不肯要。两个人正在那推来推去。只见一批人朝着凉亭走过来,其中一个人一边走一边讲:"这几天永康江的水真是大,昨晚翁埠的渡船,刚在江里撑半炷香工夫就被风浪掀翻,整条船没一个人活……"

赵义山听到就猜想会不会俞海也出事了,他立即告别汪瑞祥,赶往永康江。

过了两日,江水稍微浅了点,赵义山在桐琴寻找到俞海的尸体。等捞上来,俞海的手掌中间还紧紧地捏着那根假金条。

事后经常会听到上把赵人讲:好人有好报,做好事能避难。

尚裘裘丹泉化煞

清朝道光年间,尚裘村的裘丹泉聪明,主意头多,处里侬碰到啥事经常会寻找他想办法。

有一日,住村东头的远房阿叔裘天生找到裘丹泉,递给他一吊铜钱,讲:"泉,帮阿叔出个主意。"

原来,裘天生的对门邻舍裘德寿树屋,新屋要比裘天生的房屋高出两块砖头,这不是压他一头吗?于是,他找裘德寿讲理,裘德寿理都不理他。裘天生走回家,在自家的大门上挂一面镜子照回去。裘德寿看裘天生门上头挂了镜,也在自家屋栋上园了一面镜,并且居高临下反照回去。

裘天生没办法,只好来寻找裘丹泉出主意。裘丹泉讲:"这样么,很好讲啊,你也在屋栋上叠几层砖上去,不就比他家的房屋高了?"

过了几日,裘天生又来寻找裘丹泉,讲:"泉,你的主意不灵的。"裘丹泉讲:"怎么不灵呢?"裘天生讲,他在屋栋叠上几层砖,然后在上头园一面镜。谁知裘德寿也学他的样,也在屋栋叠上几层砖,还是比他高些。裘天生不服气,又往上叠砖,屋栋因承受不了压力,好些瓦被压碎了,等到落雨时漏水怎么办?

裘丹泉讲:"你到山上砍一棵最长的毛竹来,把镜缚在毛竹尖头上,镜面对准裘德寿家里照,看他还高到哪儿去。"裘天生当日就到牛角山砍来一棵最长的毛竹,竖在天井中间。

夜里,裘德寿走去寻找裘丹泉,开口就讲:"泉,你这是算啥意思呢,帮天生来弄果我?"裘丹泉讲:"他是我阿叔,我当然要帮他出主意。"裘德寿塞给裘丹泉一吊铜钱,讲:"你也帮我出个主意,怎么样才能比他挂高些。"裘丹泉摸摸铜钱讲:"再挂高,有点儿难。你花两个铜钱到杨坑去寻找杨大力。他驯养了好几只老鸦,非常聪明,叫它干啥就干啥。"

永康大话

　　裘德寿到杨坑寻找杨大力，花铜钱租老鸦半个月。杨大力指挥老鸦轮番飞到毛竹尖头"嘎——嘎——"地叫个不停。老鸦对着门口叫，覅讲有多少晦气。裘天生听到声音跑出门外，捡起岩头就扔，老鸦一见就飞走。等裘天生回到房间，老鸦又飞回来叫。几遍下来，裘天生气急彭亨，老鸦仍旧轮番飞来"嘎、嘎"地叫个不停。裘天生只好又去找裘丹泉。裘丹泉讲："你做把弓箭，把它射一只下来，别的老鸦就不敢再飞来了呀。"

　　裘天生走回家里做了弓箭，偷偷地躲在门后，瞄准老鸦就射。老鸦听到弓弦响立即飞走。过一会儿，外面有人敲门，裘天生开出门一看，是什么人？裘立冬捂着流血的膀肩头①，问："你射的箭？"未等裘天生开口，裘立冬就大骂："射着我了，去，到衙门讲理去！"

　　裘天生脸色吓得发青，讲："衙门覅去了，多少铜钱我赔你。"裘立冬讲："差一点儿就射着头了，如果射死，你也要抵命！陪我三吊铜钱够买药就得啦。"裘天生借来三吊铜钱递给裘立冬。裘天生无奈地抓起弓箭就折断，捧着头蹲地上。

　　就在这时，裘丹泉走进来，讲："叔，老鸦不射啦？"裘天生讲："差一点儿就出人命了。随便裘德寿怎么挂镜也好，老鸦叫也罢，我不管了。"裘丹泉笑笑，讲："这样就对了。"他朝门外挥挥手，只见裘德寿与裘立冬两人走了进来。

　　裘立冬将三吊铜钱还给裘天生。裘德寿讲："哥弟，都是我的错，你量气大一些勿计较了。"裘立冬讲："你并没有射着我，膀肩头是我自个抹上去的鸡血。"裘天生不晓得啥意思，愣着不吭声。

　　裘丹泉讲："叔，当初我看你与德寿哥都在气头上，一时半会无法劝解，就与立冬商量这样做的。"裘丹泉接着讲："依我看，德寿哥把屋栋恢复回原来的，裘天生的屋反正年久老旧，好些地方漏了，索性换个顶，叠高两块砖，两份侬家②屋顶高度做成一样。大家都是处里侬，以和为贵。远亲不如近邻，近邻不如对门。"

　　从那时起，两份侬家和好如初，尚裘整处侬家也学样，和和睦睦。真的是邻舍③好，是个宝。

---

① 膀肩头：肩膀。
② 两份侬家：两户人家。
③ 邻舍：邻居。

名人大话

刘长贵的生意经

　　清朝道光年间,永康城里有间"好利来"杂货店。老板章海生年轻,爹活着时,曾托付小侬伴"益四方"杂货店的老板刘长贵帮带。章海生聪明,平时跟爹学了好些做生意技巧,独撑门户采购货物拿不准,就去向刘长贵讨教。

　　刘长贵是个有名的生意经,有小侬伴的临终托付,到收春茶时,他就把章海生带身边,去茶叶产地前仓村,直接寻找熟门熟户吴青峰的"信得过"茶坊。

　　两个老板已经做了几十年生意,讨价还价还是绝不嘴软,大半日才谈成春茶采购价格。章海生在旁边听了,很敬佩刘长贵,真的是个"生意经"。这么低的收购价格,赚头大,他也就收购了五百斤。

　　过秤算账时,刘长贵指了指掉地上的茶叶,讲:"老规矩,地上的损耗算我的,多给你半斤茶叶的银子。"章海生听蒙了,倒茶叶过秤掉一点儿地上,这样的损耗哪儿需要买家承担?轮到章海生付款时,他就只字不提。回家的路上,章海生忍不住问刘长贵:"讨价还价时,我看你丝毫不留余地,可掉地上的损耗干吗要我们承担呢?"刘长贵讲:"讨价还价是在商言商,承担损耗是公平与尊重。"

　　过些日子,章海生跟刘长贵到李店收购米粉,装袋搬运时掉地上的粉尘损耗,算账时刘长贵也主动算自个的。日子一长,章海生发现不管收啥西,损耗都算刘长贵账上。章海生跟刘长贵一年,学来了讨价还价的技巧,自从他自个一个人做生意以后,讨价还价一点儿不吃亏。只是承担损耗这一点儿,他始终半句不提。

　　过了两年,金华府拨下来一笔治理河道专款。县里分两年,准备在冬天把华溪分段加高、加固。河堤两旁用竹篓装黄泥[①]叠垒,中央填土夯实。章海生县衙里有个亲戚帮忙,把做竹篓的生意搞来交给他。每年需要上万只大竹篓,官府出的价格也丰厚,毛估计一年可以稳赚八百两银子。

　　第一年,章海生到永祥村,从买毛竹到做好竹篓如期交货。第二年重新来到永

[①] 黄泥:泥土。

祥,祠堂家长朱根土讲:"今年毛竹不能砍,要让毛竹有个生长时间。"章海生晓得这是借口,在永祥砍这么几棵毛竹根本不算啥西。章海生将价格一再提高,朱根土也不点头。毛竹买不成,竹篓交不了,影响治河工程,弄不好会倾家荡产。

章海生听人讲,朱根土与前仓"信得过"茶坊的吴青峰是表哥弟,他就备了厚礼去寻吴青峰。吴青峰一听,就满口推。没办法,章海生只好去寻找刘长贵。刘长贵一听,午饭也顾不上吃就带章海生来到吴青峰家里,一见面就讲:"章海生的爹与我是小依伴,他的事就是我的事,买竹篓火烧眉毛,还求吴老板救救急。"吴青峰讲:"看刘老板的面,这个忙我帮。"

章海生听蒙了,都是生意伙伴,吴青峰转眼就像变个人似的,想不着刘长贵有这么大的面子。吴青峰随即带刘长贵与章海生来到永祥表哥家。朱根土看表弟亲自上门就连夜安排人上山砍毛竹。价格仍旧按照去年的一分不涨。

吴青峰连声感谢表哥,朱根土讲:"勥谢,做生意哟,大家高兴就行。我不卖给章海生,是因为他算盘打得太精,算得竹农一点儿赚头都没有。"章海生听了满脸红晕,连声道歉,并且叫大家到饭店去,他请客。

酒过三巡,话就多。吴青峰对章海生讲:"你与刘长贵都是我的生意伙伴,怎么对你拒绝,对他就满口答应呢?根子就在茶叶的损耗上。那么一点儿损耗算不了啥西,但是里面却隐含着情分。做生意讨价还价很正常,谈好的价格是买卖双方都能够承受的,刘长贵主动承担损耗,是既不让自个吃亏,也让对方少吃亏。就凭这一点儿,他的忙我就愿意帮。"

章海生终于明白刘长贵"生意经"的名声不是虚的。

名人大话

世雅夏仲宁

清朝康熙年间,世雅夏仲宁是个捕蛇能手,每次捕来的蛇都卖给古山的胡郎中当药。

有一日,夏仲宁捕到一条大白蛇,见人就讲,这条蛇是他在龙鸣寺里头捕到的。有一天,他到寺里烧香,这条蛇就盘在菩萨身上,正当他跪下来拜时,白蛇自个爬进蛇笼里去的。听到的人都讲:这条白蛇肯定是龙王的化身。转眼间,夏仲宁家里就热闹了起来,上下三处不断有人来给白蛇上香,家里堆满了各种供品,香火钱也收了不少。胡郎中看不过,就去与夏仲宁讲:"白蛇就是蛇,不会是龙的化身,你这么做是印汁孟①的。"夏仲宁讲:"你是看到我清爽眼馋啊,有本事你也去捕一条来呀。"

过几日,黄家胡远年的孙子患痢疾,一日几十次的脓血屎,拉得只剩一点儿点气,自从喝了胡郎中的中药以后,没几日就痊愈了。过些日子,黄家胡青水到古山找胡郎中看病,讲:胡远年拿二十两银子与猪头、鹅,到夏仲宁家感谢蛇的救命之恩。还讲,胡远年他自个也懂点医术,虽然叫胡郎中为孙子看病、开药方,但又觉得胡郎中用的药量太重,怕孙子吃不消,他就自个也开了一张药方,然后再把两张药方拿到世雅,让蛇神定夺。夏仲宁抓来两只小老鼠,把药方分别绑在老鼠尾巴上,然后扔进蛇笼。过一会儿,其中的一只老鼠被蛇吃了,夏仲宁拿出剩下的老鼠,尾巴绑的就是胡郎中开的药方。讲是蛇神的旨意,照方抓药,熬起来喝下就好了。

胡青水为胡郎中抱不平,他问胡远年,药方明明是胡郎中开的,怎么要去谢白蛇?胡远年讲,如果没有蛇神指引,药方就是一张废纸。

从那时起,上下三处的人看病都学样,药方开两张,甚至三张,然后让蛇神选择。

胡郎中看到这么荒唐的事,不但会耽误病情,甚至会出人命。有一日夜里,他

---

① 印汁孟:很缺德。

127

拿着铁钳作刀①,悄悄地来到夏仲宁家里,准备把白蛇杀掉。可他刚走到蛇笼边,躲在两旁弄堂的几十个人,点着稻秆火把,把胡郎中围在中间。夏仲宁讲:"昨夜蛇神托梦给我,讲今夜有人要杀它。还真是应验了。"胡郎中看看把他围成圈的人都朝他骂,就一声不吭地离开了。定日,医馆也索性搬到芝英去。

过后不久的一日,夏仲宁的囝患急惊风,身体发烧,四肢抽筋,好些郎中看了都无济于事。夏仲宁内家催夏仲宁请胡郎中来看。夏仲宁晓得胡郎中医治小家脚很出手,就硬着头皮来请胡郎中。胡郎中晓得急惊风病情严重,不忍心见死不救,就立即来到夏仲宁家里。经过一番"望闻问切",他挥笔开了两张药方,又向夏仲宁讨要两只小老鼠,把药方缚在老鼠尾巴上,与夏仲宁讲:"你的囝病情复杂,我也拿不准。只好同时开一寒一热两张药方,让蛇神来定夺。"讲完就起身离去。

夏仲宁愣着不晓得怎么才好,内家看看囝只剩一点儿点气了,就大娘八爷哭着走过去,把两个老鼠摔死在地。夏仲宁追出去把胡郎中拉住,当着好些围着看热闹人的面,泪眼婆娑地讲,他编造假话骗铜钱,白蛇只是一条普通的蛇。

胡郎中叹口气走回房间,捡起地上的两张药方,将一张撕掉,另一张交给夏仲宁,讲:"这张药方拿去抓药。"

夏仲宁的囝喝药以后,慢慢地好起来。夏仲宁把白蛇拿到田畈②放生。从此,他见人就讲:真的是人在做天在看,歪门邪道骗铜钱不光是害别个,还会害着自己。

---

① 作刀:柴刀。
② 田畈:田野。

苏溪沈阿起

清朝末年,东阳南马的包尚成,从小就练得一手飞刀的本事,大家都叫他"包一刀"。他来到永康,整日在街上逛。经常拉那些做小生意的人当活靶。强迫他们站百步之外,头顶放个水罐,他手起刀飞,一道白光闪过,那个人的头顶就"噼啪"一下罐破水流。十个有九个人尿都吓出来。做小生意的人看到他就躲避,来不及躲避的就塞两个铜钱给他。

有一日,包一刀酒喝得醉醺醺的,在山川坛看到一个十来岁的小活鬼,挑着一担柴走过来,就朝小活鬼喊:"你给我站住!"小活鬼被吓住,柴冲一翘,整担柴脱落地上,站着不敢动,问:"叔,你要买柴?"包一刀讲:"你眼睛长在大腿弄的,我是包一刀包大爷,认不着?"小活鬼摇摇头:"认不着。"包一刀:"好,今日我让你认着,这一生都不会忘记。"讲完就从腰上拔出一把小匕刀。

小活鬼吓得一边哭一边逃。包一刀也不追,眯着眼睛一出手,飞刀恰好插在小活鬼的辫子上。周边看的人心都吓碎了。包一刀过完飞刀瘾,正得意想走,身后传来一声咳嗽:"你把我的孙子吓了,就这么完事啦?"包一刀转身一看,是个有点儿驼背的瘦老头,就无好腔答①地讲:"想咋干?有本事你也飞一刀!"老头笑笑:"正是,我今日就回你一刀。"

听讲有人要挑战包一刀,一下工夫就有好些人围过来看。有人悄悄地讲:"这个老成人就是苏溪的沈阿起。"包一刀也曾经听到有人讲起沈阿起拳马司②有两下,但是看看眼前这个驼背瘦老头,心想:今日如果就这样作罢,以后就要想在永康混了,心一横,说:"好的,我包一刀从来未怕过谁。"

沈阿起讲:"那好,借一把刀给我用一下。"包一刀拔出一把刀递给沈阿起。沈阿起在包一刀头顶放个梨,让他退远些,一直退到百步之外,还叫他再退,一直退到

---

① 无好腔答:语气难听。
② 拳马司:拳脚。

靠着一堆毛竹的墙角边。周围看的人都提着心。沈阿起刀举头顶,就在这时,传来"啊"一声,大家还以为包一刀害怕喊出声,仔细一看原来是那个小活鬼喊的,还跑到大家的面前。就在这时,沈阿起的刀飞出去了,包一刀头上的梨动都没动。包一刀得意地将梨拿在手上:"这样的脚指头本事,也有脸切皮①来与我比试!"

  沈阿起冷冷地讲:"姓包的,头转回去好好看看。"包一刀转身朝后看。此时看热闹的人也都围过去看。包一刀身后的一根毛竹上,一条小蛇让沈阿起的飞刀钉着,还"啪嗒啪嗒"在那挣扎。包一刀不得不服,心想,就算再练一百年,也达不到这样的功夫。他就在大家的嘲笑声中灰溜溜地离开。

  其实,沈阿起这一刀,是故意编排的一出戏。平时经常有人讲,包一刀凭着一手飞刀本事在永康街上横行霸道,让沈阿起教训一下他。沈阿起想:上兵伐谋,用武力是匹夫之所为。小活鬼是他的孙子。飞刀钉蛇身就是小活鬼事先将捉来的蛇,用刀钉在毛竹上。沈阿起刀举头顶时,孙子故意惊叫一声,引开大家的注意力,沈阿起迅速将刀从后领口滑进衣裳里。事后,沈阿起与孙子讲:"拳马司不是用来显威风、横行霸道的,也不是拿来教训人的,而是用来强身健体的。"

---

① 脸切皮:脸皮。

太平"打更昌"

清朝嘉庆年间,太平村有个光棍打更人,叫吕德昌,打更显火认真。一年到头不管晴天落雨都会提盏灯笼,拿一段毛竹筒按时打更。日子一长大家就都叫他"打更昌"。

太平有个财主吕大富,家里十来个长年雇着,他想让长年四更就爬起来干活,就去找"打更昌"。叫他打四更时直接打成五更。他想直接讲又怕"打更昌"不肯答应,就转了个弯,讲:"昌,我帮你讲个内家怎么样?""打更昌"听讲要帮他讲内家就头长三寸,讲:"大富叔,内家如果帮我讲成功,下个生世我替你做牛做马都甘心。"吕大富讲:"要等下个生世,农忙时,只要你四更打成五更就行。""打更昌"听后有点儿为难,一时不吭声。吕大富看他愣在那儿,又讲:"我的家在村东头,又边沿。别的地方你自个按照正常时辰敲,走到我的门口时就多敲一下。""打更昌"想,三更灯火五更鸡,农忙时干活人起得晚的话还会被别个笑。再加上吕大富还要帮我讲内家,也就答应了下来。

就这样,到了农忙,"打更昌"走到吕大富门口,三更打完就直接打五更。那些长年虽然有点儿怀疑,可吃别个的饭,也有办法。古话讲:"一更人,二更锣,三更鬼,四更贼,五更鸡。"四更是最好睡的时候,也是做贼人偷东西最好的时辰。

有一日夜里,一批东阳的做贼人结伴到吕大富家里来偷。谁晓得做贼人刚走到吕大富的屋脚,就听到"打更昌"五更的更声。做贼人吓了,五更过去就天亮了,还能偷?就立即离开。过了两天,这批贼人落网讲起这事,官府以为"打更昌"故意四更打五更用来吓退盗贼,还嘉奖了"打更昌"。这样一来,"打更昌"帮吕大富四更打五更就成自然了。

有一日,芝英大财主应顺章邀请吕大富到永康城里的一个茶楼见面,谈一笔丝绸生意,约定时辰是辰时,谁晓得应顺章等了一个多时辰,还看不着吕大富的面,应

顺章就愤气白肚①地走了。应顺章前脚走,吕大富后脚就到了。问了茶楼的伙计才晓得他自个来晚了一个时辰。应顺章认为吕大富是不守信用的人,靠不牢,这笔生意就歇工了。

吕大富走回家里,想:夜里困毛熟里明明听"打更昌"打五更的信号,这是约定的四更时辰,就转身再睡了一会儿。难道是"打更昌"的事?他愤气白肚地去质问"打更昌"。"打更昌"讲:"大富哥,我昨夜无意当中听着你讲今天要到永康城里谈生意,怕你休息不好冇精神,就按照正常的时辰打更了。"

吕大富听后哭笑不得,想想"打更昌"也是好心,骂又不能骂,就一口气闷在肚里。一笔大生意做不成,越想越焦臭,加之吕大富本身就身体不是很好,这样一来就躺倒了,过不长久就去见阎王爷了。

过了两三年,经应顺章的参答②,"打更昌"倒插上门进舍,为吕大富的内家做伴去了。"打更昌"进门以后经常讲,"做人一定要本分,歪门邪道,损人利己要不得,计算别个一千,自个中招八百"。

---

① 愤气白肚:气鼓鼓。
② 参答:牵线。

陈贤吉造凉亭

清朝雍正年间,棠溪村的陈贤吉靠砍柴卖为生。有一年夏天,陈贤吉从山上砍了一担柴回来,挑到绕步岭时,感觉乏力,就在路边沿一棵大松树脚歇气。柴刚放好,就听到柴窝里有哼哼嗯嗯的声音,走过去一看,原来是一个老成人面青口暗地卧在地上。陈贤吉看看老成人估计是被蛇咬了,就拿出随身携带的蛇药,替他灌下。过一会儿,老成人逐渐醒过来,讲:他是东奔西走的做生意人,走到这被蛇咬了,多亏陈贤吉救他,就拿出一锭银子感谢。陈贤吉随便怎么说都不肯要。老成人讲:"小哥,想不到山野当中也会碰着你这样的好人,我今日该赶路要紧,我姓曹,叫曹西壁,以后总还会碰着。"讲完就赶路去了。

老成人一走,陈贤吉就靠在松树脚困觉。等一觉醒过来,日头已偏西,陈贤吉走到老成人躺过的地方拉尿,一低头,看到草丛里有个小木箱,铜锁锁着,覅讲肯定是姓曹的老成人掉落的。老成人离开已久,只有在那等他走回来寻。但是一直到天乌也看不着老成人走回来。陈贤吉只好先挑柴回家。接下来陈贤吉日日走到松树脚等,一个多月过去还是看不到老成人走回来寻。有个小侬伴与他讲:"你就这么下去是不行的,干脆当大家的面,将木箱撬开来看,里头的东西不值铜钱就丢掉,如果值铜钱再想办法。"陈贤吉摇摇头讲:"别个的东西不好这么做的。"

陈贤吉不顾家里人反对,拿出所有积蓄,在绕步岭大松树边沿造了间凉亭,为过路客提供茶水、点心,来维持生活。凉亭门口挂一块布,上头写"曹老伯之物在此"。陈贤吉捡着小木箱一事就四面八方传出去了。经常有冒认的人来拿,一个个经几下问就灰溜溜离开。

转眼三年过去。有一日,一个后生走来,砍柴、砍树,平整土地,要在此开设个树市。并且与陈贤吉讲:"我愿出20两纹银买这间凉亭。"陈贤吉听后连连摇头。后生讲:"那么50两。"陈贤吉出娘胎也未看到过这么多银子,可是也不眼馋,讲:"覅讲50两,5000两我也勿卖。我要在这里等那个丢失的人。"陈贤吉指指凉亭门

口上头的布:"三年前,有个人一样东西掉落在这,我造凉亭就是为方便在这等他走回来拿。你真的要这间凉亭也勿难。"后生听后伸长脖子问:"怎么说?"陈贤吉讲:"替我打听到姓曹的老成人,我就将凉亭送你。"

后生与陈贤吉讲:"陈大哥,不瞒你讲,那个姓曹的老成人,就是我的爹,他叫我在这里开树市,一来是让你的茶点生意更好些,二来是让我向你学做人的美德。爹年纪大走不动,他就在磐安县冷水村。"讲完,后生拿出一封信交陈贤吉。信上写着:"小哥,承蒙当年相救,现又听说等我三年,只因年老体衰,未能登门感谢。万请你携木箱随送信人来我处,感谢不尽。曹西壁字。"

陈贤吉一看对上姓名,当即与后生一起来到磐安冷水村。曹西壁看到陈贤吉很是感动,马上从身上拿出锁匙打开木箱。里头只有一张发黄的纸,上头写着两句诗:世上信义少,江湖风波多。曹西壁讲:"小哥,三年来你替我保管的,是我的两句诗,现在你还觉得值吗?"陈贤吉讲:"我读书不多,但信义无价这句话还是懂的。人生在世,上不负天,下不惭地,中不愧对人!"曹西壁讲:"当年我在生意场上看到的人,多数是重利轻义,一时冲动写的两句诗,现在看来应当改为:世上信义重,江湖善良多。"

名人大话

棠溪秋菊择女婿

清朝乾隆年间,棠溪村的章秋菊与囡阿翠,是头些年从永康城里迁移来的,母女俩相依为命。到阿翠十八岁时,长得格外黄妩,上门求亲的人多得把门槛踏破。

有一日,章秋菊放出话:阿翠要拿来招予囡婿[①],条件是,一要有门手艺,二要做人本分。最后在众多的求亲者当中选中了两个:一个是尚黄桥村的厨师黄福生,口嘴好,能说会道,并且长得白蒲细神[②]。另一个是上马村烧砖窑的瓦灶老师陈二奎,话语不多,不善言辞,并且长得墨其头乌[③]。经媒婆传话,章秋菊要尝尝黄寮尖的山藕,让两个后生明朝到黄寮尖的山塘里挖些藕,各自亲手烧一盘糖醋藕,让章秋菊品尝后,再谈求亲之事。

定日下午,尚黄桥的黄福生浑身都是黄泥,身上背着一捆藕走上门来,两手一洗就到锅灶间去烧糖醋藕。黄福生本身就是厨师,烧点糖醋藕再轻松不过,转眼时刻一盘色香味俱全的糖醋藕就烧好了。黄昏时,陈二奎身上也背着一捆藕进门来,衣裳布裤[④]尼尼脱脱,按照章秋菊吩咐也拿到锅灶间烧糖醋藕。可他烧出来的藕看看就吃不下肚。章秋菊分别尝过两个人的糖醋藕,也没讲好坏,只让两个人先回家等媒婆的喜讯。

转眼三日过去,到第四日五更,媒婆来到上马村向陈二奎报喜。黄福生晓得以后很不服气,就来到棠溪向章秋菊讨说法:论手艺、长相、口才,他哪一点儿比陈二奎差?章秋菊也不解释,而是宽宽心[⑤]地与他讲大话——

"头些年,永康城里最大的德寿堂大药房,店主王伯贤因为没囡囡,年过古稀,想招个门徒继承医业,他的要求是:亲自到黄寮尖山塘里挖来山藕,亲手烧一盘糖

[①] 招予囡婿:上门女婿。
[②] 白蒲细神:细皮嫩脸。
[③] 墨其头乌:黑不溜秋。
[④] 衣裳布裤:衣服裤子。
[⑤] 宽宽心:耐心。

135

醋藕,等王伯贤品尝过后再议拜师。此话一出,去挖藕的人就有十几个,而王伯贤只招两个。"

黄福生忍不住插嘴:"啥干一定要黄寮尖的山藕呢?"章秋菊接着讲:"王伯贤老先生在制作藕节这味中药时,发现一般的藕都是七孔或者九孔,而黄寮尖的山藕却有十一孔。为了招个本分、诚实的人继承医业,他就想出这个办法。"

黄福生讲:"那日,陈二奎衣裳布裤尼尼脱脱,就算藕真的是黄寮尖的,也不能断定是他自个挖的还是菜摊上买的。"章秋菊讲:"黄寮尖离咱们这儿有四五十里山路,来回就该一日。你未时就回来了,哪有这么快。黄寮尖的山藕是野生的,缺肥料,藕瘦勤讲,还生筋,很少有人烧起来吃,菜摊上买不着。陈二奎衣裳尼尼,是他先回家换过衣服才来的,他的十个指头墨紫①就是挖藕的痕迹。"

黄福生听得面红耳赤,他的藕是出铜钱叫别个挖的,身上的黄泥是特意涂抹上去的。

章秋菊接着讲:"那日,只有最小的小徒弟是黄寮尖挖的藕,别的人都是买的。王伯贤看大徒弟聪明又活泼,就破例把他也招来。就这样,两个徒弟跟王伯贤学医抓药。

过了几年,王伯贤归天后,德寿堂就分成了两间,师兄弟俩一个开城南,一个开城北。小徒弟开方卖药诚实,也还安则;而大师兄脑子灵活过头,卖药欠斤少两夔讲,还经常以假乱真,最后闹出人命,吃官司病死狱中。内家只好变卖家产,带着小囡迁移到乡下住。"

讲到这儿,章秋菊抹了抹眼泪,讲:"那个大师兄,就是阿翠的爹,临终前吩罢吩咐,将来的囡婿一定要寻找诚实、本分的。"

就这样,阿翠嫁给了陈二奎。虽然日子不是很富裕,但是平安、美满、幸福。真的是"人无诚不立,业无信不兴"。

---

① 墨紫:黑紫。

黄家木劝相争

东汉时,尚黄桥有个叫黄家木的小活鬼,九岁就死了娘。有一日他在家门口的田里拔猪草,听到隔壁姓夏的家里传来争吵声,估计是忤逆的哥弟俩趁爹死去,又欺负老娘了。他就放下菜篮走去看。真的,哥弟俩为了争夺一张供奉祖宗牌位的案桌,吵得天翻地覆,老娘哭天喊地地坐地上哭。

黄家木看夏家老娘这么可怜就走过去把她扶起来。就在这时,从外头走进来一批人,走前头的一个人伸着脖子大声喊:"县老爷路过这里,听到这里大声吵闹,特意走进来看看到底发生啥事!"夏家哥弟俩还未开口,黄家木就抢前一步禀报:"回县老爷,夏家哥弟俩分家,两个都想争夺家里唯一的宝贝,所以相争。"县老爷一听,问:"啥宝贝,呈上来给我看看。"哥弟俩想:黄家木人小,反应倒快。案桌供奉祖宗,长年接受香火,能庇佑子孙升官发财,要讲当然是宝贝。

哥弟俩正想抬上来给县老爷看,黄家木又抢先讲:"夏家哥弟俩争的不是一般的宝贝,我给老爷猜猜看:如师又如婢,没她就没你。若论几多贵,世间称第一。"如果是别个,县老爷老早就发火了,看在小活鬼身上,只好耐着性子。但是猜了半日还是猜不着。黄家木讲:"县老爷,天底下啥人又像老师这么教我们为人处世,又像奴婢似的照顾我们吃饭穿衣?她就是天底下第一珍贵的无价之宝呀!"县老爷点点头,讲:"嗯,家有一老如有一宝,这个宝贝就是阿姆!夏家哥弟俩分家,争娘不争财,这么大孝大善真的是全永康典范。夏家从今日起受封为'孝善之家',赐牌匾一块。夏老夫人教子有方,赏明珠一颗。"夏母赶紧拉两个团磕头拜谢。

送走了县老爷,哥弟俩就盯着眼睛骂黄家木胡说乱讲,多管闲事。黄家木讲:"我的娘死去,我日日在娘的坟头面前哭,总觉得自己行孝不够。你们两个阿哥有娘疼爱却不晓得珍惜,难道非要像我这样等到在娘的坟头面前痛哭时才后悔吗?"

夏家的哥弟俩被黄家木的真情打动,一起走过去把娘扶起来。从此日日嘘寒问暖,端茶捶背,一日三餐照顾得无微不至。一家人和和睦睦。

王同泰嫁女

民国初年，王同泰在永康名声赫赫，没一个人不晓得。但是，他不是人名，而是王同泰家族起家时卖丝线的店名，慢慢地变成家族的代名词。王同泰除了永康城里四分之一的店面屋是他的，在乡下还有大量的田产，是当时永康的首富。

王同泰同字辈的大哥王同荣，有个大囡芳龄二八，恰好是谈婚论嫁的年龄。为了风光，王同荣置办了很多的嫁妆。大件的有描金百鸟朝凤床，小件的有双龙戏珠纯金挖耳勺，还备了上百匹绫罗绸缎，真的是应有尽有。为了摆架子，还特意把嫁妆放在街路边沿，放出口风让大家看，看看还缺啥。能讲出来一样，赏银洋十块。大家晓得以后，好些人去看热闹。面对琳琅满目的嫁妆，多数人是介狗看花被单[①]，少数见过世面的人也讲不出啥西。

第三日下午，走来一个老太婆。她把嫁妆从岸起头[②]看了一遍，摇摇头叹口气，讲："东西是多，可惜还不是很全。"管家听后，立即跑去与王同荣汇报。王同荣出来一看，是个穿破衣服的老太婆，就无好天气[③]地讲："你是未吃饭，想到我这儿讨点吃的？"老太婆讲："不，不。王老爷想多了，我老太婆虽然清苦，但不是讨饭人，更不会平白无故要你一个铜板。"王同荣讲："那么你讲讲看，我的嫁妆还少啥西？"老太婆讲："你这些嫁妆确实是又多又好，只是与我当年的陪嫁相比，还是缺了几样东西。"老太婆用手指指床上用品，讲："床上缺一个暖被窝的龙凤呈祥暖水壶，脚底下少一件遮风御寒的鸳鸯戏水套。"王同荣双手作揖讲："暖水壶我马上叫人去办，只是鸳鸯戏水套不晓得是啥西。"老太婆讲："就是绒面狐皮里，与擦板袋一样，套在被脚那边，防止脚伸出被外受冻。"

围着看热闹的人都听呆了，有人悄声讲："有钱人真的是讲究。"

[①] 介狗看花被单：看热闹。

[②] 从岸起头：从头到尾。

[③] 无好天气：没有好脸色。

王同荣听后,也口服心服地讲:"阿婆,你再帮我看看,还缺啥西。"老太婆讲:"差一点儿忘记了,还有敲板栗的金锤、银砧。板栗好吃剥壳难,把板栗放在带蜂窝眼的银砧上,小金锤一敲,皮就脱落开来,板栗个个完整。"

王同荣看看老太婆衣裳布裤破旧,但是十指尖尖,两只耳垂还有明显的耳环眼,见多识广,谈吐文雅,有一股大家闺秀的气质,就忍不住问:"阿婆,你到底是啥人?当年你有那么多陪嫁,一生一世都享受不了,怎么会落到这样的地步?"

老太婆讲:"想当初,我是清朝省城巡抚的囡,十六岁时,爹娘把我嫁给当时杭州首富的独生囝,总以为这一生可以衣食无忧了,谁晓得转眼大清没了,爹娘也不晓得哪儿去了。老公从小娇生惯养,不务正业,公公婆婆留下来的家业,包括我的陪嫁都让他败光。还得了梅花疮死去。我一个人没地方去,只好投靠爹的一个永康小侬伴。可我来到永康又寻找不着那人,就只好在街路边沿摆个小摊,帮人洗衣裳缝衣裤度日。"

王同荣想:王同泰虽然赚了几个铜钱,但是与巡抚比,算啥西?过一会儿,只见老太婆擦了擦眼泪,讲:"王老爷,嫁囡不在嫁妆多,寻婿要寻本分郎,无论怎么样都不好只选金龟择豪门。"王同荣听后默默地点点头,吩咐手下把嫁妆都搬回家里。

翁埠棋王翁伯伦

清朝道光年间,翁埠村的青龙埠每日船来船往,货物搬上卸下,很是热闹。

靠永康江边沿有一间茶馆店,老板翁伯伦是个象棋好手,每一日吃完五更饭,他就捧着一把茶壶,坐在后窗脚那张固定的棋桌边的藤椅上,一边喝茶,一边等人来走棋。专门来寻找他对阵也好,过往客商想走棋也好,来者不拒。

翁伯伦天资聪明,走棋有两下,夔讲翁埠村,就是上下三处都没人走得过他。有一日还喊出:无论谁,凡是找他走棋,就让谁一个车或者马。有几次还公然把对手眼看就要将死,然后又调过棋盘换阵地,由他来接着走残局,他仍旧走赢。到了花甲那一年,他就得意地让人绣了一面锦旗,上书"永康棋王",挂在店门口。

入冬的一日,翁伯伦捧着茶壶正在张嘴打困,听到有人要走棋,就马上清醒过来,眼睛睁开一看,是个又瘦又乌又短的中年人,头戴箬帽,一条白汤布挂在膀肩上,还牵着一头大黄牛。翁伯伦不屑一顾地讲:"你要走棋?"中年人讲:"久仰大名,今日我路过这儿,想请永康棋王指点棋道。"翁伯伦笑笑讲:"让你一个车。只是与我对阵,多少要下点注。"中年人讲:"我走出家门时,身上忘了带银两,就用这头黄牛当押注好了。"

两个人坐下来,就盯着棋盘。翁伯伦感觉对手总出怪着,出手飞快。三盘棋走下来,就过午时了。翁伯伦虽然连胜三盘,但也吃力得头晕眼花。看看赢来一头大黄牛,心里也还高兴。

过些日子,中年人背着一只擦板袋,又来寻找翁伯伦,讲:"我今日有银子了,这回如果侥幸让我走赢,还请棋王把那头黄牛给还我,如果还是输,这个擦板袋里的几十两银子全都归你。"

翁伯伦拉开擦板袋袋口看看,点点头就摆出棋盘。他仍旧让一个车。中年人讲:"今日让我一头马好了。"两个人再次交锋,结局大出棋王意外,翁伯伦竟连输三盘。每一盘他还未发起一回像样的进攻就输了。中年人看翁伯伦不服气,就讲:

"这三盘是你让我一头马,我走赢也不奇特。接下去咱们再走三盘,要你让,如果我输,黄牛与擦板袋里的银子都归你。如果我侥幸又赢了,我只要你店里的一样小东西。"翁伯伦不耐烦地挥挥手,讲:"好,好,好!"心想:我不让棋,要讲都会赢。

然而奇怪的是翁伯伦仍旧连输三局,他眨了眨眼睛,问:"同年哥,头些日子,我让你一个车,你都连输三盘,这些日子你有高人指点过?"

中年人笑了笑,讲:"我是小告朱村的朱廷财。头些日子,我到三十里坑去讨债,牵着一头大黄牛坐渡船不方便,多谢你这些日子帮我照料这头牛。"

翁伯伦听后,哭笑不得。朱廷财接着讲:"棋道如世道,深奥莫测。正所谓人外有人,天外有天。天下比你、我高明的棋手还多得很。"翁伯伦红着脸点点头,讲:"正是,正是。愿赌服输,不晓得同年哥要我店里啥西,我去拿。"朱廷财用手指了指门口上头的"永康棋王"锦旗。翁伯伦立即走过去扯下来递给朱廷财。

从那时起,翁伯伦凡事谦虚,还经常讲:"话不能讲过头,强中自有强中手。"

永康大话

西卢旺生娶媳妇

清朝道光年间,下寮村的周伯寿内家死得早,落下一个囡。

有一年夏天,周伯寿正在门口菜园里汗出铺流地锄地种菜,无仑青空一个后生进来,开口就叫:"丈人,囡婿今日来看你。"周伯寿讲:"我不认识你,哪来你这么个囡婿?"后生讲:"丈人覅发火,让我与你慢慢地讲来。"

后生讲,他是西卢财主卢本田的大囡卢旺生。二十二岁了,头几日,爹为他寻找媒婆讲内家。媒婆讲,下寮有个小囡年方二八,样子头①很黄妩,两人相配是对好姻缘。卢旺生知道后就想,媒婆讲,不如自个看,眼见为实。于是,就一个人瞒着爹来看细囡。

周伯寿讲:"你怎么晓得我的囡就是你要看的细囡呢?"卢旺生讲:"我听媒婆曾讲过,细囡家里是:青砖瓦、白火墙,菜园竹弄藏鸡娘②。看,你家房屋就是青砖瓦、白火墙,门前菜园,毛竹林里这么多鸡在踢食,与媒婆讲的一样。"

周伯寿听后就朝屋里喊:"麦花,你阿驰讲,你要嫁财主人家的,真的讲着了,快点出来。"

刚讲完,只见门帘一掀,一个细囡背脊朝外,站在房门口讲:"只听媒婆讲了讲,你又不晓得我尼申还是黄妩?"卢旺生讲:"你转身啊。"细囡讲:"不,你如果看到我的样子头,你会讲找错门了。"细囡这么一讲,卢旺生愣着一时无语。

细囡看卢旺生不吭声,就赌气讲:"整处下寮村青砖瓦、白火墙,菜园竹弄藏鸡娘的人家很多。你到别的人家去看看。"讲完就走回房间再也不出来。卢旺生只好退出周伯寿菜园,到别的人家去看。

过了半年,有一日晌午,下寮村村口锣鼓喧天、鞭炮嘭响,一顶花轿抬过来。周伯寿一打听,是西卢卢旺生来接新媳妇,新妇娘是村东头周家山的大囡周阿蓉。周

---

① 样子头:外貌。
② 鸡娘:母鸡。

142

名人大话

伯寿走去把卢旺生拉住问:"你是不是接错新媳妇了。媒婆讲的细囡家里是青砖瓦、白火墙,菜园竹弄藏鸡娘。周家山家住的是茅草庐。"卢旺生讲:"不错的,周家山是茅草庐,黄泥墙,笆篱里头菜菽香。"周伯寿听后,低着头离去。

洞房花烛夜,新妇娘周阿蓉问新郎卢旺生:"那日,我正在服侍瘫痪的老娘,你在笆篱外头看,我都不晓得。我相貌平平,住的是茅草庐、黄泥墙,与你要寻找的青砖瓦、白火墙,天差地别,怎么会选我做内家呢?"

卢旺生讲:"是因为你的一举一动打动了我。丈母娘瘫痪床上,你服侍体贴半步不离。那日,你替丈母扇扇子,自个汗出铺流。这样的细囡就是天底下最黄妩的。'人以孝为先'是我卢家传世家训。"

过一会儿,卢旺生接着讲:"那日,先看到的周伯寿,他在日头下锄地种菜,囡麦花只晓得整日躲房间里享清闲。长得黄妩有啥用?"

永康大话

下时颜金财看风水

　　明朝永乐年间,下时颜金财修桥铺路,布施穷人,是上下三处有名的好人。有一年他爹生病死了,想寻块好地安葬,就到武义乾口垄寻来一个风水先生看风水。风水先生将整个村的周边详详细细地看了一遍,发现北面水景山有个地方,若将祖坟安葬那儿,面朝村子,形成百鸟朝凤,是块风水宝地。

　　风水先生与颜金财讲了以后,颜金财想:万一将祖坟建这儿,占了全村的便宜,心里过意不去,就叫先生再寻块地方。风水先生前前后后给他寻了四五个地方,颜金财要么嫌坟朝大路,担心过路人看着会怕;要么嫌离稻田太近,怕种田人与坟做伴不吉利。只要有点儿影响别个的就不要。

　　一连寻了四日,第五日,两个人又爬山越坡寻了一个上午,风水先生实在累了,就坐地上一边喘气一边讲:"你要求太高,另找别个看好了。"颜金财无论怎么讲都挽留不下。颜金财只好讲:"先生既然决意要去,我也不好意思再挽留。我看中一块地,还拜托先生指点一下。"风水先生感觉奇怪,问:"我给你看了这么多地方,你都不中意,你自个倒看中一块,在哪儿?"颜金财手指了指,讲:"就是你现在坐的这个地方。"风水先生听后愣了一下,他坐的地方,要讲没有藏风得水,脉气不旺,周围还有五块奇形怪状的大岩石,如同五只老虎寻食,属"五虎擒羊"之局,是块凶地。风水先生劝颜金财这个地方覅葬,颜金财问这个地方会不会影响别个?风水先生讲了最到头的话:"这个地方对谁都没影响,只影响自个。"颜金财讲:"只要对别个没影响就好。"风水先生摇摇头叹口气,心想:"也可能颜金财命该败落。"午饭也不吃,就走回乾口垄。怕被埋怨,他一连几年不来永康。

　　有一年,风水先生出于好奇硬着头皮来下时,想看看颜金财家败落得怎么样了。当他走近一看,原来的房屋变成深宅大院,富丽堂皇。颜金财看到后立即把他接进屋,满口感谢:"自从爹安葬以后,当年磕磕碰碰,可到了第二年就迅猛发迹,做啥西赚啥西,就好像财神爷跟我屁股后面一样。"风水先生讲:"这是你自个的福气,

144

你带我再到祖坟去看看。"颜金财满口答应。

　　两个人一起走到坟地。风水先生看到坟地的地貌已经大变样,原来的五块岩石也看不着了,就问颜金财五块岩石哪儿去了？颜金财讲:"下葬的那一年秋,山洪暴发,我怕坟头周围的泥土被冲走,就把五块岩石挖来放坟旁边挡住坟头。"风水先生顺着颜金财的指点,拿出罗盘测了测埋藏岩石的方位,心里惊奇:颜金财无意当中竟然布了"五虎护羊"的局,有五只老虎相护,想不发财都难。

　　回家的路上,风水先生拍了拍颜金财的肩膀讲:"我看风水,是尽人事。你修阴德,更是天注定。吉地自当有德者居之,岂能强求？一生积德行善,天地菩萨自会保佑你荣华富贵。无论你选在哪儿,哪儿就是风水宝地。"

永康大话

岘口吕运乾农家记

清朝道光年间,岘口村吕运乾,平常日子大铜钱赚不了,小生意又不想做,背了一屁股债,被内家骂了几句,大年三十晚上走到村口池塘边沿,想跳入塘里。

此时方岩山普能和尚刚好从这儿路过,看到就上前与他讲:"看你的相,今日夜里你要发财,贫僧熟读《麻衣相法》。"普能看吕运乾不吭声就继续讲,"要不相信,你走回家去试试看。"吕运乾还真的走回家与内家讲了此事。

夫妻俩半信半疑拿出仅有的一吊铜钱,买了点酒、菜、香、烛谢年。接着两个人就坐在家里等发财,到了子时,内家讲:"就这样等,天上不会掉下来,地上也不会涌上来。"吕运乾讲:"不会涌上来,那么我们自个挖。讲不定金银财宝就藏在床底地下?"内家听了认为有道理,两个人就把床移开,把地挖出三四尺深,一点儿东西都没有看见。

隔壁贩卖带鱼的周丰年听到响声,走过来敲门。夫妻俩吓了一跳,以为他是来讨债,开出门来一声不吭地站着。周丰年讲:"子时就是大年初一,勥怕,不讨债。我家的带鱼赊给你去卖,换点年货怎么样?"

吕运乾一听,还有这好事,马上露出笑脸,随脚就跟周丰年去背回一捆带鱼,紧接着拆出来分担。当摊开带鱼时,意外看到里面有一两碎银裹着,内家立即拿出来囥好。

定日五更,吕运乾挑到芝英去卖,不到一个上午就卖完了。下午他又去赊来一捆,拿回家里拆出来,发现里面仍旧有一两碎银裹着。带鱼要一个下午就又卖完了。夫妻俩开心极了,就去找周丰年,要求把库存的带鱼统统端过来。

上千捆带鱼搬到家里,每一捆拆出来看,再也找不着银子。带鱼堆满房间,腥气熏天,夫妻俩只好早五更晚乌影上下三处挑着去卖。一个正月卖到头,总算把所有的带鱼都卖完。一结账,所欠的债都还清还有好些剩钱。吕运乾去向周丰年交赊款时,额外多付二两银子。周丰年问干吗要多付这二两银子?吕运乾就将裹在

146

两捆带鱼里面的二两银子讲了一遍。周丰年讲:"这是我故意放那儿的,不这样的话,我这么多的带鱼你会去卖吗?"

吕运乾有了点本钱以后,就去贩卖别的东西,生意越做越大,家也日见富裕起来。他想:我能有今日,全靠当初方岩山普能和尚相面点化。有一日,他到方岩山去寻找普能和尚,当面感谢,并且顺便叫他再算卦策划。

普能笑了笑,讲:"看相算卦哪有那么准?!不瞒你讲,这是我与周丰年合演的双簧戏。当时,我看你做人本质还好,只要不懒惰,去干活,肯吃苦,肯定会有出头之日。于是就编造大年三十夜里你会得财的假话骗你。等你一离开池塘,我就去找周丰年。他正愁带鱼卖不了,听我这么一讲,真是癞头巴不舍①,于是就满口答应。记住:人生在世,就要勤奋。即便是天上掉下来也要早五更起来捡。这就是古话讲的:宝剑锋从磨砺出,梅花香自苦寒来。"

---

① 癞头巴不舍:巴不得。

永康大话

雅庄李财旺的故事

　　明朝隆庆年间，在雅庄村的东头，有三间茅草屋，住着一个叫李财旺的人，三十出头还是光棍一条。有一日，象珠的风水先生王有成到芝英从那路过。李财旺就把风水先生叫过去顺便帮他看看，几时会发财，几时内家娶得进来。

　　风水先生晓得李财旺本质好，只是懒惰，想帮帮他，就一边心里盘算，一边拿罗盘绕茅草屋走。风水先生走到屋后，看到有一条大路经过，就与李财旺讲："你的家宅风水是不错，就是有点儿小问题，所以财发不了，内家娶不进。"李财旺着急地问："什么样的小问题，有化解的办法吗？"风水先生捋捋胡须，讲："办法是有，只要坚持三年，保证你财发钱进，内家娶进门。只是怕你没耐性。"李财旺急切地讲："有耐性，有耐性，王先生指点我一下，我肯定照做。"风水先生讲："你的财富藏得太深，肯定要大声地喊才会出来。你在房屋的后墙开个窗，每天四更就起床，灯盏点亮一些。过路的人看到你家灯亮就会问：财旺，起床啦？你就用力答应：起床了！你的名字恰好是财旺，日日喊财旺，坚持三年，富裕就肯定来。千万记住：你这一生发财机会就这么一次，三年不能间断。"

　　送走王先生，李财旺不敢怠慢，一切照王先生讲的做。

　　转眼三年过去。有一日，李财旺家杀猪，特意到象珠将王有成请到家里吃猪三腑。王有成发现，三年看不着，李财旺家里已经大变样了。他原来的茅草屋变成了砖瓦房，娶了内家，还生了一个大囝，小日子过得很清爽。等王有成坐下来，李财旺将一杯酒举到王先生面前，讲："王先生，你的办法真的灵，三年时间，富裕真的喊出来了。"王先生端起酒杯笑笑："你讲讲看，这三年你是怎样过来的。"李财旺讲："那日先生一走，我就按照你的盼咐，在房屋后墙开了个窗，每日四更就起床，点着灯盏。屋后的大路有人走过，看到灯亮就会问：'财旺，起床啦？'我就应一声'起床了！'时间一长，孤清清坐那没事干，就开始琢磨寻点事干。先是搓麻绳赚点小铜钱，过些日子就做豆腐卖。豆腐渣没地方去，就养猪。先是四更起来，生活一忙就

148

三更起来。家爽了,就有媒婆上门,内家也娶了。王先生,真的要好好谢谢你。"

听了李财旺的话,王有成笑笑讲:"这下明白了吗?你若不是早早起床,不搓麻绳,不做豆腐卖,不养猪,日子怎么会有这么清爽,怎么会有小囡嫁你?"李财旺听王先生这么一讲,终于明白:爽日子不是靠风水,不是靠喊,而是靠自个做出来的。天上永远都不会有钱财掉落下来。

永康大话

胡竹冠义助柳春兰

明朝宣德年间,沿溪坑村柳员外的囡柳春兰长得较黄妩,年方二八,上下三处就经常有人来做媒。

有一日五更,县令公子赵飞鸿由媒婆陪同前来提亲。想不到阔塘后村养猪的胡竹冠先来一步。柳员外有意把两个后生安排做堆喝茶作比较。赵飞鸿讲:"胡兄,柳小姐财主人家出身,受不得半点苦,你养几只猪怎么供养得起她?"胡竹冠讲:"我养猪赚铜钱照样让柳小姐过上好日子。养猪赚铜钱虽然辛苦但是用得安则。如果不是令尊做官,就凭你一个举人,也不见得能领多少俸禄。"赵飞鸿轻轻声地讲:"朝廷禁猪令马上就要下来了,猪,犯着皇上姓朱的忌讳,五日之内要杀光,私养的话要坐牢。看你还有几日神气。"胡竹冠讲:"不让养猪,当官的到哪吃肉呢?"

柳员外看两个人争个不歇,就出来煞住,讲:"两个后生勿争啦,小囡到外婆家要明朝才能回来,二位明朝再来好了。"

定日已时,柳员外内家一路哭着走回家讲,囡被大寒山的山贼劫持去了。柳员外听到显火着急,发愿谁能救出宝贝囡,就将囡许配给谁。

赵飞鸿立即赶回县衙,叫爹派兵去救柳春兰。县令讲:"大寒山易守难攻,哪有那么省力呀?!朝廷颁发禁猪令,县衙就这么几个人,杀猪都安排不过来。"就在这时,胡竹冠走进来讲:"我将家里所有的猪都赶上大寒山投奔山贼,县老爷派人向金华府告急,府太爷会调遣金华八县的兵力前来剿贼,到那时就可以救出柳春兰。"赵飞鸿讲:"这是莫逆大罪,你承担得起?"胡竹冠讲:"只要事后赵兄帮我做证是山贼抢猪胁迫我上山,不就无事了?"

定日五更,胡竹冠果真赶猪上山。金华府太爷得报后,讲:"猪不杀掉还送山贼,这还了得?!"府太爷当日就调来三千兵马,把大寒山山贼杀的杀,抓的抓,一举剿光。

柳春兰救出来以后,总以为是赵飞鸿求爹救的,当即就答应嫁给他。定日,县

衙审判山贼时,在赵飞鸿的力证之下,胡竹冠被无罪释放。让赵飞鸿预料不着的是,爹无论如何都不接受让山贼劫上山过的媳妇。

过些日子,赵飞鸿到阔塘后村去看胡竹冠。胡竹冠不在家,由邻舍交给赵飞鸿一封信。信上讲,他已退出竞争,叫赵飞鸿好好照顾柳春兰。

转眼过去三个月,年关就要到了。有一日爹来与赵飞鸿讲:"朝廷废除了禁猪令,巡抚回家路过这儿,叫金华府供奉六头大肉猪。府太爷要永康县令五日之内完成,否则革职法办。当时禁猪令一下,猪都杀光了,到哪去寻猪?三日过去,一头都未落着①。爹只好硬着头皮叫囝去寻找胡竹冠看看。

赵飞鸿四面②去寻找,一直到第五日五更,正在发愁怎么才好。只见胡竹冠走上门来讲:"我可以提供六头大肉猪。那日官兵攻山时,我偷偷把猪栏门开出来,好些猪逃到柴树篷去。这些日子我就是去把这些猪寻找回来。"胡竹冠顿了一下,接着讲:"猪给你,但有个条件。"赵飞鸿讲:"要多少铜钱随你自个讲。"胡竹冠讲:"我勿铜钱,我要柳春兰。"赵飞鸿讲:"不行,无论什么条件我都可以答应,只有这个不能答应!"胡竹冠笑笑,讲:"我是试探你一下,看你对柳春兰是不是真心。给你六头猪是让你的爹能够接纳柳春兰。"赵飞鸿讲:"胡兄为什么三番五次地帮我呢?"

胡竹冠深情地讲:"柳春兰虽然不中意我,我还是希望她快活。中意一个人,不只是为了得到她,更重要的是愿她生活得更加清爽。"

---

① 落着:落实。
② 四面:到处。

永康大话

义门马阿巧的故事

清朝雍正年间,义门村的陈俊朴,是个老实人,娶了个内家马阿巧却既黄妩又聪明。百念称村的陈二发心里不服,陈俊朴哪一点儿比得上我?这么好的小囡会轮到他!

有一日,陈二发带着两个流氓找到正在割田后堪杂草的陈俊朴,讲:"朴,我与你打个赌怎么样?"陈俊朴老老实实爬上田畦,讲:"好啊,赌啥西?"陈二发讲:"谁讲得出天下啥西最干净,谁就算赢,输的人把内家赔给赢的人怎么样?"陈俊朴讲:"没看到过的东西最干净,眼不见为净嘛!"陈二发讲:"错,无论啥西脏东西都要用水洗,水最干净。"此时,跟在屁股后压阵的两个流氓做堆起哄:"就是就是,水最干净,俊朴输了,快点把内家交出来。"

陈俊朴被吓唬怕了,田后堪杂草也不割,拔腿就跑回家里,将打赌的事与内家讲了一遍。马阿巧晓得老公让别人调排①了,就想对策如何对付。少顷,陈二发带着两个流氓找上门嬉流述流②地讲:"巧,俊朴打赌输了,你现在就是我的,走,跟我去!"两个流氓随即附和:"就是就是,俊朴赌输,我们做证。"

马阿巧讲:"夔慌夔慌,大家先坐下来喝杯茶,然后兑现赌约也不迟。"陈二发得意地讲:"好好好,有啥好茶就沏来喝。"

阿巧到里屋一个人一杯茶沏好端过来。仨人品了一口都讲:"这茶叶还不错,真香。"马阿巧讲:"这还不算好,还有更加好的,马上让大家品尝。"马阿巧讲完重新走到里屋拿出来一把尿壶,又把一桶水提到天井,把尿壶洗刷一阵子,然后把一撮茶叶扔进尿壶,再将开水冲入,就要为仨人泻茶。

仨人看到个个都推:"这样的水喝不得。"马阿巧讲:"哎,你们不是讲水是天下最干净的吗?这把尿壶我已经冲刷好几遍了,怎么还嫌脏?"马阿巧斟满一杯茶捧

---

① 调排:捉弄。
② 嬉流述流:嬉皮笑脸。

152

名人大话

到陈二发口嘴边,讲:"你喝呀,不喝就是证明水不是天下最干净的。"

陈二发看看尿壶都想吐,哪儿还喝得下肚,只好改口:"你讲得不错,水不是最干净的,俊朴没输总可以了吧。"陈二发讲完就想溜。马阿巧挡住门口,讲:"我的老公赌赢了怎么兑现呢?"陈二发讲:"俊朴没输也不见得就是赢呀。"阿巧讲:"刚才那杯茶好喝吗?"仨人不晓得马阿巧啥意思,都讲:"好喝,好喝。"马阿巧讲:"刚才那杯茶也是这把尿壶沏的,只是你们没看到而已,这就叫眼不见为净。说明我的老公讲的是对的:眼睛没看到过的东西是天下最干净的。"

两个流氓听后马上用手指头伸入喉咙催吐。

马阿巧讲:"陈二发,你输了。请你立即把内家送过来,我家里刚好欠个老奶[①]。"陈二发听了一时语塞说不出话,两个流氓把他拖起来就飞快地逃走了。

躲在里屋的陈俊朴看看内家把陈二发赶跑了,出来叹了口气,指指尿壶嗔怪内家,讲:"你怎么可以用尿壶沏茶让别人喝呢?这样做是要被雷公诛的!"阿巧笑了笑讲:"这把尿壶是刚买来的,还未用过,你忘记了?"

从那时起,经常会听到义门人讲:老实人不好欺,有些地方不一定比你差。人尿人欺天不欺,硬树会有硬虫钻。

[①] 老奶:女佣人。

永康大话

周俊吃白食

　　元朝时,有一日,油溪塘村的周俊从武义搭船回永康,在许码头上岸时,救了一个正要跳溪寻死的男子。周俊问他为啥要寻死?男子讲:他叫吕成,家住河头,有个弟吕功,全家人以卖茶叶为生。头两年分家时,财产平分。娘由弟供养,爹由他供养。第二年娘就平白无故地死去。有一日,吕功来寻吕成,讲他有批茶叶要发到苏州,这两日身体不太舒服,听讲哥也要发货到苏州,就求他顺便带上。弟相求,无话可讲,吕成就当场答应下来。就这样,十箱打好包的茶叶叠满一船。因为是哥弟的货,也就没作验收。

　　半个多月的水路,吕成把货运到苏州。交割货物时发现弟的茶叶都是霉的,货商拒收。吕成看看茶叶都是油纸打包,路上不会受潮,就把拒收的茶叶带回。可弟一口咬定是吕成运输不当发霉的,把他告到官府,要他赔偿。吕成拿不出证据,输了官司,因为拿不出这么多银两,只好将家产统统都抵给吕功。就这样,吕成流落街头,寄宿到土地庙。内家嫌家穷也离家而走,还好没囝囡,就是爹跟着一餐肚饥一餐饱地受苦。

　　吕成去寻吕功,想把爹托付给弟。吕功不想供养又怕别个议论,就草拟了一份赡养契约:将爹上、下分出两个,吕成是长子,上半身归吕成,除负责衣裳、帽外,还要负责三餐主端①。他自个是小团,负责下半身的布裤、鞋。为了显示他的大方,还随手拿出两条他不穿了的布裤,让哥带给爹。吕成想想,总比没有好点,就在契约上摁了手印。吕成走在路上想:爹若看了这样的契约,没准会气死,还不如我死了,只剩弟一个人,就不怕他不供养。

　　周俊听后,拿过契约看看,讲:"你这样的弟,即便你死了,他也照样不会去供养爹的。接下去,你听我的,我想办法要他供养。"周俊与吕成走到土地庙,从包里头拿出两件体面的衣裳让吕成父子俩换上。三个人一起走到一间酒楼,点了好些贵

---

① 主端:饮食。

154

重的酒菜。半个时辰酒足饭饱,老板走来结账。周俊讲这次饭局是这个老人家请的客。老人讲,他是没铜钱,宁愿让你打一顿抵销饭钱。店老板看看老人都七八十岁了,经不起几下敲打,若打出人命,还得吃官司。就把三个人送到官府。

县官升堂以后,店老板告三个人吃白食。周俊讲,是这个老人家请客,与他俩无关。老人讲:"县官老爷,因我好几日没东西吃了,想去骗吃又胆小,就叫上两个人做伴一起吃。"县官想,按照律法,招摇撞骗应罚二十大板,可这老头都一把年纪了,又怕打出人命,一下不敢判。周俊看县官犹豫,就讲:"县老爷若讲怕老人经不起打,可以叫他的囝来代替。"县官觉得有道理就问老人:"你的囝叫啥名字,住哪?"老人报上小囝吕功的名,差人转眼把吕功传来。

吕功上堂看爹、哥与一个生疏人跪在堂前,也就跪下,问干啥把他传来。县官将事情讲一遍就吩咐差役开打。吕功手指吕成讲:"他是我的哥,要打也平摊。"周俊立即接嘴:"这个是哥,确实不错,只是哥弟俩有个分身赡养契约,约定爹的上半身由哥吕成负责,下半身由弟吕功负责,屁股生下半身,这屁股应该全由弟吕功承担。"周俊从衣裳袋里扒出契约呈上去。县官看看契约讲:"真是天投地扯①,供养爹娘还分上下身,哥弟俩都打!"吕成讲:"大人,冤枉!我一个字不识,契约是弟吕功写的。"接着吕成将事情讲了一遍。县官听后晓得吕功是个忤逆鬼,该教训一下他,就判决吕功偿付酒楼饭钱,打屁股加倍,四十下。

吕功回到家里让吕成把那张契约还给他,周俊讲:"想要契约,除非拿原来属于吕成的房产田地来赎,不这样的话,我们就日日到酒楼去吃,让你日日打屁股。"吕功没办法只好将房产、田地都给还吕成。

---

① 天投地扯:东拉西扯。

永康大话

周俊出主意

　　元朝时，儒堂头村的卢海仁与囝卢呈真分家，天早五更，缘于一口麦饼锅争个不歇。卢呈真骂爹"为老不尊"，卢海仁骂囝"忤逆不孝"。囝一介后生，性子刚犟，一下子把爹推倒在地。卢海仁扑跌地上，一个门前牙磕脱落。卢海仁气不过，捡起地上牙齿，就要到县衙去评理。

　　毕竟是囝囡，黄棠村还没走到，气已经消得差不多了，卢海仁准备往回走。六月的夏日酷热，他就走到路边沿的松树弄去乘凉。他发现面前的一棵松树脚旁有好些合芯①长着，卢海仁随手摘来一朵，看看这合芯比平常的合芯黄芫，凭经验判断是一种有毒的菇。如果烧起来吃，会中毒。卢海仁想：过一会儿囝也会去县衙告状，合芯就长在路边沿，他也一样会看到，前面有间饭店，过往的人会进去休息、吃饭。

　　卢海仁走进饭店与老板讲："过一会儿如果有人拿来合芯让你烧菜吃，你要答应。那些合芯有毒。"讲完还将准备打官司的五吊铜钱给老板表示感谢。

　　卢呈真看爹去县衙告状，就来到游溪塘村求周俊出点子。卢呈真在周俊门口等了好久，周俊才叫他进去。卢呈真看周俊六月夏天还穿了件棉袄，坐在锅灶口前，双手还捧着一只火笼烘着取暖。卢呈真看着异样又不便问，就将他与爹的整个事情从头一二讲了一遍，并且强调门前牙是爹他自个跌地上磕脱落的。讲完，卢呈真从衣裳袋里掏出一吊铜钱塞给周俊，求周俊为他出个主意，接下去怎么样才好。

　　周俊出声不响②，走过去趴在卢呈真肩膀头狠狠地一口咬去，讲："你就讲，是爹咬你的肩膀头，用力太猛，门前牙是他自个拽脱落的。"卢呈真听听有道理，就转身往县衙去。

　　父子俩半路碰头也不吭声。卢呈真看到路边沿松树弄长着好些合芯，刚好正当午有点儿肚饥，就摘了好些合芯拿到饭店叫老板烧起来当午饭菜。老板一声不

① 合芯：野菇。
② 出声不响：一声不吭。

156

名人大话

吭,而是掰了一块合芯丢给鸭吃,鸭吃了没一会儿就死了。卢呈真吓得目瞪口呆。老板讲,是一个老成人让他这么做的,你要谢谢他。

卢呈真猜想肯定是爹。这状想不去告又怕爹已经告了,就硬着头皮来到县衙,跪下来就喊冤枉:"我爹的门前牙不是我打脱落的。"县老爷听后不晓得啥头归,就惊堂木一拍,讲:"喊的是啥冤?"卢呈真听了才晓得爹并没来告状,可是既然已经开出口了,只好将事情经过讲一遍,讲爹死咬着他的肩膀头,门前牙咬脱落。县老爷随即传令:"将卢海仁传来对证。"

卢海仁来到县堂,面对囝的指控,有口难辩。县老爷判卢海仁打三十板屁股。卢呈真看到爹要打屁股,想到爹怕他误吃毒合芯,还特意嘱托饭店老板耍烧。除了爹还有啥人会这么做？卢呈真跪地上求县老爷开恩,爹是冤枉的。卢呈真把整个事情都推到周俊身上,一口咬定都是周俊教唆的。

县老爷当即传令周俊来对质。周俊来到县堂问传他啥干？县老爷讲:"父子俩分家分相争,你作为乡绅不劝和,还出鬼主意加深矛盾,这还了得？"周俊讲:"我一早就出门,不在家里,怎么会帮他出主意呢？"

卢呈真讲:"周俊,你忘记了,早五更我寻你时,你坐在锅灶口前,穿着棉袄还烘火笼。"周俊讲:"六月夏天坐锅灶口前,穿棉袄,烘火笼,可信吗？请县老爷明断。"县老爷惊堂木一拍,讲:"一派胡言,父子俩各打三十板屁股。"

走回家里,周俊来到儒堂头,把父子俩叫到一起,讲:"爹娘囝囡,是打断骨头连着筋的骨肉,入点出点啥关系？缘于一口麦饼锅就大藤彭[①]地告到县堂。"讲完从口袋里掏出一串铜钱给还卢呈真。卢海仁讲:"周俊讲得正确,和顺一家有百福,平安两字值千金。"从那时起,儒堂头人,家家和睦,爹娘、哥弟、邻舍之间有事情都坐下来讲道理,很少相争。

---

① 大藤彭:大张旗鼓。

157

比丑招亲

清朝咸丰年间，长城林旺财要为囡林巧儿招亲。林旺财家里也算得上清爽，又是独生囡，公然提出比丑招亲。

比丑台就搭在他自个的水碓旁边。上下三处长得尼申的后生听说后都从四面八方赶来，都想去招予囡婿。邵塘的邵元曦也由爹邵世文陪着而来。

半午前，林巧儿穿着大红嫁衣，站在比丑台上。下面的后生看到林巧儿这么黄妩，一个个都看得心里头怦怦直跳。

林旺财站台上先讲："比丑招亲第一轮，每个想招亲的后生从岸起头一个个从台上走过，由巧儿选择出三个，再进行下一轮。"刚讲完，后生们就一个个兴哼八响①地走上台。

林巧儿选择的第一个后生，宽宽的口嘴还歪到左边；第二个选择出来的是独眼，脸上还有一条深深的伤疤。林巧儿两眼看着台下还在寻第三个。林旺财直着喉咙喊："还有更加尼申的吗？快点走上台来。"

"还有。"邵世文一把将囝推上台。邵元曦摁着面具站在林巧儿面前。林巧儿讲："后生，要怕，请你拿掉面具。"邵元曦掀开面具，只见一边的脸上有一个洞，连牙床的肉都缺一块。其他站在台上参比的后生看到他这么尼申，个个都口服心服地退到台下。林巧儿一点儿也不怕，还讲："第三个就是你了。"

林旺财宣布比丑招亲第二项："过水溪堑②。"林旺财把三个后生与囡一起带到台下不远的一条水溪堑，讲："你们想办法怎么样让巧儿过溪去。"歪嘴第一个上来弓着腰，讲："我背她过溪。"林旺财讲："巧儿还不是你的内家，男女授受不亲，此法不妥。"独眼到处寻找木头与板块，讲："我用木头或者板块放溪上，让巧儿从上面走过。"林旺财讲："木头、板块一下子难寻找，也不妥。"邵元曦鞋子一脱，站在水溪堑中间，讲："细囡，你用力跳跨，我用手助你一把。"水溪堑并不宽，巧儿跳时，邵元曦

---

① 兴哼八响：争前恐后。

② 水溪堑：小溪。

158

其他大话

托住她的手,用力一带,就跳过去了。

林旺财宣布第三项:"烧鱼。"在一个火堆旁,林旺财拿来三条鲫鱼,分别给三个后生,讲:"请你们用各自的方法将鱼烧熟。"歪嘴用石头砌成三角灶,将一块瓦片放上面,然后把鱼放在上面烤。独眼寻来一根木柴,将鱼穿着,放火上熏。邵元曦走到溪的另一头去摘来一片藕荷叶,将鱼裹着放入火堆里煨。过一会儿,三个人的鱼都做好了,林巧儿逐个尝过,讲"风味不同都好吃"。

比丑招亲三项都完了,林巧儿扑到爹的耳朵脚叽叽咕咕几句,林旺财将邵元曦的手拉着走上台,讲:"他就是我的囡婿。"

洞房花烛之夜,在洞房里,邵元曦没勇气去揭新妇娘的红盖头,轻轻声地讲:"细囡,我这么尼申,你不怕?"林巧儿讲:"不怕,当年你就是为了救我,才变成这样的。"邵元曦听了这句话,才晓得原来是这么回事。

十年前,有一日邵元曦在溪里捉鱼让长毛抓去,捆着双手关到一间墨洞其乌的小屋里,邵元曦害怕得拼命地哭。无仑青空传来一个小细囡的声音:"阿哥,覅哭,只要你家里人拿来银两,长毛就会把你放出去的。"邵元曦问:"除了交赎金,就没别的办法啦?"小细囡讲:"我挖了一个洞,你胆敢与我一起逃吗?"邵元曦点点头。就这样,细囡把邵元曦身上的绳解开,两个人从洞里钻了出来,沿着一条小溪逃走。

天蒙蒙亮时,两个人又肚饥又乏力,就坐在一块岩石上歇气。邵元曦看到溪里有鱼,溪对面有堆火,就讲:"细囡,我到溪里抓几条鱼来,放火堆上煨熟了吃。你用力跨过溪,我助你。"就在细囡伸脚跨时,邵元曦手顶细囡的手用力一托,细囡顺势跳过。邵元曦将抓来的鱼用藕荷叶包着放火堆上一会儿煨熟了。

他俩正吃得津津有味,长毛无仑青空来到面前,把他俩抓了回去。长毛的头子手拿一根木棍,敲了敲邵元曦的头,讲:"今天我要打断你俩的腿,让你们再逃!"邵元曦站到细囡前面讲:"是我拉着她逃的,要打就打我。"长毛头子讲:"好的,我就成全你!"讲完就拿出一个大火炮[①],塞入邵元曦的口嘴,点着火炮芯,转眼口嘴就炸得湖糟头[②]。

林巧儿看邵元曦愣着,就自己揭掉红盖头,泪眼婆娑地讲:"反了长毛以后,我与爹一直在寻找你,想报答你的大恩。当时忘记问你叫啥名字,更不知道是哪儿人,实在没地方寻找,最后只好出此下策。"

---

① 火炮:鞭炮。

② 湖糟头:稀巴烂。

159

永康大话

布腰裙

很早以前,在永康,小囡嫁人以后就会在身上系一条布腰裙①,并且还相当讲究。在裙面上印着各种图案,裙带上织花纹,花样多种。布腰裙是怎么样兴起来的呢?

话说吕洞宾在永康城里的药店被白牡丹倒了一霉头,闷着一肚子的气,骑着一匹白马往东阳方向走去。当他无精打采地走到长恬时,看见一个后生正在挖黄泥,就想将这气往这后生头上出,就停马问道:"后生,你晓不晓得你今天锄头掘了几下?"吕洞宾一连问了三遍,后生答不出来。看看吕洞宾得意的样子,后生黄泥也不掘就走回家,把吕洞宾的问题和内家讲。内家笑笑说:"这问题很好应答呀,你马上回去照我说的回他。"

后生随脚就走回来。吕洞宾又重复地问了起来。后生反问道:"骑马先生,你骑的马,今天马蹄落地几下了?"吕洞宾听后一呆,这个后生刚才什么都讲不出,怎么离开一会儿就知道反问我? 于是他随即问:"后生,这是谁教你的?"后生诚实地讲:"是我的内家教的。"吕洞宾听了心想:永康药店的白牡丹聪明,难道这山村民妇也有这么伶俐? 我今天要去见识见识,不相信永康姑娘个个都这么聪明伶俐,就对后生讲:"你的内家有几下,我过一个时辰要上门请教。你现在就走回去,和你内家讲,我今天要到你家吃午饭,叫她在一个时辰内烧七种饭,十种菜,我给她十两银子,如果烧不出来就倒赔我十两银子。"

后生忧心忡忡地走回家里,对内家抱怨说:"你教我那么一问,麻烦来了。过一个时辰骑马人要来咱家吃午饭,要你在一个时辰内烧出七种饭,十种菜。"内家笑笑:"这有何难? 你放心,我来对付他。"

一个时辰刚到,吕洞宾骑着马就来到后生家门口,看看后生的内家就一只脚在

---

① 布腰裙:围裙。

160

马镫上,另一只脚伸出马镫外,说道:"请问大嫂,我是要下马还是上马?"后生的内家刚好一只脚跨出门槛,笑着说:"先生,你看我是要进门还是要出门?"吕洞宾看看大门边的墙脚放着一块石板又问道:"大嫂,请问你家大门边的那块石板有几斤?"后生的内家随口答:"先生,你去抬,我来称。"

吕洞宾见得不到便宜便下马,随夫妻俩一同进屋。只见桌上摆着绿豆与米同煮的饭,韭菜和鸡蛋炒的菜。后生的内家说:"先生,七种饭,十种菜已烧好,放在这儿,请付十两银子。"吕洞宾心里暗暗佩服,掏出十两银子放在桌子上。

吃过午饭,吕洞宾走到门前天井摘来一朵花走到门外插到一堆牛屎上,上马欲走。后生的内家看到,内心一股无名之火顿起,便伸手去夺吕洞宾的马鞭,吕洞宾抓住马鞭不放:"马鞭虽然丑陋,但随我已久,不能丢弃。"后生的内家讲:"我老公虽然外表欠佳,但内心优美,口齿虽然木讷,但为人诚实。我乐意和他共度一生。"

吕洞宾终于承认永康小囡个个聪明伶俐,不好惹。但是转念一想:内家这么聪明伶俐,别说老公木讷质朴,如果老公长期在外,时间一长还是担心他内家会移情别恋。想到此,吕洞宾把放在马背上的一匹布拉下来送给后生的内家:"大嫂,难为你烧午饭招待我,这块布送给你。"后生的内家也不客气,接过布就围系在腰间。

说来也奇怪,一会儿工夫,她的心比以前更沉稳。后生的内家干脆把那块布缝上带,做成围裙。从此,不管老公离开走到哪儿,只要系上那布腰裙,心就不会胡思乱想,始终在家里。后来,此事逐渐传开。长恬、雅庄一带的出门行担人都模仿着让内家系上布腰裙。久而久之,整个永康都形成了一种风俗:小囡嫁人以后就系上布腰裙,老公看到内家腰系布腰裙就放心地出门行担,到外头做各种手艺活。

永康大话

操牛场上认内家

　　明朝正德年间,芝英应通与溪岸陈果是生意场上的小侬伴,门当户对,从小就为囝囡应秋煌、陈莲花定了娃娃亲。

　　有一年,秋煌的爹在外头做生意碰到打劫,人亡财散,家道中落。一下子秋煌变成了穷秀才,想到杭州去参加乡试都没盘缠,只好硬着头皮到丈人家里去借。丈人在外头做生意,丈母娘听到讲是借铜钱,就无好腔坛讲:"我家不是开钱庄的,哪有那么多铜钱?要么寻一样东西你自个拿当铺去当。"讲完就朝后院喊:"莲花,将你爹的那件皮袄寻出来,让大秀才拿当铺去换铜钱。"

　　虽然定了娃娃亲,但结婚之前是不能见面的。莲花想,到杭州乡试是要许多铜钱的,就这么一件皮袄能当几个铜钱?她到箱底摸出一只玉镯藏到衣袋里面,然后折叠好皮袄才递给娘。秋煌接过皮袄就拿到当铺。当铺的崔老板按照职业习惯抖开皮袄摸摸捏捏才估价。当他捏到衣袋里有个玉镯也不吭声,就报出价格,与秋煌讲好当期就成交。

　　应秋煌来到杭州进考场。三场考下来,他所带盘缠也就花得差不多了,没有在杭州等到发榜,就赶回家里。路上要过好几条溪,没铜钱坐渡船只好七弯八曲地绕道走,一直走了半个月,总算回到了芝英。

　　大老远地他听到芝英方向又是锣鼓镲声又是火炮声,很是热闹。当他走近一看才晓得,原来今天是八月十三胡公生日,大家在搞操牛[①]庆贺。只见田中央两头牛又撞又顶,水花飞溅,拆牛师跳上跳下难解难分。周围看热闹的人围得密密麻麻。应秋煌也伸着头去看。就在他面前不远的人堆里,有个细囡一只手拿着麦秆扇高高举在头顶遮日头。手臂上的一只玉镯格外显眼。

　　应秋煌认出这只玉镯,那是在他七八岁的时候,爹在永康城里定做的一龙一凤两只玉镯。他还拿着玩了好两日。爹将凤玉镯,用红绸包着拿去定内家。内家虽

[①] 操牛:斗牛。

其他大话

然未看到过,戴玉镯的这个细囡肯定就是。看看细囡让日头晒得汗出铺流,他就挤到她身边,将随身带的雨伞举到细囡头顶。细囡旁边一个小细囡看到就盯着眼睛喊:"你要干吗,离我阿姐远点!"应秋煌笑了笑,讲:"小细囡,覅误会,我是你的姐夫。"

戴玉镯的细囡转过头看看应秋煌:"看你像个书生样子,又像个流氓似的干吗?"应秋煌讲:"我们两个虽然未见过面,你总该晓得应秋煌呀,我就是你的老公应秋煌。"

小细囡直着喉咙骂:"我阿姐还未出娘门,哪儿来的老公,你个流氓,滚远些!"这么一下喊叫,旁边的人操牛不看,转眼将应秋煌围住。个个义愤填膺:"光天化日之下调戏细囡还了得?!"应秋煌解释:"我不是流氓,举伞是为我未过门的内家遮日头,她手臂戴的玉镯就是定亲物证。"细囡边摇头边骂:"介狗喊①!"有几个后生手臂袖口撸撸想要把秋煌抓起来打。就在这时,两个维持秩序的差人走过来,讲:"去!县老爷就坐在望台上,由县老爷公断。"

也真是凑巧,这两日县老爷正在寻找应秋煌。这个秀才参加乡试高中榜首,解元喜报已经传到县衙,县衙理应敲锣打鼓报喜,可是应秋煌在路上而未送。县老爷讲:"你应该是一个品学兼优的俊才,怎么会做出这么下流的事?"应秋煌就将整个定娃娃亲,赶考前借钱当衣作盘缠的经过讲了一遍。县老爷让小细囡陪同一个差人回家去把爹叫来。

谁知来的是当铺的崔老板。崔老板一看到应秋煌在场,一只玉镯戴在囡的手上。晓得事情已败露,未等县老爷开口,就"道"跪在地上认错。

县老爷听完,当场喝令衙役将贪赃枉法的崔老板捉拿归案。崔家大囡在大庭广众下,戴手上的玉镯是赃物,出娘生世②也未这么羞辱过。褪出玉镯就一路哭回家里,从此郁郁寡欢一病不起。

在场的人都讲:"做人就要硬!站得直,坐得正,半夜不怕鬼敲门。贪了不义之财,全家都受牵连。"

---

① 介狗喊:犬吠。

② 出娘生世:出娘胎。

163

第三味药

清朝道光年间,唐下舒有个舒氏祖传喉科,专门看烂口嘴[①],喉咙疼痛。祖传的药粉,只要敷两三次就痊愈。上下三处只要口嘴烂、喉咙疼痛就都赶过来看。

喉科是小门类,技术再好,一日也看不了几个。上马正经一个男人在家里坐诊也不合算,于是,祖上就立了个规矩:传儿媳妇不传囡。这一代的传人是王菊花,她有三个囡,儿媳妇都娶了以后,秘方只能传一个。

有一日夜里,王菊花把三个儿媳妇都叫到面前,讲:"按照祖宗传下来的规矩,今天,我把我们舒家祖传喉科的秘方传给你们叔伯伍[②]三个。秘方总共三味药,今天我先传给你们两味,有了这两味也能够治病,只是疗效差点。学到手以后,各自寻找一间空房开始接诊看病。过些日子,我看看谁做得最好,病人夸赞得最多,再把秘方的第三味药传她。其他两个就自动关门歇业。"

就这样,三个儿媳妇跟王菊花学会了秘方当中两味药的制作与使用方法,各自开了诊所。大媳妇的娘家是唐先的大户人家,七路姑、八路嫂的成群,她走回娘家一讲,就有人过来看。第二个媳妇的娘家是清塘桩村的,谈不上大户人家,但是她为人机灵,没事就走到村口,只要看到样子像看病的,就主动上前介绍到她那儿去。只有第三个媳妇陈阿丹,老老实实在家里等人上门。

有一日,来了个抱着一个小活鬼的老太婆,讲:她的孙子口嘴烂了,吃东西就哭,已经好几日没吃东西了。阿丹正在吃择子豆腐,看到后,碗一放就走过来,把小活鬼抱起来放在自个的大腿上,轻轻地掰开小孩的小嘴看,只见有好几个地方溃疡了。她就拿来一红一白两种药粉先后敷上,过一会儿,小活鬼就不哭了。

老太婆见了很高兴,付了铜钱就准备走,只见这个小孙子一个劲地扭头朝锅灶间看,就是不肯离开。阿丹看出了小活鬼的意思,马上去盛来一碗择子豆腐让他

---

① 烂口嘴:口疮。
② 叔伯伍:妯娌。

其他大话

吃,还一口一口地喂他。一连三日,每一次敷过药后,就在那儿吃东西。小活鬼痊愈以后,老太婆见人就讲阿丹的药好,人和气。

从那以后来寻找阿丹看病的人慢慢地多了起来。阿丹无论病人是多还是少,也无论病人年纪是大还是小,都同样耐心细致,不怕烦,不怕脏。就这样,陈阿丹的名声越传越远。半年过去,王菊花把三个媳妇叫在一起,讲:"半年过去了,你们自个都能看到谁的病人多一些,愿赌服输。我宣布,由陈阿丹来接替舒氏喉科传人。第三味药由我来单独传给她,另外两个儿媳就不再接诊了,将剩余的药都交还给我。"

晚上,王菊花来到陈阿丹房间,从衣裳袋里扒出一张发黄的宣纸交给阿丹:"恭喜你成为舒家喉科传人。把这张纸囥好,等过些年,你的儿媳妇娶进来以后,再用同样的方法传给她。"阿丹点点头接过纸,摊开一看,只见上面写着:"把米放到锅上翻炒至黄褐色,磨成粉,摊凉后装成小包备用。"这个不是炒米粉吗?!王菊花看阿丹愣着,就讲:"第三味虽然不是药,但是比药还重要。秘方肯定要传给有德的人。看病行医要讲医德,厚德才能载物。"

陈阿丹默默地看着婆婆,随后点了点头。

165

典当内家

　　清朝雍正年间，李店村的李善长与章店村的章金贤是共脚吊布裤①的小侬伴，只是一穷一富。李善长家清爽，气量大；章金贤家较穷，但身体健壮较勤快。李善长家舂米、磨麦、割谷、砍柴这些费力活，只要叫一声，章金贤就会过来帮忙。章金贤只要用到啥西，李善长都会给他。

　　有一年十二月的一天五更，章金贤走到李善长家，门口进去看到李善长内家就问："大嫂，大哥在家吗？"善长内家正在梳头，看到金贤上门，慌忙头髻一盘，讲："善长到杨埠去讨债了。"金贤讲："有啥活需要干吗？"善长内家摆摆手讲："家里年前的活都调排停当了。"大哥不在家，又没活需要干，金贤就回去了。善长内家走到锅灶间，将一篮番薯拿来给金贤："刚好一锅番薯煮熟，这篮番薯让你带去。"章金贤也不推辞，接过番薯就走回章店。

　　吃午饭时，李善长慌急大忙②地来到金贤家，讲："贤，你与大嫂开玩笑了？"章金贤不晓得咋回事，讲："我对大哥大嫂一向敬重，怎么会开玩笑？"李善长讲："你一离开，大嫂的金簪就不见了。你与她开玩笑囥起来的话，就给她拿回去。"金贤听后，低着头呆一会儿，讲："你弟媳妇回娘家想摆显，叫我向大嫂借金簪来插一日，我开不了口讲，刚好金簪放梳妆台，我就顺手拿来，准备还时再讲清楚……都怪我，大哥，等你弟媳妇回来，我马上将金簪送还你。"

　　等内家砍柴回来，章金贤就将整个经过与内家讲了一遍，最后讲："小侬伴之间，不能为了一根金簪断了。"金贤内家讲："话是没错，只是我们哪来金簪给还大嫂。"

　　公婆俩商量了一夜，想出一个办法。第二日，章金贤与内家来到永康城里的陈记当铺，与陈老板讲："我要典当内家。"陈老板讲："早五更开啥玩笑？"章金贤讲：

---

① 共脚吊布裤：莫逆之交。
② 慌急大忙：慌慌张张。

其他大话

"不是开玩笑。急需五十两银子,内家给你当用人,到时候用工钱赎身。"陈老板刚好需要帮手,就封好五十两银子交给章金贤,写好当票,当期一年。

章金贤公婆俩到金店拣了一支金簪,再来到李善长家里。章金贤内家一看到李善长内家就道歉:"真的对不住大嫂,那日我将大嫂的金簪插头上回娘家摆显,娘叫我烧锅孔①,不小心打乌,只好重新买了一根。"李善长公婆俩看看金簪也黄妩,客气话讲两句,推两下也就完了。

十二月二十八黄昏,当铺正准备关门,卖介狗肉的孙长松气急彭亨地走来讲:"当东西。"讲完就从衣裳袋里扒出一根金簪递给陈老板。陈老板看孙长松有点儿异样,就随口问:"你杀介狗怎么会有金簪?"金贤内家听讲到金簪,也好奇地走过来看,她一眼就认出这根金簪就是大嫂打乌的。随手一把将孙长松抓住:"这根金簪怎么会落你手上?"接着他将整个事情讲了一遍。孙长松讲,金簪是他剖介狗肚时,从介狗肚里挖出来的。陈老板讲:"既然争不清楚,大家都到李善长家里去,三头认六面②。"

走到善长家里,金贤内家先讲:"那日,大嫂的金簪丢失,因为自个家穷,越辩越不清,索性就认下来,小侬伴之间讲诚信,不能为了一根金簪毁了。"善长内家问善长:"家里那只介狗呢?"善长讲:"头些日子我看介狗不吃东西,日过一日消瘦,怕得狗瘟,就便宜卖给长松了。"善长内家一拍脑门:"我晓得了!那日我梳头,听到金贤来,就顺手将金簪插在梳妆台吃了一半的番薯上,送金贤走出家门时,番薯被介狗叼去吃了。长松再从介狗肚里挖出来。"

从那时起,李店、章店周边的人都会讲,随便啥事都不要急着下结论:路遥知马力,日久见人心。

---

① 烧锅孔:烧火。
② 三头认六面:面对面。

钉秤用心

明朝时,芝英村的应长善在永康城里开了一间秤铺。他钉的秤又黄妩又准,一般的人就认他钉的秤。他每卖出一把秤,都要在秤尾巴上镶嵌一个图案。生意很好。

应长善有个独生囝叫有根,整天只晓得赌博。有一日,他银子输光就到家里将店铺的屋契拿到典当行换成银子去赌,结果三日不到又全部输光。有根怕爹骂,就偷偷地逃回芝英躲起来。典当行派打手来封秤铺,应长善挡在门口不让封,双方越争越凶,眼看着要打起来。这时上街粮行的陈老板站出来替长善担保宽限三日,事情总算平息。

第二日夜里,陈老板突然上门叫长善替他钉一把大令①,要一斤多出一两。并且一再讲:粮行经常碰到一些不讲理的人,有把不准的秤,就好对比。应长善愣在那许久才讲:"你晓得秤为啥一斤是十六两?一两一颗星,天上南北斗总共十三颗星,剩下来的三颗星是福、禄、寿,少一两损福,缺二两伤禄,短三两折寿。对不起,这样的秤我不能钉。"陈老板笑笑,说:"三日马上就到,你自个好好想想,我明朝再来。"应长善想想陈老板钉的秤是用来作比较,况且还有恩于自己,就不再吭声了。

第三日夜里陈老板果真来了,看长善已经将大令放则桌②上头,就笑容满面地讲:"我现在就去将当铺的银两还掉。"第二日,陈老板就将这把秤用来收购稻米。转眼三个月过去,有一日半夜三更陈老板突然背着那把大令来敲门,与应长善讲:"秤出事了,有人举报秤不准,多收了他们的稻米。县官将秤收缴,是我花十两银子叫贼偷出来的,还是让你将秤改一下,天亮前送回县衙。"应长善叹口气一声不吭低着头拿秤到里屋,过一会儿走出来将秤交陈老板。

第二日,县堂上县官当众验秤,经过反复称各种东西,发现秤较准。几个告状

---

① 大令:大秤。
② 则桌:桌子。

的人也都看呆了。整个事情就这样不了了之。可谁晓得陈老板没过几日,夜里又拿着秤走到应长善的秤铺,并亮出秤铺的屋契,讲:"长善师,只要你将这把秤改成十五两一斤,这张屋契就还给你。"应长善二话不讲拿秤就到里屋去改。陈老板秤拿到手,就将屋契归还应长善,还掏出五两银子放则桌上。应长善将银子抓起来就甩出门外。

新米上市,粮行的生意一日比一日好,别的粮行一点儿生意都没有。陈老板说不出的开心。有一日无意当中听到一个买米人讲:"所买的米一斤就多出一两,很合算。"陈老板赶紧将秤拿来校验,发现真的,火气腾腾地来寻应长善算账。不料秤铺门上锁,再敲也没人答应。这时有个差人走过来,讲:"覅敲了,昨夜应长善到县堂,把秤的事都与县老爷讲了,并且还将屋契也交县衙充公。"陈老板听后真是哑口吃苦瓜。

应长善走回芝英就带着团出门行担。并且与团讲:"秤尾巴掐的图案是一个'心'字,一是用来平衡秤,秤多秤少就在心字铜丝的粗与细上;二是时刻提醒自己钉秤要讲天理良心,人在做,天在看。"

永康大话

法轮寺传艺

　　明朝弘治年间,永康、武义交界的地方发生了瘟疫。永康县令看看疫情严重,就请永康城里的名医杨福亭去救急。

　　杨福亭带着徒弟徐阿世在疫区摸清病情以后就到塔山去采药。两个人爬山越岭采了一日,药篮装满草药。当他俩走到木鱼山时,感到又渴又累,发现山脚下有一座写着"法轮寺"的小佛殿①,就进去歇气。

　　两个人刚走到法轮寺大门口,就看到天井②里有一个男子抱来一捆木柴在那烧火。杨福亭一看就立即把徒弟徐阿世衣裳角扯了扯走出庙门。徐阿世从来都没有看到师傅有过这样的举动。哪怕是面临瘟疫,师傅都淡定沉着,怎么会看到法轮寺里头一个人就那么怕呢?

　　来到法轮寺外头,徐阿世就忍不住好奇地问:"师傅,你认得那个人?"杨福亭讲:"朆多嘴,马上回去煎药。"一路上,徐阿世总感觉师傅与法轮寺里头那个人不对头。过些日子,采来的草药用得差不多了,徐阿世就主动地讲:"师傅,你要看病离不开医馆,采药就让我一个人去好啦。"

　　徐阿世爬上塔山采了一篮草药,就来到木鱼山朝法轮寺走去。那个男子正在一爿火堆里烤芋粽③。徐阿世在小佛④面前拜了两下,就坐在殿堂的一条凳子上。男子问:"你是郎中?"徐阿世点点头,反问:"你就住在法轮寺?"男子讲:"我是武义来的,身上没铜钱,在塔山采点药拿桐琴卖,积点铜钱然后到永康城里去。"徐阿世讲:"这一爿地方闹瘟疫,你要小心噢。"

　　听到瘟疫,男子芋粽也不烤,走到徐阿世身旁轻轻地问:"你真的是郎中?"徐阿

---

① 小佛殿:寺庙。
② 天井:院子。
③ 芋粽:芋艿。
④ 小佛:菩萨。

世讲:"我到塔山采药,就是为了这场瘟疫。"男子讲:"那就好,我有一条发财的路,你走吗?"徐阿世讲:"发财,有谁不想?!"男子轻轻地讲:"你利用郎中的身份,医治瘟疫时用假药,使得瘟疫一下子歇不下来,能蔓延出去更加好。我认得一个道教宗师,念符咒就可以灭瘟疫。到那时,从大师那儿拿来符咒,然后拿到金华八县去卖,肯定能发笔横财,所得钱财咱俩平分。"徐阿世当场拒绝,讲:"这样做是要被雷公诛[①]的。"

男子见徐阿世无动于衷就接着讲:"你认得永康名医杨福亭吗?"徐阿世讲:"杨福亭咋啦?"男子讲:"头些年,缙云闹瘟疫,我与杨福亭一起就用这种方法赚了好些银两。我如果不赌博,现在是个大财主了。我到永康,就是想去寻找杨福亭拿点银两花。如果你愿意与我合作,我就不去寻找杨福亭了。"

徐阿世讲:"你还是去寻找杨福亭要银两吧,他就住在永康城里。"徐阿世讲完就拂袖而去。他刚走到法轮寺大门口,就碰到了杨福亭。

只见杨福亭主动迎上去,讲:"你晓得'非人不传'是啥意思?"徐阿世无好腔谈地讲:"如果一个人品行不良,就不要将技术传他。"杨福亭讲:"头三年,我只教你粗浅的医药知识,从现在开始,我要教你真本实事了。"说完用手指指男子,讲:"他是你的师叔。"

男子笑了笑,讲:"这是你的师傅精心安排的人品考试。因为医德比医术更加重要,行医以德为先,做人以诚为本。"

[①] 雷公诛:天打雷劈。

永康大话

方岩大悲寺刻碑

唐朝僖宗年间,方岩山顶大悲寺住持年事已高,收了个徒弟信远。这人是个秀才,对尘世厌倦而遁入空门。信远聪明,悟性高,住持准备将衣钵传给他。

有一日,住持做完功课,在大殿门口叹息:"大悲寺香火不盛,收的功德钱还不够日常开支,大殿与佛像陈旧亟须修缮,银子到哪儿来?"信远讲:"师父勿焦臭,我去想想办法看。"

定日,天才蒙蒙亮,信远就出门化缘。当他走到芝英时肚饥难忍,就走到一户财主人家去化斋。主人应广有走出来,讲:"午饭吃过了,晚饭还未烧,哪来的东西让你吃?去,走远点儿!"此时,在不远的街路上有人插嘴讲:"小师父上门,怎么好这样对待呢?"应广有抬头一看,连忙点头哈腰,讲:"是,是,主簿大人。"信远转身一看,只见主簿骑在马背上,还笑眯眯地对他讲:"小师父,如果有啥难事,不妨来寻我。"讲完就骑马走了。

有主簿的这两句话,应广有特意为信远炒了一盘燥粉干吃。信远问应广有:"主簿大人很信佛?"应广有讲:"他信不信佛,我不知道,我只知道他啥好事都做,反正又勿他出铜钱。"

信远听后问清楚主簿在永康城里的住址,就告别应广有,往城里赶去。快到天黑时总算寻到了主簿家。主簿家人告诉他主簿不在,他在主簿家门口等了两个时辰,主簿才回家。

主簿看信远站门口就问:"小师父,寻我有事?"信远讲:"主簿大人,我想为你刻碑。"主簿讲:"怎么勿冷空为我刻碑呢?"信远讲:"方岩大悲寺年久失修,重修需要千余两银子,如果主簿带头捐款一百两,那就可以在大殿旁边立块碑,刻上你的大名。"

信远看主簿愣着不吭声,就轻轻地讲:"主簿大人放心,您只要表面上捐款。等筹足银两,我会还给你的。此事只有我与你两个晓得。"主簿听后高兴地讲:"这样的善事,我鼎力相助!"讲完他就拿出一百两银子递给信远。

第二天一大早,信远就用大红纸写了张谢榜贴在街路旁的墙上。转眼间,整个

其他大话

永康城里的人就都晓得了此事。各级官员与财主都效仿着来捐款,不到三日,捐款就超过了一千两。信远偷偷地将一百两银子给还主簿,接着就回方岩去了。

住持看到这么多银子非常高兴,当即就安排修缮庙宇。信远果真寻来岩头老师在大殿旁边立碑刻字。石碑开头就刻着主簿大人乐善好施,捐款修庙。后面才是所有捐款人的名字、官职、数额。

看到修缮簇新的寺庙,住持对信远很是满意。大徒弟信来看到就嫉妒在心,有一天他把住持叫到石碑前,讲:"师父,信远贪占银两。筹集的总数相加是一千一百五十三两,而寺庙收到的银两只有一千零五十三两。还有一百两呢?"

住持听后就把信远寻来问,银两数额怎么会对不着。信远心想:如果讲出实话,师父会如实地与师兄弟解释,此事传出去的话,对主簿大人不利。于是他就对住持讲,一个人又是记账又是收银,不晓得错在哪儿了。

信来看信远解释不清,就带着好几个师兄弟寻住持讨说法:"按照寺规贪财藏银是犯了大戒,要赶出山门。"住持对信远讲:"你如果将银子拿出来,就仍旧是我佛门弟子,否则就麵怪为师心狠了。"信远无奈地跪地上连磕三个头,讲:"师父保重。"转身就下山而去。

转眼过了半个月,主簿来方岩山进香。住持陪他拜完小佛,为了讨好,就特意带他到大殿西侧看石碑。

石碑开头就刻着主簿带头捐款修庙的事迹,看得主簿得意扬扬地抿嘴而笑。他转身问住持:"那个化缘的小师父呢?怎么没来见我。"住持讲:"他贪占一百两银子,被逐出山门了。"主簿听后心头一震,过一会儿,他从袖袋里掏出一张银票,讲:"我今日就是缘于此事而来。当初捐款时,我临时有公事要去办,来不及将银票给他,等我走回来,他已经走了。想不到还刻碑记录。把他寻找回来,还他清白。"

住持立即派徒弟下山四面去寻找。可是,无论怎么寻找,也没有信远踪影。真是:"信而见疑,忠而被谤,能无怨乎?"

从那时起,住持就经常讲:"无论啥事,都要把别个看得太坏,更不能只看表面。"

哥弟相争

　　清朝同治年间,葩陌的程光德与程光富哥弟俩,脾气都很暴躁,缘于供养爹娘之事就经常争吵,有几回还差点儿打起来。

　　有一日五更,只因爹娘烧的柴火之事又争吵得不肯歇。保长劝不了,只好把哥弟俩推到县堂,让县老爷公断。知县姓侯,一升堂,就"啪"的惊堂木一拍,讲:"你俩既然是哥弟,就要好好讲话。啥事争吵得不可开交,讲来听听看。"

　　程光富抢先讲:"我是杀猪卖肉的,一日到乌影忙得很。哪里有工夫去砍柴,他是大哥,不但不管,还手臂袖口撸撸要来打我。"程光德讲:"我是打铁的,每次出门就要好几日才能回家,有几次转场时,家门都没进,哪有工夫去砍柴。弟弟成年杀猪,没一块肉让爹娘吃夠讲,就连柴火都不砍一点儿给爹娘烧,讲得过去吗?!"侯知县讲:"来人,把哥弟俩关入'灭火牢'灭灭火,等不争吵了再说。"

　　哥弟俩被关进"灭火牢",仍旧是一边争吵一边咒骂,一直到天黑,肚子饥饿没力气了才歇下来。牢头提来饭盒,没好气地把饭盒园铁栏外头的火墙角,讲:"想吃饭的话,你俩自个拿。"哥弟俩一看,抢着去拿,但是都伸手够不着。要想拿到饭盒就要把铁窗门端起来。

　　程光德抢先去端铁窗门,但是铁窗门较沉,需要两只手才能端得起来,两手不离空又没办法去拿饭盒,他气得蹲火墙角一声不吭。接着程光富也去把铁窗门端起来试,照样没办法把饭盒拿到手。

　　程光德忍不住开口:"富,这样下去,我们都得饿肚子。我去端铁窗门,你去拿饭盒怎么样?"程光富讲:"那就动手吥,啰唆啥西?"程光德忍气把铁窗门端起来,程光富则卧地上伸手把饭盒拿过来。

　　两个人饭盒一上手就抢着吃,匃一会儿,饭菜就吃得尼尼脱脱。吃完有点儿力气了,又开始爹娘我供养多一些,你供养少一些地争个不停。一直争到三更半夜,两人都没力气了才歇下来准备困熟。

其他大话

　　两人刚躺下来,头顶就有雨水涓涓滴落下来。程光德抬头就朝外骂:"屋漏也不知道修理,这样的牢房怎么住啊?!"哥弟俩转眼间衣裳滴湿,都冻得瑟瑟发抖。程光富把牢门的把手抓起来就拍打,嚷着叫牢头军子走过来看看。可谁晓得牢门把手一扳,雨水就不滴了。手一放雨水仍旧滴,一连试了好几次都这样。

　　程光富只好扳住牢门把手不放,他转身看看哥正闭着眼睛安安则则①在那困熟,心里就是一蓬火,气得把手松开。顿时,程光德浑身都是雨水。程光富讲:"凭什么要我抓把手让你困熟,轮流!"程光德无法,只好两人轮着困熟,好不容易熬到天亮雨水才停了下来。

　　就这样关了三日三夜,哥弟俩慢慢地不争了。吃饭时,一个端铁窗门,另一个卧地伸手去取饭盒。到了夜里,哥困熟时弟扳住门把手,弟困熟时哥扳住门把手。

　　侯知县看看差不多了,就把哥弟俩放出来问:"你俩还争吵不争吵?"哥弟俩都讲不争了。侯知县讲:"那就一起回去好好商量,怎样子才能供养好爹娘。"程光德讲:"关里头几天,让我明白了一个道理:爹娘有养育之恩,供养爹娘是本分,人与人之间同心协力才能做好事情。哥弟一条心,黄泥也会变黄金。"程光富抢着讲:"是的,哥弟和睦,全家幸福。"

---

① 安安则则:安安逸逸。

永康大话

官塘下蓑衣

清朝乾隆年间,胡有根在官塘下开了间棕绷店,号称"官川棕绷",蓑衣串得既黄妩又实用,终年生意很好。

胡有根有胡家继、胡家承两个囝,都二十几岁了。有道是:树大分权囝大分家。分家产好讲,"官川棕绷"招牌只有一块,分哪个囝呢?胡有根心里头没个底。店里的伙计卢秋生聪明又勤快,看老板整日皱着眉头眼,问晓得是啥事以后,就讲:"老板,依我讲哪个孝顺传哪个,你出个难题叫他俩去做,看看哪个孝顺一些。"

胡有根觉得有理,就把两个囝叫到一起,讲他想吃杨梅与桑枣①。两个囝听后就出门去寻。两人唐先、永康城里、八字墙、永祥坑寻了一圈,都空着两手走回来。当时是五月,桑枣已过期,杨梅未成熟,到哪儿去摘?

哥弟俩看看爹不高兴,第二日天早五更就又出门去寻。第三日半午前,胡家继提着一只干粮袋走回来,一见面就讲:"阿伯,杨梅。"胡有根看看红带紫的杨梅问是哪儿来的。胡家继讲,他出门以后边寻边打听,在兰溪的一户人家看到满树的杨梅都熟透了。主人与他讲,这是早熟杨梅,比别的树早熟一个月。胡有根正在津津有味地吃着杨梅,只见胡家承也走了进来,并且将一只袋递给爹,是一袋桑枣。胡家承讲,一般的桑枣都已过时,他是在宣平山里寻来的,那里山坑气温比别的地方低,桑枣挂果也晚一些。胡有根吃吃杨梅尝尝桑枣,两个囝的孝顺分不出。

第二日卢秋生看老板高兴不起来,就走到他的面前讲:"既然两个囝孝心都不相上下,那么再试试哪个能干一些。"胡有根想想也有道理,当日,把两个囝叫来,要他俩一个到东阳,另一个到义乌,去与那里的店铺谈生意,看哪个生意谈得多。

胡家继去的是东阳。刚走到,他就寻到一间店铺,介绍他的蓑衣怎么好。店老板一口拒绝,讲他自个东阳串棕绷的人很多,哪儿需要舍近求远到永康拿货。无论怎么讲都不理。到了午后,一个老成人走进店里,看了一圈,就走出店门。胡家继

① 桑枣:桑葚。

176

赶紧把他叫回来,并且逐件介绍蓑衣、箬帽、棕床垫,还详细分析好坏。老成人被他讲动了心,买了一领蓑衣才离去。

此时,店老板再不理会就讲不过去了,就叫胡家继坐下来喝茶。胡家继从包里拿出一领蓑衣。店老板看看蓑衣真的串来不错,就订了一批。

再讲,胡家承赶到义乌后,走到一间店铺与老板谈生意,店老板也不理。到了午后,店铺一批货刚运到,就碰到天上下起大雨。胡家承二话不讲又扛又抱,帮着抢搬货物,等货搬完,胡家承浑身被雨淋得湿透,老板过意不去就上马正经坐下来与他谈生意。

老板看看胡家承的蓑衣确实不错,也就订了一批货。胡有根看看两个团都订回一批生意,还是分不出好坏。正在这时,伙计卢秋生接到桥里老家的口信,讲爹生病很严重。卢秋生想连夜赶回去,胡家承知道后就马上提了盏灯笼一路送他回家。六日以后,两个人才走回来。

胡有根得知秋生爹的毛病好了些,看看卢秋生勤快地做生活,胡家承疲劳的样子,吃过午饭就宣布:"官川棕绷"招牌传小团胡家承。胡家继不服气:怎么长团不传而传次团。胡有根讲:"你俩都一样的孝顺,一样的能干。但是家承一听到秋生爹生病要回去,就连夜提灯笼送去。还帮着请医问药,直到秋生的爹毛病好了一些。今日店铺生意兴隆,与所有伙计帮工的尽心尽力分不开,胡家承能体恤伙计,店铺交他,肯定会带领大家齐心合力生意更加兴隆。"胡家继听后低着头一声不吭,过些日子他就到古山去另开了一间店铺。

永康大话

鬼秤

　　清朝嘉庆年间,永祥上范的范子忠在永康城里开了间粮店,他为人老实加上一条街有好几间粮店,生意总是平平淡淡。

　　有一日五更,邻舍王阿娇老太婆大娘八爷地坐在门槛哭,好些人围着看。范子忠走过去一打听,原来是老太婆的那只大介狗让别个偷走了。老太婆是独自一人,养只介狗既能看门又可以做个伴。范子忠为她抱不平,就伸直喉咙咒骂:"阴汁的偷狗贼,上山蛇咬死,下溪水淹死,走路要跌死,吃东西噎死,反正是不得好死!"围观的人都讲咒得好。

　　开秤店的黄成千躲在屋角看,听了范子忠的咒,气蒙了,介狗就是他偷的。他看范子忠家的门开着,屋里头没人,趁大家不注意,就走进范子忠店里将一把秤杆折断。过一会儿范子忠走回店里准备做生意,看到秤杆断成两段,也不晓得是怎么断的,只好自认晦气。

　　卖粮没秤还做啥生意?范子忠只得先关门。他皱着眉头眼来到黄成千开的秤店。黄成千见范子忠要买秤,讲:"你是真的来得巧,昨日我刚钉了一把,先让给你得啦。"范子忠当场付给银子,把秤拿回家就继续做生意。

　　日子一日一日地过去,不见觉得①他粮店的生意一日比一日好起来。粮还是那些粮,价格仍旧是那个价格,生意怎么会渐渐好起来呢?范子忠想不通,不管他,生意好总不是坏事。只是卖出去的粮食损耗比以前大了一些,相比较还是赚。

　　有一日,街上有人讲:"开秤店的黄成千死了。"范子忠与黄成千平时没来往。想想自从用了黄成千钉的秤以后,生意日过一日好了起来,黄成千为他钉了一把招财秤。他死了,我也该去意思一下。范子忠买来香、烛、大被②,还封了二两银子去吊唁。黄成千内家很感动,三七刚过,就走到范子忠粮店,轻轻地与范子忠讲:"子

---

① 不见觉得:不知不觉。
② 大被:死人入棺后盖在身上的被子。

忠兄,你是好人,这个事不讲出来,总觉得心里过意不去。我家成千卖给你的是把鬼秤,一斤一两东西称出来只有一斤。"

范子忠听了,讲:"我与成千没怨仇,他干吗要这么捉弄我呢?"成千内家讲:"王阿娇那只介狗就是成千偷的。那天你那样子咒他,他就记恨在心,把你的秤杆折断,又卖给你那把鬼秤。"成千内家过一会儿又讲,"成千的死,也被你咒着了。那一日,他在吃介狗肉,见有人敲门,他心一慌,将一块含口嘴里来不及嚼的介狗肉直接吞了下去,偏偏肉里头有一块骨头,被卡在喉咙,一会儿就憋死了。"

范子忠听后,愣了好长时间。他总算清楚了:买粮人渐渐多起来,粮食损耗大,都是因为这把秤的秤头足。

从那时起,范子忠就一直用那把秤,还经常与团囡讲:"要做好人。头顶三尺有神明。算计别个一千,自个也会损亏八百。多行好事,自然有前程。"

红玉汤

清朝光绪年间,倪宅倪安谷对娘姚香球非常孝顺。

有一年夏天,姚香球身体发烧,就到潘宅去请潘郎中来看。潘郎中讲是夏日贪凉而受寒,吃三帖药就会好。谁晓得吃了十几帖都没用,还更加严重。六月夏天两床被盖着还瑟瑟发抖。

倪安谷又把潘郎中请来。潘郎中仍旧讲要补阳祛寒,加大药量,方开好就想走。倪安谷把他叫住,讲:"药让我内家去撮,你在此也好看看疗效呀。"

很快,倪安谷内家撮来药,煎好就让娘吃下。姚香球吃下药一会儿,就讲胸脯难受,又喊又哭,接着就昏了过去。潘郎中吓得瑟瑟发抖,讲:"过一会儿就会醒过来的。"倪安谷讲:"就算醒过来,也去了半条命,你这个庸医!"潘郎中讲:"要讲得这么难听,上马正经与你讲,你娘的病我有方的,只是这方不容易做。"倪安谷问是啥方。潘郎中讲:"方名叫红玉汤,是一部古医书上看到的,就两味药:红,即红参;玉,就是人的大腿肉。"倪安谷听呆了。正在这时,姚香球吐出一口浓痰醒了过来。潘郎中见机屁股拍拍借意头溜走。

当日夜里,倪安谷与内家商量割大腿肉的事。躺隔壁的姚香球听到就想:自个这么一大把年纪了,还要害囝囡干啥? 就从后门走出去,跳进倪宅溪寻死。

第二日五更,倪安谷看后门门闩开着,娘没人了,猜想肯定是昨夜的话让娘听到去寻死了。夫妻俩沿溪寻找,一直寻到王慈溪。王慈溪的王朝水站在村口溪沿大老远就喊:"你是倪安谷吗,你的娘我救回来了。"倪安谷夫妻俩听到后非常高兴,就跟着王朝水走到他家。看到娘精神了许多,娘还与他讲:王朝水把她救上来,又为她到田桥请来田郎中看。田郎中讲她的病是假寒真热。潘郎中用热药是用反了。到这时倪安谷才晓得潘郎中的"红玉汤"全是天投地扯,走回倪宅见人就讲。潘郎中听到,肚子里怨恨又没办法。

有一日,潘郎中去为倪安谷的邻舍倪阿大看病,路过倪安谷的锅灶间门口,看

其他大话

着后槛脚有个酒坛,就在第二日趁没人时将一包生的半夏粉倒入酒坛。吃晚饭时,倪安谷一碗酒舀来喝不了几口,喉咙又辣又涩,过一会儿就发不出声音了。他走到酒坛边开出来看,发现酒糟上有白色粉末黏着……

第二日,倪阿大叫潘郎中到他家吃午饭,讲他杀了一只鸡,要谢谢潘郎中为他治好了病。两个人推杯换盏喝得很有味道。几杯酒下肚,倪阿大问:"今日的酒怎么样?"潘郎中连声讲:"这酒不错!"倪阿大讲:"不瞒你讲,这酒是倪安谷家借来的。"

潘郎中听到此顿时脸色发青:"啥西?此酒是倪安谷锅灶间①的那坛酒?!"倪阿大讲:"是啊,我自个的酒刚做没几日,还未发酵成熟,先到安谷家借几碗喝,过几日再还给他。"

潘郎中听后拔腿就跑出门口,用手指头抠喉咙催吐。吐了几口刚抬头,看到两个捕快站在面前。他退回屋里,楼梯上"咚咚咚"传来响声,只见县令与倪安谷从楼上下来。

县令讲:"潘郎中,戏演到这,可以收场了。若要人不知除非已莫为。"倪阿大接去讲:"县老爷讲的没错,人生有尺,做人有度。害人者终害己,多行不义必自毙。"

---

① 锅灶间:厨房。

181

虎魁

　　明朝永乐年间，永康城翰墨飘香，丹青流彩。覅讲文人雅士，就连杀猪老师①也写得一手好字，绣花的内家依画的蝶鸟虫鱼也与活的一般。

　　周二洪是县衙的皂隶，读过私塾，当他看到赵知县喜欢书画，特别是画老虎比较出手，也就想临摹，欲借意头接近。

　　有一日，周二洪提着一坛好酒、几斤牛肉，来到永康城里书画最好的徐真开的聚宝斋。他一进门就一口一个"先生""老师"，并且把他自个写的字、画的老虎让徐真看，请他指教。徐真见他诚心求教，也就上马正经地对他书画的几个地方进行点评。

　　周二洪离开时，徐真让他将老酒、牛肉拿回去。周二洪讲，拿来的东西怎么好意思拿回去呢，就索性打开酒坛与徐真一起喝了起来。两个人喝到高兴时，徐真又为周二洪的书画作了深层次的指点，还送了他一册古帖与几张老虎的古画拿回去临摹。

　　周二洪缉捕办案之余，只要有点儿空闲不是读帖就是练字，不是绘画就是到聚宝斋求教。经徐真不断的指点，周二洪书画提高很快，在永康城里还真的有点儿名气。赵知县是个爱才的官，就把周二洪提升为三班衙役的领头。这么一来，周二洪练习书画就更加勤奋了。

　　赵知县看看永康文风昌盛，就决定在每年二月初三文昌日，办一次书画大会，以褒奖夺头魁者。第一年徐真得头名，周二洪得第九名。第二年周二洪得第三名，头名仍旧是徐真。周二洪非常得意，就在翠芳园酒楼宴请评委。他边斟酒边讲："承蒙各位关照，只是关照还未到位，只得了个第三名。"有个评委以酒遮脸，讲："快了，快了，用不了多久，你就会得第一。只是现在通本良心②讲，徐真的书画，特别是

---

① 杀猪老师：杀猪匠。
② 通本良心：凭良心。

虎画神韵天成。"

过两日,周二洪邀请徐真喝酒。几杯酒落肚,周二洪讲:"徐兄啊,你都好几回第一了,啥时候让我也过一回第一的瘾?"徐真讲:"快了,你再练几年,应该没问题。"周二洪讲:"下次我就想得第一,到时候徐兄要让着我噢。"徐真讲:"让你好讲,只是书画大会,吸引金华八县好些文人雅士观摩,头名如果没几下,会让别个笑的。学无止境,兄台还是在挥墨上头再下点功夫为好。"

过几日,周二洪接到保长报案,徐真的一个邻舍家里,好些东西被偷。周二洪立即派捕快到每个住户家里去盘查。捕快在徐真家里的一个屋角上,搜出一包细软,就把徐真抓去审查。经过一日审讯、几顿打,徐真受不了刑就承认是他偷的。

周二洪将卷宗呈送县堂。赵知县爱惜徐真是个人才,有意从轻发落,就讲:"徐真这个人我看到过,一副书生样子,手无缚鸡之力,会去挖墙盗洞?就算真的是他偷的,也是一时钱迷心窍。"周二洪听赵知县这么讲,立即从衣裳口袋里掏出一张纸递上,讲:"这是从他的书房里搜出来的万民请愿书草稿。"赵知县看后心里顿时升起一蓬火。

原来,去年华溪河道泛滥,县里按人丁数摊派治河银两,好些穷苦人家不肯出银,有几个人甚至还到金华府告状。讲县衙横征暴敛,中饱私囊。

赵知县将请愿书一丢。一副夹棍转眼把徐真两只手的指骨夹断。

定年二月初三,书画大会如期举行,只是少了徐真与上一年的第二名得主。会场上周二洪下笔疾书,背后好几个皂隶在那哄抬。周二洪扬扬得意,志在必得。

就在这时,会场上进来一个人,就地而坐,只见他铺开一张生宣,两脚布裤往上一挽,脱下鞋,脚指头夹着一支狼毫笔,在瓦砚上饱蘸浓墨,一挥而就。一只凛然正气,栩栩如生的落山猛虎跃然纸上。特别是画里头的八个字与吸铁石一样,把大家的眼睛都牢牢吸住:

人心足恃,天道好还!

大家都看愣了,突然,有个人打破寂静,讲:"永康有徐真,别个甭想得第一。"

换豆腐

清朝乾隆年间,黄岗的李家芳与胡苏珍,在村边沿的地垫坛①,用豆挂②打黄豆。一个在东面,一个在西面。无仑青空,天上落下阵雨,地面黄泥顿时落湿,好些豆粒脱落地上陷入黄泥。

李家芳看到泥土里的黄豆很心疼,等打完豆就走回家拿来一把田荞钩③,一粒一粒边挑边把豆粒拾起来。胡苏珍走过来讲:"家芳嫂,这么挑一粒拾一粒,能拾几粒呢?如果交了租想换豆腐没豆,就到我家拿得了。"李家芳听后很感激,讲:"怎么好意思到你家拿呢,能拾几粒算几粒呗。"

李家芳一直到天黑看不着拾了才回家。拾来的豆都是黄泥,洗洗干净也有一坛钵,洗过的豆怕园不久,就将它园在屋后墙的窗户上,等定日五更再拿去换豆腐。谁晓得定日五更整个坛钵的黄豆,一粒不剩,都造化老鼠了。

李家芳正在焦臭,胡子葛挑着豆腐担,一边喊换豆腐一边走过来。一下子,就有好些人从家里拿出豆来换。李家芳想吃豆腐,就又拿着田荞钩来到地垫坛,想把昨夜未拾干净的豆再拾。可当她走到地垫坛一看,地上的豆粒都没了。是谁这么不要脸皮,手脚这么快?

李家芳愣着站了一会儿,胡子葛挑着豆腐担走过来,看到李家芳绷着脸在骂街,就讲:"豆粒是胡苏珍拾去的。"听讲是胡苏珍拾去,李家芳就一蓬火:昨日还叫我麸拾,想换豆腐没豆就到她家拿。豆拾走体面还要做,速度还那么快,一个五更就都拾干净。

胡子葛讲:"豆粒在潮湿的黄泥里过夜,就膨胀得蹦出了地面,哪要一粒一粒去抠呢?胡苏珍用扫帚一扫就一堆,她自个的与你的一会儿就扫了一簸箕。"李家芳

---

① 地垫坛:晒粮食的场地。
② 豆挂:拍打豆秸秆使豆粒脱落的一种农具。
③ 田荞钩:拔猪草用的一种工具。

听后忍不住就赶到胡苏珍家里。

胡苏珍家大门锁着,墙头上有只簸箕放着。李家芳伸脖子一看,都是洗干净了的黄豆,少讲也有两坛钵①。正在这时,屋里一只大介狗"汪汪汪"吠着冲出来,李家芳只好逃走。李家芳越想越气,想出许多恶毒的话,准备等胡苏珍回家就去骂,要骂得她脸皮没地方去。

隔一日,听讲胡苏珍回家了,李家芳就手臂袖口撸撸准备去。想不到她刚跨出门口,胡苏珍提着一只小饭篮,里面装着满满一篮黄豆走进来,讲:"那日五更我到地垫坛收拾豆秆,看地上还有好些黄豆掉在那里,就用扫帚扫了起来。怕你的让别个拾去,也就都扫在了一起。本来想洗干净给你送过来。凑得巧,我的囝生团囝,我去料理了两日,今日才回家。我总共拾了两饭篮,咱们对半,这一饭篮给你。"

胡苏珍这么一讲,李家芳不晓得怎么才好,只好假意支支吾吾讲:"你自个拾来的,你自个拿去换豆腐吃啊。"胡苏珍讲:"我贪这么点小便宜干吗?"讲完就把黄豆倒在则桌的坛钵上,整整一坛钵。

定日五更,胡子葛又"换豆腐哎"在那喊。李家芳端着装满豆的坛钵走出门口,讲:"子葛哥,我要换点豆腐!"胡子葛捏了捏豆,问:"这些豆浸过水的?"李家芳讲:"是胡苏珍拾来的豆,洗过再晒干燥的。"胡子葛讲:"胡苏珍拾来的豆都给你了?"李家芳讲:"不是的,一个人一饭篮。"胡子葛讲:"胡苏珍到囝家的那日,豆囥在墙头没拿回来,一个晚上就让老鼠吃了一半。"

李家芳总算晓得胡苏珍将豆统统都给她了。从那时起,她见人就讲:"做什么事情都不要结论下得早。更不能把别个想得太坏,天下还是好人多。"

---

① 坛钵:一种装食品的陶罐。

永康大话

黄坤、米焦

在日常生活当中，经常听着永康人的一句随口骂人话："黄坤、米焦。"原来黄坤、米焦是两个人的名字。黄坤与米焦是同处①人。黄坤是个独生囝，爹是出门行担的手艺人，成年在外头。娘对黄坤宠得鼻涕似的百依百顺。黄坤刚抱手里时，看到谁的东西中意想要，娘就依他，帮他拿来。刚会走，从外头捡了一枚针交给娘，娘就一再夸他百廖；到学堂读书将同学的砚瓦、毛笔拿回家也夸他真手段②。这样一来，黄坤只要看到什么东西中意，双手就发痒，每一次只要东西拿回家，娘就夸他手段。

有一日，处里的和勇家里杀猪，叫了好几个小侬伴到他家里吃猪三腑。黄坤看到一把雕花的镴壶好看，转眼工夫就囥到身上。和勇看看镴壶一会儿工夫没地方寻，很着急。他怀疑是米焦偷的，因为米焦家里最穷，平时又吊儿郎当，直接讲明又怕米焦有两下拳术，就敲桶打听地讲米焦听。米焦也不呆，随即就争辩，只是看在今天是和勇请他吃饭而没动手。就这样大家不欢而散。

第二日，黄坤觉得镴壶放家里太显眼，就拿到当铺去卖。没想到当铺竟付给他一百两银子。黄坤发现赚铜钱这么省力，要来就来大的。但是要来大的就要有飞墙走壁的本事，如果与米焦取长补短或者两个人联合该有多好？！黄坤马上寻到米焦，并邀米焦到他家里喝酒。几杯酒落肚，两个人就开始吹牛。米焦讲："要做人上人，武功第一门。"而黄坤讲："要想来钱快，做贼是上策。"米焦听了不解："你这是啥意思？"黄坤指指原来放桌上的酒壶不见了，接着又从长衫里把酒壶拿出。并且讲那日和勇的镴壶明明是我拿的，怎么不怀疑我而要怀疑你呢？就是因为你家里穷。我们要想日子过得爽，最好是你教我拳术，我教你"三只手"。米焦一听也感觉有道理，两个人就这样结在一起，胆子越来越大，东西越偷越多。

① 处：村。
② 手段：能干。

其他大话

有一日,有个人着急慌忙地跑来和和勇讲:"你爹在田畈与米焦争田水,让米焦和黄坤打得糊糟头了,快点跑去看看。"和勇一听,立即召集家里哥弟姊妹,亲戚朋友拿着扁担、柴冲、柴刀、锄头赶去。一大批人赶到田畈,看到爹全身青一块紫一块,浑身糊泥,就问爹:"黄坤、米焦跑哪儿去了,今天非打他俩一顿不可。"爹笑笑讲:"哪有这么严重?我自个田埂缺口绊跌田下堪去的,是黄坤、米焦看到把我扶上来。"大家听后就都各自回家了。

过了两年,黄坤、米焦到一户人家里去偷,被户主抓着,打斗当中将户主打死。这案很快就破了。黄坤、米焦上法场时,黄坤的娘赶来看团最后一面。黄坤提出要吃娘最后一口奶,娘撩上衣裳将奶送到黄坤口嘴,黄坤使劲将娘奶头咬掉,并且讲:"阿驰,我有今日,是我从吃你的奶时起就开始宠出来的。"黄坤娘忍着悲痛,默默地低下了懊悔的头。

第二日,和勇的爹将家里的一头大肥猪杀掉,请左邻右舍、亲戚朋友来家里喝酒,并且向大家讲:"那一次我确实是被黄坤、米焦打得浑身是伤,我若讲真话,你们那么多人拿着家伙,即便是老虎也会被打死,如果是那样,还能有今天的安逸日?自古善有善报,恶有恶报,黄坤、米焦就是榜样。"

夹芋子传真功

清朝时,四路口有个姓吕的拳师,拳术有两下,就是年纪不大就满头白发,大家都叫他白发拳师。他手下有八个徒弟,白发拳师最得意的是大徒弟与小徒弟。有一日夜里,白发拳师把徒弟都叫到家里,说是要测试一下大家的身手,再决定选谁学习他的独门心法。

屋中央摆着一张八仙桌,八仙桌中间有一个圆形的洞眼,刚好摆放一个陶钵。每个人一双筷。白发拳师讲:"陶钵里头一共有十六个芋子,黑暗当中看谁抢吃得多。"

白发拳师讲完就吹灭油灯,大喊一声"开始"!等徒弟们回过神来,一个个马上就往钵里头抢。过一会儿,白发拳师点着油灯,让大家自报吃了几个芋子。有讲一个的,有讲两个的,也有讲三个的。小徒弟脸涨得绯红,讲他一个都没抢着,只有大徒弟讲,抢着五个。

此时,白发拳师讲:"从今日起,小徒弟跟我学独门心法。"此时,徒弟们个个都目瞪口呆。只见白发拳师讲"正因为小徒弟笨点,一个芋子都没抢着,更加应该教他独门心法,好让他赶上大家。"

有一日,有个东阳拳师上门来挑战,一连打趴两三个师兄弟,大徒弟自告奋勇地站出来替师傅应战,不到几个回合也败下阵来。这时小徒弟站出来,扎下马步,他见招拆招,一连交手几十个回合,东阳拳师就是近不了身。东阳拳师心一急乱了阵脚。小徒弟就趁机一掌将东阳拳师打趴在地上。

从此,四路口拳术的名声越来越大,慢慢地传到金华府。有一日,有个差人寻上门,讲是让白发拳师到金华府,做打长毛的军队教练。白发拳师怎么讲都不肯去。差人就打开一坛酒,讲是府太爷恩赐的,肯定要当面喝掉。白发拳师硬着头皮喝下。

等差人一走,白发拳师就叫所有徒弟走回来,讲:"我不肯为官府效力,官府怕

我投奔长毛,所以将我毒死。在我死之前按老方法夹芋子,吃得最多的接掌门之位。"

与头次一样,白发拳师吹灭油灯,徒弟们纷纷往陶钵里头抢芋子,过一会儿点着油灯,只见大徒弟面前放着五个芋子。白发拳师问:"大徒弟怎么不吃呢?"大徒弟指指小徒弟讲:"师傅,您看小徒弟的筷子头是干燥的,根本就没动过筷,是不打算与师兄弟们争抢。如果我没猜错的话,头次那个陶钵在黑暗当中被你调了包,换成只有芋汤的陶钵。只有小徒弟讲真话一个没吃。"

白发拳师点点头:"聪明,八仙桌有上下两层,趁灯灭时,我按下机关调包。徒弟们切记:天下武功,唯快不破;练武之人,唯德方立。今日我把掌门之位传给小徒弟。"众徒弟默默地点点头。

永康大话

借据

　　清朝咸丰年间,前仓的李山依靠做小生意过日子。

　　有一日,李山与小侬伴章二皮到缙云贩布。章二皮带的银两不够,就向李山借了十两银子,讲好回家就还。谁晓得,回来以后,章二皮就一声不响,一拖半年。李山有一日到青田贩药材,路上被强盗抢劫了,家里一个铜钱都没了,只好硬着头皮上门向章二皮讨债。

　　章二皮满口讲没借过,除非借据拿出来。李山有口难辩只好走回家。李山想想焦臭,夜饭不吃坐门槛上哭。

　　隔壁的李泰,是个老秀才,平时替别个写字墨过日子。听到李山哭得这么罪过侬,就走过去问。李山将章二皮赖账的事讲了一遍。秀才讲:"这十两银子,我帮你讨回来,只是要做到我叫你怎样你就怎样。"李山满口答应。秀才讲:"你今天就去寻章二皮,就讲你记错了,他没向你借过钱。"李山听后愣了,不晓得啥用意,可没别的办法,也只好照做。

　　夜里,李山走到章二皮家里,未等章二皮开口,李山就按照老秀才吩咐的话讲一遍。章二皮讲:"我早就讲过,我借别个的银两从来都写借据,怎么会借银两不还呢?"第二日五更,李山走到李泰家里,与老秀才讲昨夜已经向章二皮认错过了。老秀才点点头走到则桌面前,拿来笔、墨、纸与李山讲:"你来,写一张向章二皮借十两银子的借条。注明三个月后连本带息还二十两。"李山讲:"老先生,这十两银子本身就是他应该还我的,这么一下,以后我还得还给他二十两。"老秀才讲:"你放心,我不会再让你还银两的。他要你还,你就叫他借据拿出来。"

　　李山半信半疑地写了借据,走去问章二皮借银两。章二皮看看借据没漏洞,就爽快地借他。李山将十两银子做本钱去做小生意。一晃三个月过去,有一日,章二皮提着一大堆礼物走到李山家里。让李山还给他借去的银两。李山按照老秀才教的讲:"好的,借据拿来啊。"章二皮讲:"山,我当时未写过借据。"李山讲:

"不可能,我借银两从来都写借据的。"章二皮从衣裳袋里摸出一张纸:"借据……在,这在……"李山接过来一看,白纸一张,讲:"一张白纸就讲我向你借银两了,哪有这样的事!"章二皮讲:"你确实借过,只是不晓得借据怎么会变成一张白纸。"章二皮看着李山又得意又不理他,只能低着头走回家。

李山对老秀才帮他讨回十两银子很是快活,但是一转想,老秀才用的是普通的纸、笔,肯定是墨水有问题。就提了一瓶酒去感谢,借意头在那吃晚饭,并且把老秀才灌醉,偷来墨水,拿回家里写自个的名字,过些日子,纸上的名字还真的没了。李山越看越开心,随脚他就去寻一个有钱的老板,向他借二十两银子,三个月后归还,连本带息还五十两。老板一点儿头,他就走回家写好借据,顺利借了二十两银子。就这样如法炮制,四周有钱人家都借遍。期限一到,债主发现借据变成白纸,上门讨债,李山一口否认。

多次得手以后,李山胆子更大了,看到上杨的杨老板就问他借一千两,三个月后加倍归还。债期一到,杨老板还真的拿着借据,上门讨债。李山一看,他自个写的字明摆着,吓得大汗淋漓,讲:"最近生意做亏了,宽容我几日。"话刚讲完,曾经借过债的人一个个走进来。李山吓得脸色发青,跪在地上求饶。杨老板讲:"山,早知今日,何必当初。你以为就你聪明?算了,都是处里人,本钱拿回来就不追究了。"

李山按照当初借据一笔笔偿还,变卖财产还欠三百两,只能写好借据,限期偿还。

债主一走,老秀才走进来。李山求老秀才救救他。老秀才讲:"骗别个与让别个骗,都是一个贪字。让你偷去的墨水,不是普通的墨水,它是墨鱼汁做的。虽然日子一长会褪色,但是一物降一物。以前赶考的读书人就是先用墨鱼汁将文章写在衣裳里面,到考时黄泥水一涂,字就会又显示出来。我让债主不追究利息就已经是救你了。"

永康大话

救命的字

　　清朝乾隆年间,永康、东阳、义乌交界的金坑村,有个教书先生金志柏,学识渊博,但是孤傲,只肯教那些天资聪明的,对一般的小活鬼一概拒之门外。金坑整处侬家没一个小活鬼让他看得上眼。邻舍金大行抱怨金志柏村里人一个不教。金先生总是讲:"他们天资平平,考得上秀才、进士吗?"

　　八月十三,金大行背着锄头去地里铲草,看到金先生提着凉笼篮①,与内家团团做堆朝村外走,就随口问了一句:"金先生上哪儿去呀?"金志柏讲:"到丈人家担八月半②。"

　　金大行来到地里铲了个把时辰草,无仑青空肚子痛得要命,他就捧着肚子走回家里。金大行的内家郭桂英看到老公脸青口暗,肚子疼得弯着腰,就问:"你这是怎么啦?"金大行一头钻到床上,讲是肚子疼。郭桂英讲:"你忍着点,我到唐先村去给你请郎中。"金大行讲:"家里只有几十个铜钱,怎么请得起郎中?"就在这时,屋外头传来铜铃的声音。郭桂英出去一看,是个四十来岁的走方郎中,一边摇铜铃一边喊:"看病哎。"郭桂英把郎中请到家里。金大行讲没铜钱看不起。郎中讲:"我的诊金只要十个铜钱,开的药方都是草头药,你自个到山上挖就行。"

　　郎中经过一番望闻问切,开了张药方就走了。郭桂英立即把邻舍金山岭叫来。金山岭是一年到头靠挖草药过日子的。郭桂英将那张药方递给金山岭,让他去照方挖药。金山岭睁大眼睛愣着,讲:"大行嫂,我吃草药饭是不错,但是不识字,不晓得药方上头写的是啥药。"郭桂英讲:"整处金坑只有金志柏先生识字,我拿他看。"金大行讲:"先生五更一早就出门到丈人家担八月半了。"郭桂英讲:"那我赶到他的丈人家去。"金大行讲:"他的丈人是义乌鱼槽头村,一去一回就得一日。"郭桂英讲:"那该怎么办呢?"金大行讲:"金先生在教书时,经常有村里的小活鬼躲在后

---

① 凉笼篮:一种竹编的花篮,走亲戚时盛放礼物。
② 担八月半:送中秋礼。

192

其他大话

槛脚听。学童不读书时,也经常与村里的小活鬼做堆在地上写写画画闹着玩。那些小活鬼没准能认出个把字。把他们都叫来认认看。"

郭桂英想想也只好这样试试看。过一会儿整处侬家的小活鬼都召集来了。只见一个个看看字,搔搔头皮,再做堆叽叽咕咕讲讲,还真的你认一个我认一个凑出药名。在旁边的金山岭不停地印证:"是的,是有这样的药。"就这样,药方上的字都被认了出来。

金山岭背上锄头个把时辰就将草药挖了回来。郭桂英马上煎熬让金大行吃下。过一会儿金大行的肚子就不痛了。

第二日午后,金志柏与内家团囡走回金坑,刚走到家门口,金大行一家老小就走到他的面前,"道"一下都跪了下来,感谢他的救命之恩。村里人看到都围过来看热闹。金志柏不晓得咋回事,把金大行一家扶起来问为什么要行此大礼。金大行就将整个事情讲了一遍,金志柏听得目瞪口呆。金大行讲:"先生,请你教村里的小活鬼读书吧,识字的话,做生意、买东西、算账不会吃亏,识字还能够救命!"金先生讲:"以前我以为读书只是为了考取功名去做官,今日我才晓得读书识字的作用比考取功名更加重要。古话讲得好:书犹药也,善读可以医愚。"

从那时起,金坑下位一带读书成为风尚。

永康大话

绝妙之计

　　清朝嘉庆年间,杨坑杨长贵在永康城里开了一间杂货铺。独生囝杨勤多勉强考中秀才。杂货铺隔壁,是前村人高德宝开的丝绸铺,生意很好。高德宝想扩大铺面,眼睛盯到杂货铺,一心想把店铺盘过来。

　　有一日,高德宝来到杨长贵杂货铺,讲:"长贵哥,恭喜、恭喜!"杨长贵讲:"生意这么冷淡,有啥西好恭喜的?"高德宝讲:"今年是大比之年,只要让勤多到杭州参加乡试,肯定中举,然后进京考进士,要啥西没有呢?!"杨长贵听后点点头,讲:"有道理。"

　　吃过晚饭,杨长贵把囝杨勤多叫到床前,让他早点准备,到杭州赶考。不料杨勤多却摇了摇头,讲:"爹,我不是读书的料,还是让我学做生意好一些,我从小就算算写写,喜欢做生意。"杨长贵听后大骂:"没明俭的。你给我做好准备,赶考的盘缠我为你准备好。"

　　定日,杨长贵就到亲戚朋友家去借银两。想不着一圈借回来,还是空双两手回家。无法得,只好来到隔壁丝绸铺向高德宝借。

　　高德宝肯借,只是有个条件:借一百两银子,要用杨长贵杂货铺的房契作抵押,借期半年,如果超期还不了,杂货铺就归高德宝所有。杨长贵料想杨勤多肯定会中举,到时候,亲戚朋友会另眼看待,凑个一百两银子没问题。到夜里,杨长贵就将房契交给高德宝,借来一百两银子。高德宝看了看房契,得意地想:杨勤多文采平平,半年后杂货铺就是我的了。

　　定日五更,杨长贵就催囝收拾行囊,讲:"赴考的秀才都要提早些日子到省城,以做准备。"第三日,杨勤多就赴杭州赶考去了。

　　杨勤多来到杭州,离乡试还有一个多月。他住的"悦来客栈"有百来个赶考的秀才。定日吃午饭时,杨勤多吃完刚想到房间读书,柜台里传来争吵的声音。一个讲:"我年纪大,账算不清,你年轻,也算不清?"一个讲:"你算不清,啥干我就该算

194

清?!"杨勤多走过去拿过账簿一看,讲:"这又不难!"讲完拿起算盘"噼啪"一打,账目算得清清楚楚。

歇客店老板周仁安晓得此事以后很感激,特意走到杨勤多房间拉家常。谈话当中杨勤多讲道:歇客店该购些笔墨纸砚,这么多秀才都要用,夜里烧一些夜餐,秀才天天夜读较需要。周仁安听得连连点头,讲:"你真的细心,我马上就叫伙计去办。"

转眼乡试结束,秀才都在那等发榜。周仁安把杨勤多叫到房间,塞给他二十两银子,讲是卖笔墨纸砚与烧夜餐主意的酬金。杨勤多讲他的主意只值十两,多的不肯要。周仁安讲:"杨秀才这么有分寸,好!"

又过了几天,放榜,杨勤多名落孙山。周仁安走过来与杨勤多商量:他除了开店铺,还有一家丝绸作坊。今年蚕茧价格高,临安府董朝贵上门讲,临安山里蚕茧多而且又便宜,想收一些来卖给周仁安,可是本钱又不够,让周仁安垫一些本钱给他。

周仁安认为,这是个赚钱的好机会,只是他离不开身,银子垫给董朝贵又怕被骗走。杨勤多讲:"周老板如果信得过我,就让我与董朝贵一起去。"周仁安要的就是这句话,于是就满口答应。

定日,杨勤多就与董朝贵带着好几个伙计到临安去。过了一个月,十几车蚕茧运回。经过此事以后,周仁安对杨勤多很满意,就想把自己的宝贝囡周彩荷许配给杨勤多。

周仁安把两千两银票给杨勤多做本钱,让他回永康以后,生意做大一些,过半年,托媒人来周家提亲。

定日五更,杨勤多就动身回永康。进家门那一日,与离出门赶考时,刚好半年。

听讲杨勤多名落孙山归来了,高德宝拿着借据就寻上门来,准备来过户抵押的杂货铺。不料杨勤多慷慨地将一百两银票交还他。

从那时起,杨长贵见人就讲:教囝囡不要摁着牛头食水,一个人有一个人的特长,要发挥他的特长。三百十六行,行行都会出状元。

礼送鹅毛

明朝时,永康有个叫徐兆财的补铜壶手艺人,行担到江西吉安。有一日,他正在喊招生意,突然有人用永康话叫他,兆财头转回一看,是隔壁村的吕永兴。在外乡能碰到永康人,格外亲切,兆财就放下行担问:"兴,你原来是钉秤的,怎么穿上一身绫罗绸缎了,什么财被你发着啦?"永兴讲:"都是永康人,我就与你讲讲也无妨,吉安的县官也是永康人,叫高云天,我就是通过他帮忙不再钉秤,改行做丝绸生意的。"兆财听后讲:"兴哥,你帮我引荐一下呀,我也寻他帮帮我。"永兴讲:"哪儿需要引荐,你去了只要讲永康人,他就会帮你的。"

第二日,兆财备了一份礼就来寻县官,但是不管怎么讲县官连见都不见。过了两个月兆财又碰着永兴,就讲:"我讲是永康人,还送上礼物,可他无论如何就是不见。"永兴讲:"高大人清正廉洁,听说永康人拿礼物求他,难免要避嫌。"兆财讲:"那么他怎么样才会见呢?"永兴讲:"我是阿伯临死之前与我讲的,高云天在江西吉安做县官,有事寻他若不肯办,可以送他一根鹅毛,肯定会尽力帮忙。"兆财讲:"高大人这么讲情义呀,千里送鹅毛,礼轻情意重。"

过两日,兆财庄重地拜帖上头讲明永康人,并且附上一根鹅毛。高云天真的重情义,竟然亲自到门口迎接,走到客厅又倒水又送点心,还主动地问有啥事需要帮忙。兆财讲:"补铜壶又累又赚不了几个铜钱,想改行做点玉器生意,拜托高大人向当地大户打打招呼。"

高云天面露难色,过一会儿点点头:"好的,都是永康人,我就帮你一回。"兆财听了非常高兴,正想起身离去,高云天拦住他讲:"要慌,明朝我要在凤凰山庄宴请几个永康老乡,到时候你也来。"

兆财听后满口答应,走回客栈越想越开心,吃晚饭时特意打来一壶酒,喝得晕晕乎乎,一觉睡过头,错过了讲好的时辰。兆财慌急慌忙跑到凤凰山庄。大老远就看到凤凰山庄浓烟滚滚,房屋着火了。

其他大话

兆财正呆在那儿看,突然永兴从烟雾中逃出来。兆财扶着永兴问:"怎么会这样?"永兴惊恐地讲:"快点逃。"两个人逃出一段路,看看后面没人追来;就坐在地上。兆财着急地问:"怎么无缘无故就会房屋着火的?"永兴讲:"是高云天安排人故意点着要烧死所有送他鹅毛的永康人。"兆财不相信:"高云天这么重情义怎么会这样。"永兴擦擦脸上的眼泪水与汗水讲:"我也刚刚晓得,高云天早年是个老童生,多次参加考秀才都没考上。可他家境殷实,就在一个夜里,叫来几个表兄哥弟,汤布①包头,汤布上头个个都插一根鹅毛,到财主人家去抢劫,再将劫来的银两捐了个县官。"兆财听呆了:"原来不是千里送鹅毛,礼轻情意重,而是暗示要挟不帮就告发他。"永兴讲:"我爹只晓得高云天只要送鹅毛就会帮忙。"兆财讲:"全靠我昨夜喝醉酒逃过一命。"

第二日,永兴就与兆财一起寻巡抚告状,巡抚经过查证将高云天革职查办。永康人晓得此事以后都感叹:不管是当官人还是平民百姓,做人都不要太贪!正所谓:"要无闷,安本分;要无愁,莫妄求。"

---

① 汤布:长两米宽半米的一条白布,干活时用于擦汗,平时缚在腰间。

两亲家

清朝乾隆年间,施庆升是唐先有名的小气鬼①,平常日子少斤半力②,力气生活③干不了,养了头大水牛,为别个耕田磨麦赚点工钱过日子。囡长大后,媒婆把她介绍给清塘桩村。男家有几千把良田,家里还做豆腐浇千张,家庭还算得着清爽。

有一日,施庆升让媒婆带他去替囡看依家。

亲家叫金实在,就一个宝贝囝,对这门亲事也没话可说。吃午饭时,两亲家讲起兴趣爱好,两个人都讲喜欢走象棋。施庆升很高兴,讲:"我明朝就来向金兄讨教。"

定日吃过五更饭,施庆升就牵着牛来到清塘桩,金实在把他接到客房,吩咐一个伙计去饲牛。两个人就摆出棋盘车来马去钻头毕日走起棋来。施庆升走象棋在唐先也算不错,走不了几步,他就摸清了金实在的棋路,没啥大花头④。他心里琢磨:如果讲把他走赢,明朝还怎么开口来"讨教"?于是就故意车走到马蹄脚下去。一个上午走下来,两盘和棋一盘输。最后,施庆升讲:"亲家真的有两下,我明朝再来讨教。"

金实在留施庆升吃午饭。施庆升假客气一句就坐下来吃饭。午饭一荤两素还有一壶老酒。喝得施庆升脸色红答答的,饭后,他就心满意足地牵着牛回家去。

从那时起,施庆升像上班一样,日日吃过五更饭就牵牛来到清塘桩。金实在也日日一样,看到施庆升来了就吩咐伙计去饲牛,他自己则把施庆升接到客房走棋,午饭仍旧是一荤两素一壶酒。走棋结果施庆升要么和要么输,离开时都会丢下一句话:"明朝再来讨教。"每天在走回家的路上,施庆升都会高兴得从肚子里笑出声

---

① 小气鬼:吝啬人。
② 少斤半力:有气无力。
③ 力气生活:体力活。
④ 花头:本事。

来,就为这一餐酒肉饭,我也要一输到底。

转眼半年过去,有一日两个人刚走完两盘棋,施庆升家里人寻到清塘桩,讲是石湖坑的姑妈死了,让他这个娘家侄尽快去处理后事。这么一下,害得他午饭的一餐酒肉饭没啦。金实在安排伙计把牛牵到村口。

施庆升牵上牛就着急地赶回家去。可是,牛草弯希①无论怎么打,牛就是走得慢吞吞的。最后还干脆坐在地上。路边沿的水田里,有一个在耘田的村民讲:"实在亲家,你就要再打哑口牲畜了,你不晓得它刚出过大力?"施庆升问:"怎么回事?"耘田人讲:"有句话叫作:有囡勿嫁清塘桩,日日夜夜浇千张。金实在家里开豆腐坊,本来是一个伙计磨豆浆,一个上午磨一担黄豆就已经不错了,自从你日日送牛上门,改成用牛磨,一个上午两担黄豆都要磨出来。以前,你都是靠近天黑才回去,牛磨完也有个歇气时间,今日则是刚卸磨还未喘口气,它怎么走得快呢?"

施庆升听后低着头讲不出一句话,想想自个虽然少斤半力,但是小算盘打得精,还从未吃过亏。这么一头牛租给别个的话,光租钱就是一餐酒肉饭的好几倍,况且一荤两素一壶酒又不是我一个人吃。更加让人窝火的是,每日还得假装输给他。想想气不出来,等姑妈丧事做完后,我一定要回来走几盘让他看看,叫他输得脱头烂爽②。囡嫁不嫁也再讲。

三日过去,施庆升处理完姑妈丧事走回家,正准备到清塘桩挑衅金实在走棋。在唐先街路边的火墙上看到一张大红海报,是一间棋馆举办的棋王争霸赛。擂主是唐先棋坛高手施孟达。攻擂的就是金实在。结局竟是金实在三局两胜。施庆升直到此时才明白:金实在是象棋高手!每日与他走棋都是让自己的。为的就是白用他的牛。从那时起施庆升做人变得本分了。并且见人就讲:做人要厚道,勿贪婪,算计别个一千,自个伤着八百。

---

① 牛草弯希:赶牛竹鞭。
② 脱头烂爽:一塌糊涂。

永康大话

岭张豆腐

　　较早时，有个姓李的县官到永康来上任。有一日，新上任的李县官要了解一下民情，就微服出访。走了一日，浑身精疲力竭，就有气无力地走到一户人家去歇气。时近黄昏，李县官又肚饥又口燥，就向那户人家去讨食。那户人家刚在那煮豆浆，就顺手舀了一碗热气腾腾的豆浆给他喝。县官从来都没喝过豆浆，感觉特别好喝。

　　县官走回县府，立即叫县府里头的厨师张朝土磨豆浆煮给他喝。但是豆浆磨出来后，不管怎么煮，不管配啥料，味道总是不如那户人家舀来给他喝的那碗豆浆。李县官火起来就将张朝土关进牢房。

　　张朝土的家就在离永康城十来里的岭张村。张朝土的内家李阿兰很贤惠，为了救老公出狱，她就日日磨豆浆反复煮着试验，想煮出李县官喜欢的口味。

　　有一日，豆浆刚刚烧开，正想舀一碗来尝，听到门口介狗吠的声音，她以为差人又来了。自从老公关进监狱以后，差人就三天两头地走上门，欺负她一个内家人，要么动脚动手调戏，要么讨铜钱拿东西。李阿兰只怕差人看见她还有铜钱买豆煮豆浆，又来敲诈，就立即将整锅豆浆端起来倒进锅灶头①旁边的一个腌白菜的空缸钵里头，再盖上板盖。等她走出门口一看，原来不是差人，是老公张朝土回来了。

　　老公已经被打成跛脚，挂着一根棍棒。张朝土看到内家就哭丧着脸讲："李县官限我三日之内做出好喝的豆浆，若做不出，还要拉回去打屁股。"内家一边擦眼泪一边安慰张朝土："覅着急，我们慢慢地试。"看看张朝土面黄肌瘦，弱不禁风的样子，内家很是心疼，把张朝土扶到锅灶间去喝她刚烧好的豆浆。谁晓得内家将板盖揭开一看，缸钵里头的豆浆变成了白白嫩嫩的块了。内家眼睛看惊呆了，较长时间才讲："这口缸钵是我腌白菜的，腌白菜吃完，盐卤水还未倒掉，刚才我把豆浆倒进去就变成这样啦。算了，把这些倒掉，我给你再煮一锅。"

---

　　① 锅灶头：灶台。

200

其他大话

  张朝土看看倒掉有点儿可惜,就扒了一块吃。咦?很好吃!内家不相信也尝了一口,也感觉格外好吃。公婆俩就按照刚才的做法:烧好豆浆再添盐卤水,又变成豆浆块,并且越做越好。公婆俩将豆浆块送到县衙让县官品尝。县官也感觉好吃,县官就将它进贡给皇帝。皇帝问这是啥西?县官想想这是豆浆做的,只是容易腐烂,但是腐烂的豆浆块闻起来臭,吃起来香,就讲这是豆腐。

  从此,豆腐的做法就越传越远。只是不管怎么样做,总不如岭张人做得好吃,岭张人做的豆腐味道格外鲜美。

麻袋夫妻

清朝同治年间,太平军占领永康。下宅方全,爹娘死得早,人家穷,二十来岁还娶不了内家。平常日子做做侬家攒了五两银子。他去问媒婆娶内家够不够,媒婆说,娶内家起码也要二十两。

有一日,方全在溪里抓了好些鱼,拿到永康城里去卖。路过东岳宫时,看到好些人在那看布告,有个人在读:"每袋一妇人,每人四两银,验视不允许,反悔更不准。"方全向一个老成人打听是什么意思,老成人轻轻地与他讲:"长毛将四面八方抢来的内家侬,不管老嫩黄妩尼申,一律用破布塞住嘴巴,装入麻袋,缚好袋口,谁买去就是谁的。"

方全一听,鱼也不卖了,跑回家里将平时攒的五两银子拿来就走进东岳宫,到长毛兵营里去买。军头收银后就叫一个长毛一只麻袋拖到方全面前。方全背着就往回走。当他背到前山头时,方全忍不住解开麻袋看。还真的是个较黄妩的细囡,只见她泪眼婆婆地在那哭。

方全看看细囡可怜,就讲:"你家是哪儿的?我送你回去。"细囡讲,她叫桂花,家里人都被毛杀光了。桂花看着方全朴实本分,也愿意嫁他,就跟着他来到下宅。

村里有个财主张大,看到方全将这么黄妩的内家买回来,就头长三寸。他想出一个办法,到东岳宫长毛军营里用银子与长毛军头串通。

第二日,两批长毛来到下宅,分别把张大内家黄阿仙与方全用麻袋套着拖走。张大假意哭着追出村口。

当夜,张大就去寻桂花调戏。桂花手剪捏着,无论如何都不肯。张大无奈,就一边走一边骂:"我有的是铜钱,要啥样的细囡没有?!明朝就买两个你看看。"

第二日,五更饭刚吃完,张大就背着装有五十两银子的擦板袋,来到东岳宫。四十两交军头,一开口就要买十个。另外五两送给军头,叫军头让他自个选择,并且派长毛帮他将十个麻袋送到下宅家里。军头收下银子满口答应。张大一个麻袋

其他大话

一个麻袋摸摸捏捏,专门选择三寸金莲的小脚。十个麻袋刚送到家里,张大就迫不及待地去解麻袋口。

第一个麻袋解出来一看,是个七十几岁的老太婆。再解出,又是一个八十几岁的老太婆,一连解出九个麻袋,统统都是七八十岁的老太婆。张大看呆了,过一会儿,他"道"跪地上:"天地小佛,送个年轻点的给我啊!"拜完解出最后一个麻袋,还真的是乌头发,等整张脸都露出来一看,竟是他的内家黄阿仙。黄阿仙手伸出来就是一娘颈:"这么多内家侬买来干啥?!"张大反应也快:"买来服侍你。"

再讲,长毛军头看张大一口气买十个麻袋人,家里肯定富裕,何不到他家捞一票。随即就派几个长毛上门把张大装入麻袋拖走,还将家里值钱的东西都抢光。黄阿仙哭也没眼泪,听讲方全也让长毛抓走了,就去寻桂花商量。桂花正在将家里值铜钱的东西卖掉,凑足四两银子去赎方全,恰好两个人结伴,可以一起去赎人。

两个人走到东岳宫军营,军头故意刁难,讲:"隔着麻袋摸,每个人只能选择一次,选择对的,领回去。选择错的,连你本人也留下来。"桂花救方全要紧,付了银子就到麻袋堆去,逐个麻袋摸摸捏捏,没几下就选中一个,袋口解出来一看,正是方全。

接下来黄阿仙去选择,摸了半天,择出一个麻袋,解开袋口一看,正是张大。走回家里的路上,张大问黄阿仙怎么摸得这么准。黄阿仙讲:"我逐个摸一遍,都是瘦骨嶙峋的,浑身懒肉的肯定是你。"黄阿仙问桂花:"你怎么也摸得这么准?"桂花讲:"我从娘家随身带来一面龙纹铜镜,嫁方全以后,就让方全缚腰上避邪,所以隔着麻袋也选择得出来。"

张大家里东西都让长毛抢光,赚钱没手艺,干活没力气,加上夫妻俩互不投机,家道日过一日败落。方全与桂花相互救过对方一回,平常日子有商有量,日子日过一日清爽。这就应着一句话:不要夫妻千担粮,只要夫妻好商量。

卖醋报恩

明朝万历年间，油花塘村的姚大柱在永康城里为别个担法脚①为生。

有一日五更，姚大柱准备到街上去寻生活，当他走到端头时，不远处听到有人喊"救命"。他就握着扁担冲过去。看到两个流氓拿着小匕刀要戳一个男子人。姚大柱用扁担刀没几下，就把两个"流氓"打得躺在地上，随后与那个男子人一起把两个流氓用蓄箩线捆起来送到县衙。

那个男子人叫周长贵，青田人，他来到永康是与一个老板谈生意，想不到碰着了抢劫。周长贵拿出一张一百两的银票给姚大柱，感谢救命之恩。姚大柱无论如何都不肯要。周长贵只好收回银票，讲："我有点儿口燥，到你家里讨碗茶水喝。"姚大柱就带周长贵来到油花塘家里。

周长贵喝完茶水，就告别走了。姚大柱在收拾茶碗时，看到碗底压着一张折叠的银票，他立即追出门口，可早已经看不到周长贵的踪影。接下来的日子里，姚大柱一边寻生活，一边想着心事：这张银票放身上怕打乌，放家里又怕被别个偷去。

有一日，姚大柱路过四里亭刚想进去歇歇气。只见亭里头一堆人坐在那讲闲话。有个小个子讲，永康街上"清风茶馆店"，有一个镇江客商用老陈醋抵债。永康人对吃醋不是很讲究，茶馆店老板卖不掉又留不得，很焦臭。

姚大柱头些年帮镇江人挑过醋，晓得醋好，就想：我就用这一百两银票买醋。这样无论如何都不会被偷，等寻着了周长贵，再把醋转手卖掉还钱。于是，他就一口气买了一百两银子的醋，并且叫茶馆店的人帮他运到家里，整整叠满一间房。

转眼一年过去。有一日五更，姚大柱为梅有邦挑一担货到排塘，路过油花塘时，姚大柱叫梅有邦到他的家里歇一会儿。梅有邦一进门就被醋的气味吸引，一边嗅一边走到放醋的房间，讲："真香啊，多年未嗅到过这么纯的醋香了。"

梅有邦与姚大柱讲，他的老家在镇江，因长年在永康做生意，他就在排塘买田

---

① 担法脚：挑夫。

其他大话

树屋,后来一个带一个,家乡好些人都搬过来。永康人虽然也吃醋,可是不讲究,在永康根本买不到镇江老陈醋。梅有邦愿意花三百两银子将醋统统端去。

姚大柱听到这些醋这么值铜钱,心里说不出的高兴,只是未寻着周长贵,也有点儿为难,就将整个事情经过与梅有帮讲了一遍。梅有邦听后大笑,讲:"看来这些醋是为我备的。"姚大柱听得不晓得啥头归。梅有邦也不解释,只是叫姚大柱近日要出门,过两日他来取货。

两日后的一个当午,姚大柱正在家里等。周长贵与梅有邦一起走了进来。原来他俩是老熟人。三年前那次周长贵在端头碰到打劫,就是要到排塘与梅有邦谈生意。昨日,梅有邦特意赶到青田把周长贵请来。讲清楚整个事情的来龙去脉。

梅有邦将银票塞到姚大柱手里。姚大柱又塞到周长贵手里。周长贵讲:"这银票既然送你了,就是你的。当初我送一百两银票是为了报恩。正是这银票让我看到你的人品。我建议姚大柱同年哥就用这三百两银票当本钱,以后我们仨一起做生意。因为生意场上人品是第一。"

油花塘人晓得这个事情以后,都讲这真的是:"好人有好报!"

205

男子侬吃做散伍药

明朝成化年间,永祥有个郎中,带着徒弟上下三处四处行医。有一日,郎中看到徒弟看书不上马正经,就把他叫到面前教训:"虚心成材,骄傲成柴。医者仁术,你的手里头可是握着别个的性命,是马虎不得的!"讲完要他背刚刚教他的汤头歌。谁晓得徒弟竟一字不漏地背了下来。还讲:"师傅,你就要考我这些药方了,医书上头的方是死的,统天世下没人会照着医书上的药方去生病。药方只能做参考,治病时还得随机应变。你以前经常与我讲,医治毛病像画画,画得相似只是入门,要从形似到神似,寥寥几笔就画出一个人,一座山,一条河,这样才是出神入化的上乘功夫。"

郎中被他讲得说不出话来,夜里躺床上嗯嗯哎哎翻来覆去不睡觉。内家问他遇到啥事。郎中就与内家讲了白天徒弟的事。内家听后讲:"真的?徒弟有这两下你应该高兴呀。"郎中叹口气:"你不懂。"

谁晓得郎中这一气就躺床上起不来了。内家为他四处请名医来看,吃了好些药都没用。有一日,内家没办法就将徒弟叫来试试看。徒弟搭过脉后,开了个药方,药方上头写着:当归八钱,川芎二钱,桃仁二钱,炮姜五分,炙甘草五分,水煎服。

徒弟前脚刚走出门口,郎中就马上将药方拿来看。他要看看徒弟口嘴伯甏[①],到底会开出啥高明药方。不看还好,一看肚子都笑痛。内家问他笑啥西,郎中讲:"徒弟开的是生化汤,是给产妇吃的药。"笑完,郎中就将药方贴到火墙上,每一日只要看着这张药方就忍不住嘲笑徒弟。不计觉得,在笑声当中,郎中的病日过一日好转起来。

有一日,徒弟上门来看师傅。郎中开口就训:"亏你还是我的徒弟,竟然给我开了张产妇吃的生化汤!"徒弟听后,不慌不忙地讲:"师傅,上次我不该顶嘴,害你肝气郁积。因此特意开生化汤让你高兴。一高兴,病自然就好了。"郎中听后恍然大悟,拍拍徒弟的肩膀讲:"嘿,真的是青出于蓝而胜于蓝!"

[①] 口嘴伯甏:吹牛。

其他大话

女娲遗石

　　远古时,天漏,女娲炼五色石补天,有一块小岩石脱落永康长城山背。有一日黄昏,长城林世德背着锄头正要走回家,突然看见路边沿有块小岩石,落山日头照着发出五颜六色的光,就拾起来拿回家。林世德怕丢失就将小岩石放到镜箱里,与平时积攒的几两碎银放在一起。

　　第二日五更,林世德打开小镜箱想拿点碎银去买盐,发现里头的碎银多出一半。这块岩石真的是大话当中讲的女娲补天遗失的五色石。林世德就激动地叫来爹娘看。爹是个老实人,看看那块小岩石与碎银,就吩咐团:"德,把小岩石藏好,不到万不得已耍拿出来用。用铜钱要用自个的血汗钱,这样才会心安理得。"听着爹这么讲,世德与娘也就都不吭声了,照样过着清贫而平静的生活。

　　有一年,永康三个月没落雨,田干地裂,池塘见底。吃的水都要到几里外的华溪去挑。村里有个李横麦,仗着内家的姐夫在县衙当官,大家都怕他。他就将村里唯一还有水的一口井据为己有,来打水就要付铜钱。

　　有一日,林世德听到自个屋后的枯井有水声,发现有水渗出来,他怀疑是五色石起作用,就把爹娘叫来看,并且与爹娘讲,将五色石放落井里,整个长城的人吃水就耍愁了。爹娘听后都点头赞同。林世德就用纱线将五色石捆好丢到井里头。第二日一看,井水真的溢满水井,他马上叫村里人来挑水。村里人一连挑了好几日,井水始终不浅一点儿。此事慢慢地传到李横麦的耳朵,认为林世德断了他的财路,就带着几个流氓硬讲这口水井是他祖宗挖的,将井封掉。

　　说来也奇怪,井封掉个把时辰水就干燥见底。李横麦一走,井水又渗满。一连几次都如此。李横麦气得蹬脚拍地也没办法。他的内家赵秀花与他讲:"叫个人躲那儿看,就会晓得林世德变的是啥戏法。"

　　第二日,躲看的人与李横麦讲:"林世德用一块很黄妩的小岩石纱线捆着,放到井里,水就涌出来,小岩石拿出来水井就干燥。"有这样的事?李横麦也偷着来看,

207

果然是真的,就趁林世德不备将五色石抢走。李横麦一进家门,赵秀花就从李横麦手里夺过五色石,将五色石放进珠宝盒里头。

次日五更,李横麦看到赵秀花从珠宝盒里头拿出很多珠宝,忍不住大笑:"哈哈哈哈,发财了,发财了!有了这块小岩石,要啥西有啥西。"脸上笑着可肚里就想:内家这个老木莲①,平时仗着姐夫的腰一直来对我指手画脚,我都得忍着点,有了这块小岩石我还怕她?!李横麦向赵秀花要五色石,赵秀花无论如何都不肯,还怕被李横麦偷走,索性放到内衣口袋,连困觉也不拿出来。谁知第二日一早,变成三个赵秀花,穿着一样的衣裳一起追着李横麦骂:"你个死不着的,敢胆用砒霜毒我,今日要打死你!"李横麦被三个赵秀花拖住没地方逃,你一脚我一拳没几下子就被打死了。三个赵秀花看看老公打死,就你怨我,我怨你打成一堆,最后个个都毒性发作死了。从此,五色石下落不明。

有一日夜里,爹问林世德:"德,你还记得不?小时候阿伯与你讲大话,问你如果捡到五色石,会怎么样?"林世德讲:"记得,我讲捡到五色石就不愁食不愁穿,一家人就嫑去耕地种田了。"爹讲:"当时我还打了你一栗凿。要记着,女娲娘娘造人时,造出脚手是用来赚取血汗钱养活自己的,只有用自己的手脚辛勤地做生活来养活自己,才能对得起女娲娘娘。"

---

① 老木莲:黄脸婆。

穷秀才暴富

清朝雍正年间的一年夏天,永康久旱无雨,水塘见底,稻田干裂。县老爷在十字街口贴出一张布告,重金求雨。布告一贴出,就有好些人围着看,其中有个陈秀才,看后就想:自己成日在街路边沿摆张破则桌,替别个写几副对联赚几个铜钱混日子,早点若学奇门遁甲多好呢?只要求得一场雨,县老爷就赏白银一百两。

走回家里,陈秀才晚饭也不吃,就一头钻到床上唉声叹气。内家徐宝花烧得一手好菜,在西街替姓王的财主人家做厨娘。老公不停地叹息,徐宝花听得烦了,就讲:"不就是一百两银子呀,明朝你去将布告揭下来。"陈秀才眨眨眼睛讲:"揭布告,你能够叫天公落雨?"徐宝花笑笑讲:"我保证三日里头落一场雨。"陈秀才想,即便不落雨,也大不了被县老爷打几下屁股。

第二日五更,陈秀才还真的将布告揭了下来。县老爷听讲有人揭榜,就亲自来请陈秀才登坛作法祈雨。陈秀才坐在祭坛上,眼一闭,口嘴叽咕叽咕在那背四书五经,大老远望去,还真的有点儿似法师作法。两个时辰过去,还真的天上刮起龙风,顿时大雨落了下来。县老爷很是高兴,将陈秀才请到县衙好好地招待了一餐。吃完就将一百两赏银如数给他。

转眼时刻得到这么多银子,陈秀才高兴得差点癫去。走回家里就将写对联的破则桌劈掉烧火,到西街寻姓王的财主,将内家的厨娘生活也辞退掉。买来鸡鸭鱼肉,正儿八经过上富爽日子。尽管内家埋怨这么做会坐吃山空,但陈秀才坚信运来财必来。

不到三日,金华府太爷派人抬轿将陈秀才接到金华府。府太爷看到陈秀才就开门见山讲:"你尽快替我祈求一场雨来,若讲三日内解了旱情,我就赏你五百两银子。"五百两?后半生都够用了。陈秀才满口答应,只是提出要有内家配合。府太爷听后有点儿不开心:"别个请神作法是先沐浴斋戒,远离女色,你倒反转过来要内家一起?"陈秀才毕竟读过两句书,不愁编造不出假话,讲:"天为阳,地为阴,阴阳交

合则生雨。男女交合就叫云雨，所以祈求落雨肯定要内家在场。"府太爷将信将疑，为了祈求落雨，只好照办，当即派人抬轿将徐宝花接到金华府。

内家一到，陈秀才就迫不及待地关上房门，将内家拉到面前："你快点讲讲，哪一日会落雨，只要三日内落得了雨，五百两银子就到手。"徐宝花两只眼睛睁得很大，说："我怎么晓得天公几时会落雨？"陈秀才讲："你上次都讲得那么准吔！"徐宝花讲："那时，我在王财主家里做厨娘，他的厨房间好些咸鱼挂在房檩下，多年观察发现只要咸鱼身上出汗，三日之内肯定会落雨。可现在不在那儿了，我到哪儿去晓得啥时候会落雨？"

这下怎么办呢？陈秀才急得头撞墙，他晓得等待他的是啥。过一会儿，徐宝花一字一句地讲："财富是要靠我们自己干活做出来的，天上永远都不会掉落下来。投机取巧、弄虚作假，只能得益于一时。"

其他大话

山川坛米行

清朝康熙年间,赵家东在山川坛开了一间米行。

有一天,米行的账房先生钱进来把囝钱良从家里带来,他考虑到自己年纪大了,准备让囝接他的班。谁晓得赵家东有一日,竟招来陈俊生。此人不但年纪轻力气大,还读过几年私塾,写字、记账、算盘样样来。钱进来想:这不是抢我囝的饭碗吗?一定要想方设法把他驱逐掉。

有一日,钱进来叫陈俊生到清渭街去卖米。他向陈俊生交代好价钱,把米绑到一头黄牛的背上,就让陈俊生去赶集了。

钱进来给陈俊生的米还有点儿潮湿,大日头一晒,等到了清渭街,肯定会欠斤少两,看他回来时怎么个交代。随后,钱进来与赵家东讲,要考验一下陈俊生,派他到清渭街去卖米,如果有贪心,他一定会借意头说是损耗,然后藏下几文铜钱。

靠乌影时,陈俊生走回来,他从擦板袋里扒出铜钱,一百斤米的铜钱一文不少。赵家东看了非常满意。吃晚饭时,钱良特意寻陈俊生套话:"卖米一般都有损耗,你今日一点儿损耗都没有,是不是你自个贴了铜钱进去?"陈俊生讲,他走到十里排时,看到有个雇主与长年在相争。雇主要长年到清渭街买回一担米,然后再把门口的一百秧田耕了,长年讲,就这半天时间来不及的。

陈俊生听后插嘴:"我的牛,背上刚好是一百斤米,卖给你,黄牛让你白耕。我也省得走这些路去赶集。"雇主听后满口答应。米虽然潮了点,黄牛能白耕,更合算。等长年一百秧田耕完,陈俊生牵着黄牛走了回来。钱良与爹汇报以后,钱进来讲:"这回算他运气。"

过了几日,钱进来又把一百斤潮湿米拿来让陈俊生到清渭街去卖,还特意交代一定要到集市去卖,这样能为米行扩大影响。

黄昏时,陈俊生牵着黄牛走了回来,擦板袋里扒出铜钱放柜台上,讲:"今日的米有一斤半损耗。"钱进来讲:"一百斤米就有一斤半损耗?"

陈俊生又从衣裳袋里扒出十五个铜钱讲:"这是租黄牛赚的。今天一早赶到集市,我把米放在地摊上一时卖不掉,黄牛拴在旁边。有个店铺老板让我把牛租给他拉点货赚来的。"赵家东笑了笑,讲:"好的,租黄牛赚的铜钱比损耗一斤半米的铜钱多得多。"

又过了几日,钱进来让陈俊生到桐琴去收购新米。陈俊生前脚刚走,就有人来报信讲,钱进来的内家生病很严重,父子俩就向赵家东请假回家去了。

过了几日,钱进来回到米行,到粮库一看就大喊:"米发霉了!"赵家东听到后赶紧跑过来看,还真有一爿米发霉了,就问钱进来怎么会发霉的。钱进来讲:"霉斑是新的,一定是我回家的这几日,有潮湿米倒进去。"他讲完转过身问陈俊生:"你那日到桐琴买的米呢?"陈俊生讲:"我买回来时,用手捏过,是干燥的,就倒进粮库了。"

钱进来讲:"桐琴坐渡船时,米会被溪水溅湿,刚买回来是一定要晒过才能入库的。我讲过多少遍了,你就是不听!"赵家东问陈俊生:"你从桐琴把米买回来,走的是哪条路?"陈俊生讲:"我去时看到渡船底有水,怕米搞湿,就绕道双锦从西津桥过溪。"

钱进来讲:"谁相信呢?"赵家东讲:"我相信!那日,我在店堂,看到陈俊生累得直喘气,就让他去吃饭,那时候刚好有人来买米,我就将那担米卖了出去。陈俊生以为我把米倒入粮库了。"赵家东转身问钱良:"前日夜里,你走回米行有啥事?"钱良顿时脸色发青,说不出话。

赵家东讲:"前日夜里,我看你墨洞其乌①进入粮库。还以为钱进来回家之前有啥东西丢失在粮库,让囝回来拿,现在才晓得是偷偷进入粮库去泼水,然后冤枉陈俊生。"钱进来看到阴谋被揭穿,就"啪"跪下来讨饶。赵家东讲:"自古德乃为人之本。人在做天在看。"

---

① 墨洞其乌:黑咕隆咚。

其他大话

有善心能避难

　　清朝同治年间,东阳包积水在永康城里开了一间当铺。包积水一双眼睛一点点大,大家都叫他"鼠眼包"。

　　有一日,一个小后生抱着一个蓝布包袱来到当铺,将包袱放在柜台,轻轻声地讲:"我要闷当,五十两银子,当期一个月。"鼠眼包一愣,所谓闷当,就是典当的东西不能打开看,利润大风险也大。鼠眼包眯着眼睛,从包布遮不到的地方看到是个紫中带黑的小叶紫檀盒,凭经验,光这个盒子就值五十两银子,于是就较干脆地讲:"好的,当银五十两,一个月后赎银七十两。"鼠眼包开了当票,付了银子,还当面贴上封条放入专用橱里。

　　小后生刚走,鼠眼包趁封条还未干燥,立即将封条揭开,打开紫檀盒,里头一个青花玉壶春瓶,是乾隆年间的真品,价值起码一千两。一个月转眼过去,还看不到小后生来取。第二日五更,鼠眼包正在拉卸店门,小后生走进来递上当票,讲:"老板,我来赎当了。"鼠眼包指指当票讲:"过期了。"接下去随便小后生怎么讲都不肯赎当。小后生"道"跪地上,鼠眼包眼睛都不斜一下。小后生只好一边哭一边走出当铺:"老板,你肯定打开盒看过,真的狠心,你这是要逼我死。"

　　过几日,有消息传来,有一户人家爹出门做生意让强盗抢走货,人被杀了,娘恼生病。囝拿出家里的传家宝到当铺去当,为娘治病,当票过期赎不回来,娘气死,囝也出走没地方寻了。鼠眼包猜想肯定是来当铺的那个小后生,心里头有点儿过意不去:"只顾自己贪财,害得他的娘死了,真的有点儿罪孽。"

　　转眼几年过去,长毛来到永康,生意也就没那么好做了。有一日,当铺进来一个较粗大,满脸胡的男子,额头还有个红红的刀疤。一个包袱往柜台上一放,讲:"老板,当二十块银子,当期一个月,闷当!"鼠眼包听着"闷当"两个字,看着包袱里头露出来的又是一个小叶紫檀盒,心里头一惊,讲:"好的。"随手开了当票,注明到期当银三十两,还当面贴了封条。

永康大话

  转眼一个月过去,看不着的男子来取。鼠眼包不但高兴不起来,还从心里往外怕。又过去一个月,满脸胡总算来了,进来就讲:"老板,我刚刚凑齐银两,晓得过期了,多付你利息可以赎当不?"鼠眼包讲:"没事,要多付利息。"讲完就拿来盒子还给满脸胡。满脸胡不接,问一句:"老板,我听讲,头些年你也曾接过这么一笔闷当,只过期一日你就不肯赎当?"鼠眼包讲:"是有这么一件事。"满脸胡讲:"那么今日怎么肯赎当呢?"鼠眼包抹了抹眼泪,讲:"那次是我一时糊涂,偷看了别个的东西起贪心。过些日子才晓得,那个小后生的娘为此事气死。小后生也下落不明。我有罪啊。这些年,我一直在寻找那个小后生,想赎罪,就是一直都寻不着。"满脸胡讲:"老板,你跟我来,有人要寻你。"

  鼠眼包捧着盒子跟满脸胡来到高镇的溪滩上。满脸胡将盒子拿过来扔到溪滩中央去,只见一蓬烟雾散出来。满脸胡讲:"老板,你如果与上一回那样,把盒子开出来偷看,那么你就死定了。那些烟雾非常毒,只要人闻到就死。"鼠眼包吓得瑟瑟发抖。满脸胡讲:"当年的小后生就是我,今日还是决定放过你。因为你善心尚存,希望你好自为之。"

  从那时起鼠眼包像变了个人似的,本分经营,一心向善,天下随便怎么乱,他都相安无事。

214

其他大话

少爷招予囡婿

很早以前，舟山有个财主，叫黄兆富。舟山的田地差不多都是他的。黄兆富为人很好，收租时有点儿出入都不会计较，因此，佃户都喜欢租他的田。

有一年秋收时节，黄兆富正在安排管家去收租，小囝黄子禄一定要让他去试试看。黄兆富说服不了小囝就同意了。可是小囝收了一日的租，天黑走回来就像少了个魂，茶不思饭不食。黄兆富随便怎么问，小囝就是不吭声。

第二日，黄兆富没办法就叫管家去查看到底是怎么回事。管家去了半日走回来与黄兆富讲："老爷，少爷哪是去收租，他是去找内家，被别个拒绝了。"黄兆富感到异样，舟山上下三处啥人不晓得我爽？找内家还被拒绝。他就问管家："是哪家的细囡？"管家讲："是村东头卢文祥的囡。"黄兆富晓得卢文祥是个落第秀才，租他的田多年，田种得不怎么样，但是从不欠租，家里也不算很穷。就与管家讲："我也听到过卢文祥的囡不错，虽说是佃户，毕竟是秀才，做亲家也不掉价。既然小囝这么喜欢，明朝我亲自与他去提亲，这样的面子总够大了。"

第二日五更，黄兆富就领着小囝，管家挑着彩礼到卢文祥家里。卢文祥倒也以礼相待，只是与黄兆富讲："你的少爷是个好后生，我不答应是因为我的内家走得早，只剩下我和囡，我是想要招予囡婿的。"黄兆富听后脸色沉下来，讲："卢秀才，你疯了？我堂堂黄家少爷，怎么能给你佃户人家招予囡婿？"讲完拉着小囝就走回家里。

这么一来，这个囝是真的病倒了，一日比一日消瘦。黄兆富夫妻俩非常着急，寻了不少郎中，都讲"心病还要心药医"。最后内家与黄兆富讲："咱家有三个囝，招个出去还有两个。小囝都要不行了，还顾什么面子？"黄兆富跺跺脚："也只能这样了。"

第二日，黄兆富便去寻卢文祥，说：同意让小囝招予囡婿，并且还拿出一百亩田当"嫁妆"。就这样，小囝的病很快就好了。卢文祥转眼从佃户变转富户。小囝"过

215

门"以后夫妻俩恩恩爱爱,一家人和和美美。第二年就生了一个大胖囝。黄兆富借送满月粽时,向卢文祥提出让小孙子姓黄,被卢文祥一口回绝,黄兆富一肚子不开心也没办法。

又过了一年,黄兆富想不着摊上了官司。管家收租时与佃户打架,把一个老头打死了。老头家里人联合好些佃户告到县衙,县官判管家死刑,判黄兆富坐牢三年,后经到处托人上下打点改判夺产驱逐。转眼之间黄兆富的财产都没了,就连已经分家的大儿子、二儿子都连带罚光财产,一家人走投无路哭成一团。这时,小囝急急忙忙跑过来:"阿伯,丈人叫我来接你们到我家里去。"黄兆富问:"你们没被牵连?"小囝讲:"官府来过,丈人拿出招予囝婿文书和新修编的卢家家谱给他们看,祖孙三代都姓卢,与黄家无关。官府查实后就走了。"黄兆富一踏进门就与卢文祥讲:"亲家,想不着当初小囝招予囝婿,今日救了我一家。"卢文祥笑笑:"其实,我老早就想着了。"黄兆富:"怎么说呢?"卢文祥叹口气讲:"你们一家人都不错,只是不管事,外头的事都管家一个人说了算,而管家在外头胡作非为,料定早晚会出事。让小囝招予囝婿,一是避免被牵连,二是也好给你们留条后路。"黄兆富敬佩地连连点头:"毕竟是读书人,想得远。"

黄兆富深情地讲:做人不但自己要做好,也要教育家里人遵纪守法,大家好才能全家好。不然的话,一粒老鼠屎就会坏了一锅粥。

其他大话

四十四坑金针

金针,也叫黄花菜。一般的金针都是五蕊,而四十四坑的金针则有七蕊。无论品相、口感都比五蕊金针好。

清朝道光年间,大路任村的任存川靠贩卖金针过日子。任存川对金针的蒸、晒、贮存有一套独特的技术,好些外地客商都喜欢到他那儿买。每年夏天,好些客商为了抢生意,会提前送来银钱预购,归秋后再雇人来搬运,然后再转贩出去赚银钱。

有一次,安徽来的大客商洪炳坤,他一口气就包了二十担,预付掉银钱,等归冬以后金针行情看涨时再派人来运到无锡,稳赚了一笔银钱。后来一连几年,任存川都为洪炳坤收购金针,一直来生意比较顺利。有一年,金针采摘期还未到,洪炳坤就汇来银票,任存川也就与往年一样为他到四周村庄去收购,经蒸晒、贮存好。想不到一直等到十二月,快要过年了,洪炳坤还没派人来运。如果过了年开春,金针价格就会下跌。隔年存货会日过一日贱下去。任存川只好替他把金针卖出去。十二月的金针价格涨得很快,还真赚了一笔。到定年金针开花期又要到了,洪炳坤还是没音信。任存川就直接寻到安徽洪炳坤家里去,看看究竟是啥事不来。

任存川来到洪炳坤家里,敲了敲大门,一个看门人出来问他啥事。任存川讲,他是永康来的,叫任存川。看门侬叹口气,讲:"我家主人去年就已经死了。"任存川听愣了。看门人问:"你是我家主人的小侬伴吗?有啥事,我与他的内家讲一下。"任存川低着头愣了一会儿,刚想讲,洪炳坤欠他一笔银钱,是专门来讨债的。可他转眼一想,这样做是太阴汁,做不得的,于是就老老实实地与他讲了整个事情的经过。

看门人听后把他拉到一边,悄悄地与任存川讲:"勿讲卖出的价钱,光预付款就有这么多,现在我家主人死了,这笔账已没人晓得,我与你两个分掉得啦。"任存川讲:"我如果要贪这笔银钱,哪儿还轮得着你?"看门人听后竖起大拇指,讲:"先生这

217

么仗义,敬佩!"讲完就离去。

任存川愣着不晓得怎么样才好。就在此时,洪炳坤从大门口出来,讲:"任老弟,为寻知己,我已苦等你大半年。"任存川讲:"炳坤哥,刚才听到你归天了,差一点儿我就想把你那笔账瞒掉。"洪炳坤讲:"想到过又没做,就是好人。万恶贪为首,论迹不论心,论心天下没好人。"任存川讲:"炳坤哥为了试我的心,要花这么大的本钱,真的有点儿让人不解。"洪炳坤讲:"我一个生世闯荡生意场,钱难赚,好人更加难得。存川老弟又这么仗义,也算是我三生有幸。"

从那时起,洪炳坤就包了任存川的货。每到金针上市,有多少就收多少,无论啥西都由任存川调派。双方都赚得盆满钵满。

其他大话

讨口兆

清朝乾隆年间,河南村的王汉庭一个生世行善积德。这些日子,他看到华溪上有一座小桥年久失修很难走了,想修,自个又没财力,他就到侬家头[①]去集资。

有一日晚上,他来到周殿友家里,口嘴水讲燥,周殿友就是一文不出。王汉庭只好离开,可没走几步,他想起灯笼还丢在周殿友家里忘记拿,就转身走了回去。当他走到门口时,听到房间里传来周殿友内家的声音:"修桥是好事,你多少也出点吤!"周殿友讲:"你一个内家侬晓得啥西,王汉庭上个生世是乌鳢精,纯粹的吵塘乌鳢[②],整条华溪都被它吵得没安则。后来,全靠方岩山和尚把它捉来卡在桥缝里。修桥的话,它就可以逃出来了。"

听到这,王汉庭气蒙了,走回家里越想越气,吃不下,睡不着,没几日就病倒在床。

有一日半夜三更,一个白面判官来到王汉庭面前,讲:"你的阳寿未尽,自个走到我的门前来,啥意思?想跟我去的话,我现在就带你走。"王汉庭讲:"我不跟你去。我一个生世做好事,还有人讲我是吵塘乌鳢转世,你帮我还个公道。"判官讲:"公道自在人心!你不想去,我也不能白来。现在让你三次机会,从明朝起一连三日,早五更你出门去讨口兆,碰到第一个人的第一句话都是好话,你就回阳间;如果讲的都是坏话,我就带你去。"讲完,王汉庭"呼"地醒过来,原来是个梦。可他心里害怕,只好照梦去做。

等到天亮,王汉庭就起床来到村口,大老远看到孙良财走过来,就拦住讲:"财,为我讲句好话,讨个好口兆。"孙良财眼睛一盯,讲:"真的倒霉,碰到你这么个懊糟鬼。"王汉庭听到气蒙了,一把抓起孙良财的领口,问:"我啥干是懊糟鬼?!"孙良财一把推开王汉庭,一声不吭就走了。

---

① 侬家头:各家各户。
② 吵塘乌鳢:鳢鱼把池塘闹得不得安宁。

219

王汉庭扁扁伏走回家,好不容易熬到定日,天刚蒙蒙亮他就起床来到村口,看到王立冬提着三只鸡一跛一拐地走过来,就迎上前去,讲:"立冬,给我一句好话,向你讨个好口兆。"王立冬无好腔坛地讲:"我怎么会碰到你这么个倒霉鬼的?!"王汉庭把王立冬拉住:"我啥干是个倒霉鬼?"王立冬讲:"不是你倒霉,是我碰到你倒霉,好了没?"王汉庭两眼一黑,跌坐在地上。到后来,有两个过路人把他抬回家里。

到了午巴①,河南村里正王时吉来看王汉庭,问:"汉庭叔,听讲你这两日,日日早五更起来到村口去讨口兆?"王汉庭点点头叹了口气,就将这两日碰到的事讲了一遍。

王时吉听完,丢出一句话:"这两个不像生年的!"讲完就走了。到了晚上,王时吉又上门来,开口就讲:"汉庭叔,这回你是立大功了。"王汉庭问怎么个立大功?王时吉就将整个事情讲了一遍。

前日夜里,葛塘下村王章南大囡的房间门让人撬开,王章南被惊醒后立即与家里人一起起来,寻找不到人影,就告到县衙。县老爷派捕快各村详查。王时吉听王汉庭讲,早五更碰到孙良财,就怀疑此事是孙良财,当即报告县衙。一审,还真的是孙良财所为。难怪村口碰到王汉庭向他讨个好口兆,要骂王汉庭懊糟鬼。

王汉庭问:"那么王立冬呢?也犯事了?"王时吉听王汉庭讲王立冬早五更提着三只鸡,想想他一个光棍从没养鸡,也就上告县衙,大堂上还未等县老爷开口,王立冬就将偷鸡的事讲了出来,并且还讲,因心里害怕,慌急大忙脚崴了,当他走到村口时,王汉庭又要向他讨个好口兆,还不是倒霉啊?!讲到这儿,王时吉叹口气接下去讲:"汉庭叔,你也真的是倒运,碰到这两个人还有啥好口兆?明朝五更再去讨。"

王汉庭摇摇手,讲:"不讨了。筹款修桥是造福百姓的好事。周殿友不肯出钱,还编造我是吵塘乌鳢精转世,就是怕桥修好以后,抢了他渡船的生意。"

从那时起,王汉庭整日忙着修桥的事,毛病几时好了都不晓得。真的是"养生必先养德,大德必得其寿"。

---

① 午巴:下午。

其他大话

桐塘螺蛳

较早之前,西溪桐塘东面的五松山山脚,住着一个叫黄家生的后生,从小就没有爹娘,一年到头靠着到五松山砍柴卖为生。他心地善良,平时只要谁有困难,有求必应。大家都讲家生乖巧。上下三处好些小囡想嫁他,但是看看家生家里实在太穷就都摇头。

有一日,家生在山上砍柴,因口干来到一口山溪小水池喝水。好些日子未落雨了,小水池里只有一点儿点水,一个螺蛳在那儿都快要干燥死了。家生看看螺蛳可怜,就捡起来放衣裳袋里头带回家里,放入水缸。螺蛳在水缸里头转眼就活跃起来,还折射出五颜六色的光,非常好看。家生很是喜欢。只要有空就将螺蛳捞出来,与它讲今天帮哪些人做了啥好事,柴卖得怎么样。家生讲到高兴时,螺蛳也会头伸出来,发出"滋滋"的声音,好像在那笑;讲到焦臭的事情,螺蛳也会流出水来,好像在那哭。

有一日当午,家生卖完柴,有气无力地走归家里,很远就看见家里的烟囱冒黑烟,以为是家里着火了,就快步跑回,可走到一看,没地方着火,还闻着一股饭菜的香气。开门一看,满则桌都是饭菜,家生出娘胎都未食过这么丰盛的饭菜。食完饭,家生就躺床上困觉。等他醒过来,则桌已经擦得干干净净。第二日,家生卖柴归来,仍旧满则桌饭菜。第三日,家生就前门走出后门走归,躲在床底下想看个究竟。巳时刚过,水缸里头的螺蛳"叭"跳落地上,从里头钻出一个小囡,过一会儿变成一个较黄妖的大小囡,走到锅灶前,从身上扒出油盐酱醋菜,放落锅里,一炷香工夫,一桌菜烧好。小囡走回水缸沿,身体慢慢缩小准备钻回螺蛳壳里头。家生飞快地从床底下钻出,跑过去将小囡抱住。小囡逃不脱身就答应给他做内家。

从此,黄家生白日里到五松山砍柴卖,走归家里内家饭菜已经烧好,衣裳有人洗,夜里有人做伴,生活过得惬意。转眼幸福生活三年过去,上下三处认得黄家生的人,看看家生自从有内家以后就变了个人,比以前更加精神,更加神气,也更加勤

221

快。黄家生有个好内家的名声就越传越远。

有一日,黄家生挑柴到下溪田卖。下溪田的大财主吕有财把家生叫到家里,让家生一千两银子把内家卖给他。黄家生出娘胎第一次听到这么多银两,砍柴卖三个生世都卖不来这么多银子,呆在那一会儿,就点点头答应了。当场写了"卖身契",并带吕有财到家里交人。内家晓得以后马上钻回螺蛳壳跳进桐塘,任你怎么叫再也不出来。从那以后就传下来"桐塘螺蛳多,一碗抵只鹅"的童谣。桐塘老年人教团囡都会讲:"做人若乖巧,仙女都会嫁给你;做人若有坏心眼,仙女嫁你也会离去。"

其他大话

偷鸡不着蚀把米

　　清朝康熙年间,牟店的牟阿美长得帅气,又聪明能干,有一手弹棉絮的手艺。二十岁时到马宅娶了个内家马莲花。马莲花长了一双大大的眼睛,一双小脚走起路来一摆一摆得很黄妩。

　　牟店村西面头有口水井,井水清澈长年不干燥,全村人食水都到那挑。牟阿美的家在村东面,每一次挑水都要从村里财主胡长富的门口过。有一日,过门还不长久的马莲花去井里挑水,当挑到胡长富的门口时,胡长富正坐门口孵日头,一双眼睛乌珠珠①盯着莲花看,莲花低着头快步走过去。

　　过一会儿莲花转回来挑第二担时,刚走到胡长富的门口,无仑青空"砰"的一声,一块银子掉落在她的面前。马莲花不敢多看一眼,尽快挑着水走回家里。水倒进水缸就走去与老公讲。牟阿美看看内家那么怕,就笑眯眯地与莲花讲:"耍怕耍怕,以后你如果再次遇到这样的事,只要这样做就得……"

　　第二日,莲花又去挑水。胡长富又丢了一块银子在她的面前。马莲花蹲下来,把银子捡起来放到衣裳口袋里。胡长富笑笑:这下鱼吃米样②了,不怕不上钩。就这样,马莲花每一次挑水路过,胡长富都要丢块银子给她。有几回,胡长富没事也要硬生一些话出来与莲花讲几句。

　　有一日,莲花又去担水,胡长富丢两块银子给她,还靠到莲花的身边问:"老公阿美在家吗?"马莲花讲:"今日五更阿美到苏溪去弹棉絮了,不在家。要明朝夜里才回来。"胡长富听了很开心,走回家里梳了梳头发,换了件新衣裳就往莲花家走去。

　　胡长富一进门就把门带上闩好。转身就要去抱莲花。就在这时,"梆梆梆"有人敲门。阿美在门外喊:"莲花,青天白日门关着干啥呢?!"胡长富吓得瑟瑟发抖,

---

① 乌珠珠:不停地。
② 米样:鱼饵。

讲:"这下怎么好?"莲花讲:"长富哥,你先躲进小橱里面。"莲花立即将小橱里头娘家嫁来的衣裳、被子抱出来放床上,等胡长富躲进去,才去开门。

莲花问阿美:"你不是讲明朝夜里才回来,怎么现在就走回来啦?!"阿美讲:"唉,真是晦气,刚走到半路就碰到打劫的,钱财都被抢光了,我走回来拿把钩刀,要把他劈了!"莲花讲:"夒照性子,人没事就得啦。"

牟阿美到锅灶前拿来一把大柴钩刀,"啪"往小橱上一拍。小橱里头的胡长富尿都吓出来了。牟阿美看看小橱讲:"弹棉絮的家伙都被抢走了。生意做不成,只好先把这个小橱卖掉。"莲花讲:"卖不得的,这个小橱是我的嫁妆。再讲大家都不是那么爽,拿不出银子来买。"牟阿美讲:"头些日子,胡长富的团胡仲秋叫我帮他买个橱,现在就抬过去卖他。"

夫妻俩把小橱革索捆起来就往胡长富家抬去。刚刚好胡仲秋在家里。阿美与他讲:"你让我买小橱的,今日我把小橱抬来了,就算五十两银子好了。"胡仲秋讲:"这样的小橱要五十两银子,哪有这么贵的?!"阿美讲:"不贵的,小橱先囥你这儿,你自个考虑一下,过一会儿我再来拿银两。"讲完夫妻俩拔腿就走。

胡仲秋正围着小橱看,只听见小橱里头"咚咚咚"地敲出声音。胡长富在里头喊:"橱门快点开出来,闷死我了。"胡仲秋打开橱门一看,爹在里头躲着,吓了一跳。胡长富气急彭亨地想讲又讲不出口:"五十就五十,尽快送去,省得他走回来。"

好事不出门,坏事传千里。转眼整个村的人都晓得了。后来,牟店人经常会讲:做人需本分,要站得直坐得正。有个秀才还写了一副对联:劝君还守家常饭,勿贪他人佳珍肴。

其他大话

徒弟教师爷

清朝乾隆年间,程大柱在派溪开了一家打铁店,平时算斤算骨,伙计嫌他过分精明,雇一个走一个。他想伙计待不住,招个徒弟更好,徒弟干活覅付工钱,比顾伙计还合算。

有一日,有个后生走到打铁店,要求学手艺。程大柱一问才晓得,后生叫应小勤,金江龙人,爹叫他来拜师学手艺。程大柱看应小勤生得健壮,就满口答应。

应小勤在打铁店日日抡大锤,有点儿空闲就坐下来戗刀口。转眼一个月过去。有一日,两个人正在打一把铁耙,有个中年男子走进来,讲他是后浅的钱茂兴,要定做八把铢锄,后日来取。付了订金,钱茂兴就走了。接过生意,师徒俩就丢开别的活,专门打制铢锄。到第二日近黄昏,六把打好。

程大柱在铁料堆里头寻出两块边角料,量量大小,掂掂重量,讲:"刚好,一块打一把。"应小勤看看铁块讲:"师傅,这两块铁是不是太小了点?"程大柱讲:"多敲两下,打薄点就够了。"应小勤讲:"师傅,开山铢锄,用的力大,不光是铁要好,太薄更加不行,弄不好会反的。我爹讲过,人生在世,无论如何都不能贪别个的便宜,这是规矩。"程大柱听后眼睛瞪着应小勤,讲:"我还要你教呀,你打你自个的铁。"

应小勤将大锤放地上,站着不动,并且还讲宁愿用爹给他的盘缠,买两块好铁来打,也不能占别个的便宜。程大柱看看应小勤这犟,朝自蛮狙①做的话,怕徒弟走了,只好重新寻两块好铁来打。

第二日五更,钱茂兴走到打铁店八把铢锄都仔细检查一遍,头点点与程大柱讲:"我在桐岭买来一片山,准备开出来种茶籽,用着好些铢锄。先打八把,是试试质量。看来以后都到你这儿买。"钱茂兴一走,程大柱额头汗珠抹抹,讲:"差一点儿大生意逃了,看来徒弟的规矩还有点儿用。"

转眼两个月过去。有一日,钱茂兴又走到打铁店,开口就讲要打一把做木老师

---
① 蛮狙:强迫。

225

(木匠师傅)的斧头,等着急用。程大柱随手就寻来一块铁准备打。应小勤替师傅叫到一边轻轻地讲:"师傅,钱茂兴的斧头不能打。"程大柱讲:"哪有这么呆的,到手的铜钱不赚?"应小勤讲:"师傅,我看钱茂兴的脸色不对,以前钱茂兴到店里都是笑眯眯的,这回板着脸,他又不会做木,要打做木老师的斧头。只怕他要与别个拼命。如果出人命,是我们害他的。我爹讲过:害人的事不能做,这是规矩。"程大柱想想上一回徒弟的规矩让他多赚了好些铜钱,这回暂且再听他一次,就走去回绝了钱茂兴。

当日夜里,程大柱正在关店门,钱茂兴与一个中年男子走来,手指指中年男子讲:"大柱师,这个是许老板,今日你算是救了我与许老板两条性命。"

原来,钱茂兴昨日买了两头牛,到许老板开的杂货店买了两根麻绳。店里伙计不晓得将有点儿霉的麻绳卖他。夜里两头牛都逃走了。钱茂兴连夜寻许老板要他赔。许老板不承认。两个人大吵一场。钱茂兴走回家里越想越气,一夜未睡。第二日五更,就走到程大柱打铁店,打把斧头要把许老板劈了。许老板躺床上翻来覆去睡不着,想想钱茂兴也是财主人家,不会没事寻争吵的。

第二日天蒙蒙亮,就把伙计叫起来到店里看。确实是伙计将发霉的麻绳卖了。许老板马上与伙计叫来一批人去寻牛。在一座山的柴窟窿里寻着两头牛。许老板立即将牛牵到钱茂兴家里。钱茂兴看着很感动,就将到打铁店去买斧头被打铁老师拒绝一事讲了一遍。许老板听后吓了一跳。若不是打铁老师拒绝,两户人家都将毁了。两个人就一起来感谢打铁老师。程大柱听后毛孔倒竖,讲:"若出人命,我也肯定会被官府追究。是徒弟应小勤的规矩救了我们三个家。"

真的是没规矩不成方圆。做人生财有道,不贪别个的便宜,害人的事做不得。

其他大话

兄弟卖饭篮

南宋年间,唐先有个施有善,开了一间竹篾作坊,上下三处相当有名,特别是小饭篮,装水不漏,盛放食物冬暖夏凉,三日不馊。施有善年纪大了,想把家业按照永康风俗交给大儿子。但是大儿子老实本分,整天只记得干活,不是当家人的料。张有善喜欢小儿子。这小儿子能说会道,能当这个家。为了不让旁人说闲话,又不伤害大儿子的心,就想了一个办法。

有一日,张有善把两个儿子叫到跟前说:"为了公平起见,我给你们每人一只相同的小饭篮,你们拿到永康城里去卖,谁卖的银两多,谁就做当家人。"

第二天一早,哥弟俩就吃过五更饭,带了点盘缠各自拿着小饭篮出发。弟手脚快,不到两个时辰就来到了永康城里。弟不急着到街路上去卖小饭篮,而是来到富商云集的元宝楼喝了半天酒,看中一个姓李的做丝绸生意的富商。弟将小饭篮展示在李富商面前叫卖。李富商看看面露不屑。但是弟不卑不亢,从酒楼要来一碗米饭带着李富商来到城外凉亭。当时寒风凛冽,滴水成冰。弟当着李富商的面揭开篮盖,只见篮内米饭热气腾腾。随后又拿出米饭来到河边打了一篮水,只见篮内之水滴水不漏。李富商看后终于动心:"你这小饭篮怎么卖?"弟为了卖出好价钱,就编了一套假话,说这小饭篮是采用祖传工艺,花了一千个工夫,称为"千工篮",世上只此一只,盛放食物冬暖夏凉,三天不馊,装水滴水不漏,如果不是急着要用银子,随便怎么都不舍得卖。李富商问他要价多少。弟开大价说:"五百两。"李富商笑笑:"我还以为多少贵。好的,我买了,记住,我要的是孤品。"弟激动不已,边接银子边说:"决不会出现第二只。"

再说哥来到永康城里的路上,在一个路边凉亭里看到躺着一个人饿得昏昏沉沉,就把父亲给他的盘缠都送给了他。来到永康城里身无分文,小饭篮摆在街路边无人问津。午饭也冇着落。他就来到一个大户人家打杂工,以换一餐午饭。这大户人家有个小孩顽皮,在冰面上玩耍,落入水中。哥不顾寒冷跳进水中救出小孩。

227

主人家感激哥,就让他来到书房吃饭。

说来也巧,新科状元陈亮也在这大户人家做客,也在书房,也就一同吃饭了。陈亮看到这么一个土土佬佬的人,主人家竟安排与自己一同进餐定有缘由,就问了起来。哥将自己进城卖小饭篮的事一五一十都讲了一遍,并且还顺带说了小饭篮如何装水滴水不漏,盛放食物冬暖夏凉,三天不馊。陈亮当即写了一幅墨宝送给哥,哥也将小饭篮送给了陈亮。

吃过午饭,永康的一些头面人物听说陈亮在此,都来拜会。这当中也有李富商。李富商看到书桌上的小饭篮和自己的一模一样,忍不住问了起来。陈亮如实告知。李富商听后大怒:"这骗子我要教训他。"讲完便吩咐手下人骑马去追弟。弟很快被追回。弟一见到哥,不管三七二十一,指着哥就叫:"那个人是骗子,他的小饭篮是劣质竹篾做的,我的小饭篮是孤品!"李富商冷笑几声,让手下依将弟口舌割掉。谁知哥快步走来挡在弟面前说:"这件事确实是我弟弟错了,这小饭篮就算运到金华府,最多卖二十两。我愿代他受罚,请割下我的口舌吧。"陈亮见此,出面打了圆场,此事才算平息。哥急忙拉着弟回到唐先。

弟虽然感激哥,但是还在想他带回银子而哥空着手,当家人还是他。哥弟两个回家,父亲接过弟的五百两银子,喜笑颜开。转而问哥卖了多少钱。哥低着头说:"阿伯,我的小饭篮送陈亮陈大人了,他写了一幅墨宝,让我带回来。"父亲大为惊讶,陈亮是当今状元,他的真迹可是无价之宝!父亲马上展开观看,只见上面写着"唐先饭篮,善德传家"八个大字。弟对哥口服心服,也对父亲承认了自己的错误。从此,哥做当家人,哥弟俩齐心协力,以诚为本,唐先小饭篮声名远扬。

其他大话

压轴菜

清朝道光年间,永康城里有间酒楼,老板叫董西亭。有一日,好两个宣平的厨子到永康来。董西亭之前就曾听到过,宣平山坑蛇多,厨子烧蛇有一手,就想去请一个来。可是走去一问,个个都讲蛇不会烧。有个叫李金的厨子,一起来的娘生病,董西亭请来郎中帮她治好。李金为了报恩,答应来烧一年,只是有个条件:一日最多只烧十条蛇。董西亭把酒楼改名"蛇味居"。

过些日子,有个翰林院学士告老还乡要经过永康。几个本地的名士早早预订在"蛇味居"为学士洗尘,叫酒楼准备蛇宴。酒楼开始高价收购大蛇。有一日,有个人扛来一只大笼,里头盘着一条大蛇,肚子上还有个大大的包块。看热闹的人都讲肯定是一只山兔吞进去。董西亭讲:"就用这条蛇做压轴菜。"李金讲:"这么大的蛇,若讲剁成小段,那就与普通的蛇没区别,只有整条蛇盘起来清蒸才有味道,要剥皮后立即下锅。这么大的蛇完整地剥皮,一般人不会做,只有水爷才行。"董西亭问水爷是啥人?李金讲是他的师傅,是宣平有名的杀野味、处理山兽的高手,无论怎样凶猛的山兽落到他的手上都会服服帖帖。近几年水爷年纪大,已经在家里不做了。董西亭听到就买来礼物叫李金去请。

第三日,水爷走到"蛇味居"。水爷沉着地把蛇诱出笼,捏住蛇头七寸把蛇拉直,然后拖到一棵杨柳树脚下。这是水爷的绝活:把蛇头钉树上,小刀挑开蛇下巴,顺势一直划到蛇尾,再从蛇尾翻转蛇皮,勠一会儿,一张蛇皮就完整地剥落下来,剩下仍在挣扎的白花花的蛇身。

水爷刚刚用手把蛇头摁树上,反手抓着一枚铁钉按蛇头中央,李金提起锤就打。只听水爷"哎哟"一声,满手都是血。水爷立即把蛇关回笼里,讲:"年纪大了,钉抓不稳,打到手背。今日的蛇肉吃不成了。"董西亭讲:"贵客就要到了,蛇皮重新再剥呀。"李金讲:"蛇的血是冷的,它平时吃东西都是活吞,从不见血。刚才师傅手上的血溅到了蛇头,人血热,蛇碰到人血全身肌肉紧绷,几日难放松,就算烧起来吃

229

也没味道。"水爷讲："我将蛇带到歇客店,尽量想办法让蛇肉松弛下来。"没办法,董西亭只好先用小一点儿的蛇代替。

宴会刚结束,一个伙计走过来与董西亭讲:李金卷铺盖从后门走了。董西亭立即追去。大老远看到李金与师傅抬蛇笼朝武义走去。端头未到,在路边沿的柴树弄里,李金把蛇笼门解开,看样子要把大蛇放掉。董西亭走过去讲："你俩这样做,太不像话了,我哪儿亏待你俩啦?"

水爷讲："这两年,好些宣平人背井离乡都与蛇有关。头些年由于过度捕蛇,田里的老鼠山上的兔就日过一日地多了起来,庄稼地里的东西啃光。到后来没东西吃,经常有老鼠、山兔死去,尸体腐烂就带来瘟疫,没办法只好结伴到永康来。"李金讲："我看大蛇肚子包块不是吃进啥西,是有身孕,里头起码有四五十个蛇蛋。我半年的工钱抵这条蛇,不想回去了。大家看着"蛇味居"生意好,随便哪间饭店都开始烧蛇肉了。长此下去,早晚会重蹈宣平覆辙。"董西亭听到这儿,走去亲手打开蛇笼把大蛇放生。

其他大话

岩前生姜的故事

六月夏天,大家都喜欢吃冷食,肚子里就会产生寒凉。这时候,吃点生姜就会暖胃,减少肚子里的寒气。冒雨淋湿身子,喝点姜汤会祛寒除湿。所以说,冬吃萝卜夏吃姜,不劳郎中开药方。这么好的生姜是怎么来的呢?

很早时候,五指岩前有一个叫施根生的小后生,爹娘死得早,从小就在财主人家做长年。有一日,已经是申时了,财主还叫他去山上砍柴。等柴砍好,肚子饿得没力气,草丛里看到一根草,根上长着一粒珠,不晓得这是"半夏",就摘来吃。谁知转眼间口麻嘴木,等柴挑回家就再也发不出声音。村里人都不晓得怎么会这样。有人讲他肯定是天黑在山上看到山神。山神怕他讲出秘密,特意把他弄哑口的。这话传到财主耳朵,财主怕有鬼魂入施根生的身上,便替他赶出门。

施根生没地方去,就走到一座凉亭住了下来。第二日,一个姓姜的小女孩从凉亭经过,看到施根生嘴巴讲不出话很难受,就从身上拿出一块弯曲折叠像手指头的东西给施根生吃。施根生瞪着眼睛不敢接。小女孩指指手里头的东西讲:"覅怕,我叫姜小囡,家里穷,三天两头吃冷食。每当肚子不舒服,只要这东西吃一点儿就好了;每次被雨淋湿了,吃一点儿等汗出来就无事。我看你喉咙这么难受,试试看有没有用。"施根生接过来咬了一口,喉咙转眼就清爽了许多,慢慢地就能够发出声音。根生很感激,姜小囡也觉得施根生人好,两个人就产生了爱意。

姜小囡治好施根生的哑口,转眼间五指岩前上下三处都晓得了。有一个孕妇,吃下东西就吐,很多郎中治了都没用,听讲姜小囡有这么灵的药,就来讨吃。孕妇吃下后再也不吐了。

县官内家有一日吃了一只大鳖,肚子很难受,好多郎中看了都不见好。这个事传到财主的耳朵,他就寻到姜小囡,编了一大套假话,将药骗到手就到县官面前去拍马屁了。说来也奇怪,县官内家吃了药后肚子就清爽了许多。县官给他很多银两作为酬谢,县官内家还与财主讲:"以后有啥事寻我就行。"财主一阵高兴,想:我

231

如果独占这个药,还愁啥西没有？走回家里,他就把姜小囡骗到家里,要讨她做小内家。姜小囡随便怎么讲都不肯。财主没办法只好先把姜小囡关起来,打算慢慢地软硬兼施,总有一日会就范的。

施根生听讲姜小囡被财主关了以后,凭着在财主家多年的打长年经历,对财主家熟门熟路,趁夜黑偷偷走进财主家将姜小囡放出来。财主发现后就叫了一批人追。施根生与姜小囡逃到五指岩山脚,看看四面都是稻秆火把,晓得逃不了,就将药塞到施根生衣裳袋里,她就一头撞到岩石上。

施根生悲痛地将姜小囡埋葬在山脚。后来把这药拿来种,等成熟采摘以后,又分发给大家种,这个药一年到头解除了很多人的病痛,因为小囡姓姜,药种都是施根生所送,慢慢地大家就将此药叫"生姜",以产自五指岩前为上品。

其他大话

一把犁加螳螂窝

很早以前,花街有个叫阿狗的后生,家穷但是心好,不管谁有困难他都会帮,花街人都叫他为"好人阿狗"。

有一年秋天,阿狗的娘过世,他实在没铜钱办丧事,只好到邻舍阿山家去借。阿山家里也穷,哪有铜钱借给阿狗?但是,以前阿山有困难阿狗就来帮忙,阿山心里过意不去,牙齿一咬说:"我就这把犁还值几个铜钱,你拿去当了吧。"阿狗摇摇头:"虽然就要归冬了,犁一下用不着,但是明年春耕时节,我也拿不出铜钱将犁赎回来。"阿山笑笑说:"先解决眼前的困难,到明年再想办法。"

阿狗感激地背着犁来到永康城里的当铺。店老板不在,小伙计看看犁说:"你的犁最多当50个铜钱。"阿狗泪眼婆娑地将当犁原因讲了一遍。小伙计心软了,说"你再拿一件别的东西添一点儿呀。"阿狗脱下身上的裯:"我再加上这件衣裯。"小伙计看看都是窟窿的衣裯摇摇头。阿狗叹口气讲:"五十个铜钱只够买一领草席,可怜我的娘辛苦一辈子,连口棺材都没有。"

小伙计开好当票,数出50个铜钱递给阿狗。阿狗伸出右手接铜钱。小伙计看到阿狗手臂上的疤,突然把伸出的手缩回:"叔,你是花街的阿狗好人?"阿狗好奇地问:"你认得我?"小伙计惊喜地点点头。

原来小伙计八岁时,爹就生病死了,娘带着他四处讨饭。有一日,一只大介狗追着要咬他娘俩,是阿狗冲过来挡住介狗,手臂被介狗咬去一块肉。小伙计对恩人手臂的疤痕记忆犹新,如今恩人有难,自己怎能袖手旁观?小伙计看到犁把上有个螳螂窝,灵机一动重新开了当票:一把犁加一个螳螂窝,并且说:"叔,今日我作主,当给你一吊铜钱,尽快回去替阿婆办后事吧。"阿狗感激地瞪大眼睛,来不及多想就赶着回家。

阿狗用这些铜钱安葬了老娘后,伤心加劳累也病倒了,也没有铜钱看病。到了第二年春天,耕种开始了,阿山晓得阿狗有难处,就自己想尽办法凑足赎当的铜钱,

233

到当铺赎犁。当铺小伙计看看阿山说:"库房里是有一把犁,可不是你的啊。"阿山说明事情经过。小伙计听了心里有数。他交代了阿山几句,就赶紧去库房里取来那把犁,想趁老板不在尽快把这事了结。

就在此时,老板走过来要过当票看,然后接过赎金数了数,小眼珠一转说:"当期超过两天,再加10个铜钱。"阿山讲:"日期写的就是今日啊!"

老板狡猾地笑笑:"该是小伙计粗心,这段时间里头有两个大月,多出两日。"阿山着急地说:"这点铜钱还是我东借西凑来的。"这时小伙计扯了扯老板的袖口:"老板,让他走吧,当票上写有两样东西,少了一样要赔铜钱的。"小伙计讲这话时故意朝阿山递了个眼色。阿山领会了,马上讲:"好呀,我的当物是一把犁加一个螳螂窝,犁在这,螳螂窝呢?"老板一愣,反问:"螳螂窝也好当么?"阿山强辩:"怎么不好当?螳螂窝是一味名贵中药,螵蛸。等孵出小螳螂再做窝,可以卖个好价钱。我去年就与山川坛药房定了,都拿了定金,要是拿不出货是要赔铜钱的。"老板听了暗暗叫苦:临近过年时节,整理库房发现犁把上有个螳螂窝,他不晓得当票上写着,就将它挖下来,丢了。阿山乘势拉大声音:"不行,你们替我的螳螂窝丢了,要赔,咱们到县衙评理去!"

老板一听,急了,事情闹大了不好听,就赶紧说:"这么点小事,何必惊动官府。犁,你背回去,赎金我也不要了。"阿山拿过赎金背着犁,头也不回就赶紧回家,把赎金拿给了阿狗治病。阿狗身体康复以后觉得心里过意不去,经过几年的积累又将赎金送回当铺。花街人晓得了事情的来龙去脉,都觉得做人就是要这样,好人有好报。

其他大话

一袋银子救两命

清朝乾隆年间,栗园陈有土,从小就没有了爹娘,家里贫穷,但是他很勤奋。

有一年初夏,趁田畈农活稍空闲,就出门去刻杀剑①。运气不好,走了好多村,都被别个抢先刻了。一连几日刻不了几把,看看生意清淡就索性走回家,田畈农活也可以做点。就在回家的路上,经过永康街头时,碰着一个李店人,讲永康江溪水很大,要回栗园,只有李店一个船老大敢撑,每日都要等他农活做完到傍晚时才撑一趟。陈有土看看才巳时,便走到一间茶馆店去喝茶。

他走到最里面的一张茶桌,刚坐下来,看到旁边凳上有只干粮袋。提提有点儿沉,袋口拉开一看,眼珠都要迸出来,里头都是银子。如若拿来,后半生都够花了。可转念一想,拿来的话,丢失的人着急,罪孽得很。他就坐那慢慢地喝茶等丢失的人回来拿。直到吃午饭,茶馆只剩几个人了,也看不着有人来寻。

就这样饿着肚子一直等到黄昏,突然有个脸面青暗的人走进茶馆,后头还跟着两个人。他踏进茶馆就手指着与后面人讲:"我就是坐那张茶桌的。"讲完三个人就朝陈有土走来。陈有土估计他们就是银两丢失的人,就朝他们笑笑讲:"你们是来寻干粮袋的?"来人泪眼婆娑地点头:"正是!"陈有土讲:"我等你们一日了。"讲完就将装银两的干粮袋提来放茶桌交还来人。来人"扑通"跪地上,哭着说:"你是我的救命恩人,没你,我今夜是要上吊了。"

这个人叫吕长水,是吕南宅一个缸钵大作坊的账房先生。老板叫他到几个缸钵店去收欠款,事情办得较顺利,昨日一日欠款基本收好,今日五更带身上的米胖翁②吃了,觉得有点儿口燥,就到茶馆店喝茶,起身时小蓇箩挑起来就走,忘记了拿干粮袋,走回家才发现干粮袋丢失了,吓得话都讲不出,就想走回来寻。老板怕他逃走,特意叫两个伙计跟后头。吕长水将整个经过讲完就到干粮袋里抓出几锭银

---

① 杀剑:割麦的刀。
② 米胖翁:炒米粉。

子给陈有土作为酬谢,陈有土随便怎么讲都不要。吕长水只好讲:"明朝请你到酒楼喝酒,不然的话我也过意不去。"

  第二日,吕长水在酒楼备了一桌酒菜,陈有土真的来了,还未等吕长水开口,陈有土就抢先讲:"长水哥,全靠你昨日银两丢失,让我捡回一条命。"吕长水听得一头雾水,问:"怎么啦?"陈有土讲:"昨日因为等你,耽误了回家坐船过溪。后来才晓得我要坐的那艘船,撑到溪中间时,被一个大树茬钩住翻倒,整艘船的人都淹死了。"

  第二日,缸钵作坊的老板晓得这个事以后,连声讲:"这么好的后生到哪儿去寻?"就主动寻到栗园,高薪聘请陈有土管作坊,在吕长水的撮合下,还将女儿嫁给他。贫穷的后生因为拾金不昧变成老板女婿,传出去以后,好多人都慕名来买缸钵,作坊生意越来越好。这真是:厚道的人,必有后福。踏实做事,肯定会开花结果。善恶报应,早晚会来。

其他大话

一罐鸡脚爪

清朝道光年间,芝英周边,木匠的手艺要数陈路塘的陈大郎最好。一年到头上下三处来请的人不断。主人家想让他把家具做好,供老师好酒好菜餐餐不离肉。慢慢地陈大郎的口嘴越来越挑剔。还特别中意鸡脚巴[①]。

有一年秋天,胡祖坑开榨油场的胡金财,定个囝要接新妇[②],请陈大郎到他家去做套家具。陈大郎带个徒弟,也就是他自个的外甥徐家亮。两个人一起把斧头、锯、刨、凿这些工具挑到胡金财家。

当日晚饭,胡金财烧了一桌四荤八素菜肴款待陈大郎师徒俩。胡金财晓得陈大郎的嗜好,烧了一只全鸡,还专门将一双鸡脚巴夹到陈大郎的饭碗里。吃饭时,胡金财指指旁边才四五岁的孙子,讲:"大郎师,讲起来也好笑,我这个孙子小岩头,也与你一样就中意鸡脚巴。"陈大郎讲:"有这么巧?!"陈大郎立即将一只鸡脚巴从碗里夹起来递给小岩头。小岩头很高兴,鸡脚巴口嘴一塞,就跑到锅灶前去寻娘。

次日,师徒俩就开始忙活了。要做一大套家具,日期长,不能够餐餐七大碗八大碗的,但是也三天两头有鸡肉供上来。转眼十来日过去,有一日饭桌上有鸡肉,偏偏少两只鸡脚巴,陈大郎心里头想,鸡脚巴肯定是让小岩头吃了,也就不太开心,饭吃两口就走回工场去。徐家亮看陈大郎不开心就讲:"主人家也太小气了,晓得大舅中意鸡脚巴,偏偏要囥起来。"陈大郎眼睛一眨,讲:"我们是来干活的,不是来做客的,主人家给咱吃啥西就吃啥西。"

从那日起,端上饭桌的鸡,都剁成块,再也看不着鸡脚巴。陈大郎又不便问,缺一样中意的菜,吃饭也就少了一层味道。有一日,家亮讲:"大舅,主人家也太不像话了,内家要将一钵鸡肉端到饭桌,金财看到就取出鸡脚巴囥起来,连小岩头也不给他吃。"陈大郎闭着口嘴不吭声。家亮轻轻地扑陈大郎耳朵讲:"我们也在家具上

[①] 鸡脚巴:鸡爪。
[②] 新妇:新娘。

237

做点手脚,捉弄他一下。"陈大郎"呼"一下严肃起来,讲:"怎么好这样呢,手艺人要讲良心,要对得起鲁班祖师爷传下来的规矩,如果再乱讲,就把你赶出师门!"家亮听后,吓得不敢再出声。

两个人辛勤地做了五十来日,大橱、花床、则桌、凳一大套家具总算做好。胡金财看看崭新的整套家具,非常开心。结清工钱,吃完丰盛的午饭,还亲自送出村口。告别时,胡金财拿出一个干粮袋与一封信塞入家亮的蒲笼里头,讲:"让你师傅带回家去。"

两个人走到半路,在一间凉亭里坐下来歇气。家亮从蒲笼里头拿出干粮袋,解出来一看,呆了,哭丧着脸,讲:"大舅,我做亏心事了。"陈大郎问:"你天头地扯念啥梦话。"徐家亮将干粮袋与信递陈大郎,讲:"胡金财送你一罐麻油浸的卤鸡脚巴。信上讲,先前饭桌上的鸡脚巴,是怕小岩头与你抢,若单独给你,又怕小岩头哭,所以一次一次积在一起再给你带回去。当时我记恨主人家不上鸡脚巴,特意瞒你,把大橱脚搞成高低不平。"陈大郎听后气得脸色发青,一娘颈打过去:"你个取债鬼,马上跑回去修整!"

两个人立即赶回胡祖坑。刚跨入门口,就听到屋里头哭爷喊娘地在哭。原来是小岩头贪玩,钻大橱。就在他掰大橱门时,大橱翻倒下来砸压了小岩头。陈大郎呆立一会儿,讲:"罪孽啊!"他拔出斧头就把他自个的两个指头剁掉。从那时起他就再也不碰鸡肉,更别提鸡脚巴了,还见人就讲:"随便啥事都不要把别个想得太坏,不要以小人之心度君子之腹。"

其他大话

一双琥珀眼

清朝同治年间,柏岩村的黄瑞做丝绸生意赚了好些银两,随着年纪的增长,走出门有点儿怕累,夫妻俩就到永康城里来看看有啥店可以开。

黄瑞在街上看到有间"李记当铺"要转让,地段好,转让价也不是很高,夫妻俩一商量也就盘了过来,改名"黄记当铺"。

当铺开张,生意也还不错。转眼三个月过去,有一日正当午时,天公乌天黑暗,眼看着就要下大雨。就在此时,有个后生来到店里,讲:"老板,典当!"黄瑞从后生手里接过丝绸包袱,解开一看,是一只半尺来高的玉猫,猫身是上等的和田玉,两只眼睛是澄黄晶莹的琥珀。

后生讲:"当一千两,两个月来取。"黄瑞想:覅讲这双琥珀眼,光猫身就值两千两。万一后生到期没银两取,就变成绝当,也可以发笔横财。他就爽快地凑齐一千两银两,开具当票,写明赎当日期与当银利息。后生银子拿上手转身就走。黄瑞讲:"后生请留步!"后生转身问:"啥事?"黄瑞讲:"外面马上就要下雨了,带把雨伞去。"后生看看黄瑞接过雨伞就离去。

黄瑞把玉猫囥到床头下的暗格里,每日困熟之前都要掀开草席看一次。转眼离赎当只剩三日。黄瑞内家打扫库房时清理出一本李氏账簿,黄瑞翻出来看,其中有一页写着"玉猫"两个字,下面补记:和田玉制成,价值两千,当价一千。黄瑞想:难道李老板转让当铺与玉猫有关? 黄瑞立即到床头把玉猫捧出来,解开丝绸包袱一看,玉猫的两只琥珀眼没有了。每日困熟之前只看暗格里玉猫在不在,从来不去料理琥珀眼。怎么好? 按照规定要赔两千两银子。最好的办法是赶紧去买两粒上等的琥珀请人做成眼睛配上,只有这样做,损失才会少一些,后生如果当场看不出,就可以蒙混过关。

黄瑞怀疑:李老板是不是也缘于这只玉猫,同样是琥珀眼没了,偷偷地做双琥珀眼补上,只怕后生找回来,就急着转让当铺逃走? 我如果也这么做,是重走李老

板的老路。黄瑞又想:做生意要诚信为本,怎么可以欺瞒顾客?就算倾家荡产也不能昧着良心。

三日后,后生来到店铺。黄瑞捧出玉猫讲:"我保管不好,琥珀眼不晓得什么时候让做贼的偷了。我按照契约赔偿,只是我一时半会凑不齐这么多银子。这间当铺当初我用两千两银子转来的,就抵给你了。"他讲完就将店契递给后生。后生不接契约,反而拱拳讲:"想不到天下还有你这么正直的生意人。"

黄瑞听得呆在那儿,不晓得啥头归。后生讲:"那是我用松香做的假琥珀。你看玉石昂贵远超当银,就不会去注意琥珀的真假。所用的松香我事先用浓酸浸泡过,两个月之内会慢慢地溶解。我用这种办法已经把这间当铺好几任老板赶跑。每一次我都会得到一对名贵的琥珀眼。"

黄瑞问后生干吗要这么做。后生讲:"我家本来比较爽,我还小的时候,爹就死了,娘身体又不好,只好靠典当家里的东西过日子。有一回,娘拿一个瓷器去当铺典当,等赎回来才发现瓷器有破损,是修补过的次品。娘拿回去讲理,还让当铺老板打了一顿,不久就含恨死去。从那时起,我就怨恨当铺奸商,等长大以后就想出用玉猫报复。想不到在你这儿失灵了。"

后生讲完转身就走。黄瑞看到一把雨伞搁在墙角,发现就是上次他给后生带去的那把。他把伞一撑开,十二粒琥珀滚落地上。

黄瑞将这些琥珀镶嵌到一块铜匾上,组成一个"诚"字,挂店堂正中。时时告诫:诚实守信,正直公平。

其他大话

一只樟树箱

　　明朝万历年间,象珠下街有一间不怎么显眼的客栈。店主王莲英三十来岁就守寡。王莲英外貌娇美,只是头顶中间有一只头发脱落较难看。

　　有一年六月夏天,半夜三更客栈有人敲门。小伙计李阿木提着灯笼开门一看,不料是长年贩盐的老顾客,缙云人陈德文,推着一车盐来借宿。腋下还夹着一只樟树箱。李阿木急忙走过去:"陈大哥,我替你拿木箱。"陈德文摇摇头反问:"老板娘呢?"李阿木晓得陈老板每一次贩盐,再远也要赶过来住宿,老板娘再晚也会起来烧菜暖酒招待,便讲:"老板娘伤风发烧,今日早早就睡了,我马上去叫她起来。"陈德文讲:"生病不舒服,蓃叫了,让她多睡一会儿,一个内家人开只店也不容易。"

　　第二日五更,陈德文看看王莲英生病好点了,就趁五更天凉爽,推车经三十里坑前往金华。李阿木峡源坑人,头些日子家里就捎来口信,让他买点盐回去,家里要收割稻谷,种田了。陈德文前脚刚走,李阿木家里又捎口信催了。他就拿着从陈老板那买的盐急忙赶归去。小伙计一走,客栈点点滴滴的活都得王莲英她自己一个人做。在打扫陈德文住过的房间时,王莲英发现一只大红的樟树箱,铜皮镶边,一把铜锁锁着。王莲英用手掂了掂有点儿沉,估计是值钱东西,就将木箱捧到她自个房间,等陈老板回来时再还给他。

　　但是,让王莲英想不着的是,两年过去了,陈老板都没来住宿。王莲英到象珠、清渭街、官塘下的其他客栈去问,也都打听不着。缙云的大客商一只樟树箱丢弃在王莲英客栈的消息倒传出去了。

　　事有凑巧,李阿木回峡源坑割稻谷,去山上砍柴时,从岩石上滑下山崖,等爹娘寻到,已经只剩一点儿气了。断气之前,他抓住来寻他的村里小伙伴讲:"缙云……陈老板……樟树箱……"就这样,王莲英客栈的樟树箱就越传越邪乎,都讲箱里头是金银宝贝。

　　有一日,一个义乌贩砂糖的男子来住宿,开口便讲:"我出一百两银两买缙云人

241

的樟树箱。"王莲英讲:"你晓得里头是啥?"贩糖客讲:"里头就是黄泥石块,我也要。"王莲英讲:"有朝一日缙云人回来拿呢?"贩糖客讲:"人都不晓得是死是活,要拿的话老早就回来拿了。"王莲英讲:"做人不能这样的。我一间小店,有这么多人来住,凭的就是诚信!"贩糖客听后板着脸走回自个住房。

谁晓得半夜三更趁大家都睡后,贩糖客就来偷。王莲英早有防备,房间里头两个人扭打起来。贩糖客凶狠地拔出柴刀就砍。王莲英的一只手都快被砍断了,樟树箱抱在胸前就是不放。随着王莲英撕心裂肺地哭、喊,房客与左邻右舍起来,将贩糖客抓起来并报官。

县令审案时传唤了缙云陈德文。第三日,陈德文赶到王莲英的床前。王莲英有气无力地讲:"陈老板,你的樟树箱……"陈德文捧着沾满血迹的樟树箱,欲哭无泪,讲:"莲英,是我害了你,是我害了你啊!"王莲英讲:"你开出来看看,有没有东西少了。"陈德文讲:"箱里头又不是啥宝贝。"他打开箱:"我是看你头顶上脱落一爿头发,一直没有见长出来。我们缙云有个名医帮我拿来一个九蒸九晒的千年何首乌,是送给你吃的。还有一封信放里头。"王莲英接过信,只见信上写着:"待你满头青丝披双肩,可愿进我陈家门?"怕你当面拒绝难下台,就在离开客栈之前,把樟树箱的钥匙交给小伙计李阿木,让他转交给你。王莲英讲:"李阿木当时急着想回家,忘记将钥匙交给我,回家后又不小心摔死了。"陈德文讲:"我看你没反应,就不好意思再到这边贩盐了。"

陈德文擦了擦眼泪,庄重地讲:"我现在向你求婚!"王莲英连连摇头:"不,我现在是一个缺只手的残疾人。"陈德文讲:"你身体虽然残缺,但是你的心比任何人都健全!"

其他大话

有缺口的围墙

　　清朝咸丰年间,永康城里有一间"康东饭店",价格公道,生意很好。

　　有一天半夜,酒店后院突然"叽叽喳喳"传来吵骂声。店老板快速披衣赶过去,一看才知道,原来是厨房有一个十来岁的小偷在那偷吃,被伙计抓着,正在责骂,有个伙计甚至还要将小偷捆绑起来。老板马上上前阻止,并且还吩咐:"马上烧一碗馄饨,热一个麦饼给这个小活鬼吃。"伙计一听着急讲:"老板,他是来偷吃的,咱们还要给他馄饨麦饼?"老板讲:"随便什么人都有困难的时候,这个小兄弟饥饿,实在没办法才会来讨食,来的都是客,快点去烧。"伙计只好照做,一会儿工夫热乎乎的馄饨麦饼端上来。小偷也不客气,吃完嘴巴一擦,讲:"老板,你是好人,我若有出头之日,肯定会报答你。"讲完就走出去。

　　第二日五更,伙计带老板走到后院,讲"这围墙有个缺口,那个小偷就是从这儿爬进来的,我今天就叫泥水师傅来修补。"老板讲:"覅补了。就这样,也给那些饿肚子的人留条路。每一天打烊收工时候,将所有的剩菜都倒一起,熬一锅番薯粉糊,放锅里。我们开饭店的这么点剩菜不在乎,对饿肚子的人是一大好事。"

　　日子一长,"康东饭店"为讨饭人留番薯粉糊的事就传出去了,真的有很多的讨饭人爬过围墙到厨房偷吃,伙计看到也不吭声。说来也奇怪,从那以后"康东饭店"再也没有丢失过东西。

　　转眼过去十几年,长毛进犯永康,到处烧、杀、抢,官兵也对付不了。有一天,一股长毛来到永康城里,"康东饭店"被长毛围住。一个干瘦的长毛走进饭店,来到老板面前笑笑讲:"老板,覅怕,看你还这么健壮,我就很开心。"老板吓得瑟瑟发抖:"我人老眼花,大王认得我?"瘦长毛讲:"我就是十六年前在你厨房偷食的那个小活鬼,当年老板不但不责骂,还替我烧馄饨、热麦饼。我当时就讲过,有出头之日肯定要来报答。现在,我在长毛里头当了个小王,也谈不上出头,冇东西好报恩。但是随便怎么都不会动饭店的东西。"老板暗暗地松了一口气讲:"既然是这样,还请大

243

王对永康城手下留情。"瘦长毛讲:"我到你的后院看过,当年的围墙缺口到现在还未修补过,果真与传说当中讲的一样,你是好人,今天就给你一个面子。"果真,长毛抢了一些东西就离开,未伤害一个人。

从此,永康人教儿女都会讲:"好人肯定有好报。"

其他大话

状元变先生

　　唐朝天宝年间，永康五指岩山脚的中山村，有一户人家，老公早逝，留下娘儿俩相依为命。儿子胡岩林十岁时候，娘替他送到唐先一个私塾去读书。娘一再吩咐："你阿伯死得早，你一定要用功读书，有朝一日考取功名，也好对得起你死去的阿伯。"胡岩林记住娘的话，在私塾读书很用功，成绩一直很好。

　　中山到唐先需要经过桐溪，胡岩林每一日过桐溪都要裤脚挽上去蹚水，十二月溪水结冰也一样。有一天五更之时，胡岩林挽好裤脚正要过溪，突然背后一个头发胡须皆白的老头，走过来对小岩林讲："小后生，溪水都结冰了，你脱掉鞋赤脚涉水，双脚会冻坏的。从今天起，我背你过河。"胡岩林摇摇头说："大家都是爹娘生的，你这么大的年纪，我背你还差不多。"白胡须老头哈哈笑笑讲："我年纪大骨头硬，经得起冻。"讲完就将小岩林放背上涉水过溪。从这天起不管胡岩林啥时候来，白胡须老头都守候在那，把他背过溪。胡岩林不晓得怎么回事，就与娘讲。娘听后也很着急："怎么好意思叫老人背？背了这么长时间，也不问问，他是啥名字，也好谢谢他。"

　　第二天，胡岩林走到溪沿。白胡须老头仍旧走来要背，胡岩林一边脱鞋一边讲："你如果不讲清楚你是谁，干吗要背我，以后就不再让你背了。"老头看看没办法，便与胡岩林讲："天机不可泄露，你是文曲星下凡，是我们大唐第八位状元，官至一品。我是五指岩山神，奉天命在这服侍你。"哦呵，我还有这样的来头呀，胡岩林听后就心安理得地让白胡须老头背过溪，放学回家还将白胡须老头的话统统都与娘讲。娘越听越激动，好像儿子现在就已经是一品大官了。想想以前孤儿寡母的经常被别人欺负，娘每当坐灶前烧锅时就握着铁钳、火锹①，一边敲打灶孔一边骂：左邻谁多占她一分地，右舍谁骂过她的儿子。要晓得灶孔是灶王爷的脸，每一次烧饭就要挨打，因为是状元的娘，灶王爷只好忍着。

---

① 铁钳、火锹：灶前烧火用的两种工具。

245

胡岩林本来天资聪颖读书成绩很好,自那以后,总觉得他是状元的命,用不着再那么用功。娘也认为儿子是状元的料,根本覅再起早摸黑地费力,保养身体要紧。就这样读书也就日过一日地退步。

十二月二十三这一天,灶王爷与山神、地神、财神等神灵上天庭述职。玉皇大帝看看灶王爷脸上乌一块青一块,就问怎么回事?灶王爷便一五一十地讲给玉皇大帝听。玉皇大帝听后很发火:"这样还了得?状元还未考,读书就不用功了,等以后做了朝里一品官员,还不误国?!"玉皇大帝随即一拍龙案:"太上老君听命,令你在三月初三这一天下凡,换掉胡岩林的状元骨。"

过了年,私塾开学,胡岩林照样过溪上学。这一天白胡须老头早早就在溪沿等胡岩林,一声不吭地将他背过溪,放下来与小岩林讲:"今天是我最后一次背你。"接着就将整个经过讲了一遍,最后吩咐岩林:"三月初三那一天子时,你会浑身都痛得很,只有咬紧牙齿覅喊,才能够保住一张嘴,以后还可以凭嘴过日子。"刚讲完,白胡须老头就不见了。

到了三月初三半夜子时,胡岩林真的全身痛得像刀割,他牙关咬紧一声不吭,硬熬一个时辰才结束。胡岩林长大以后状元是考不上了,只能当一名教书先生,凭着一张嘴过日子。从那以后,中山人教儿女都会讲:用功读书才会有好成绩。随便什么行业都要靠努力才会有好结果,天上掉下来也要早五更起来捡。

其他大话

祖传秘方

很早时候,永康有个神医,不但医术高超,而且医德高尚,遇到穷人来看病不但少收钱,有时还不收甚至倒贴。神医有个儿子,和父亲完全两样,从小就不务正业,好吃懒做。父亲管不了儿子,儿子倒过来还想管老子,经常埋怨父亲:"阿伯,你好不容易赚点银两,为啥要白白布施穷人?"神医每次都讲:"做医生治病救人是本分,怎么好去钻铜钱窟窿?"儿子看看讲不过父亲也就不再吭声,但是心里想:外面人都讲神医家里有一张祖传秘方。

如果能把秘方搞到手,不愁卖不出好价钱。但是怎么样才能得到秘方呢,儿子想出一条苦肉计。

有一天,神医正在配药,儿子浑身是血走进来,哭着跪在地上喊:"阿伯,救救我!"神医先替儿子治伤,再问原因。儿子边哭边讲:头些日子赌博输了银两,没办法向别人借了高利贷。今天债主向他讨债,可他拿不出这么多银两,债主一怒,将他一顿打,还拔出大柴刀说要杀他。神医听后连声骂:"取债鬼。"儿子边哭边哀求:"儿子晓得错了,就是那个债主讲,只要我们家的祖传秘方给他,这债就一笔勾销,不然的话,就要我的命。"

神医一听,脸都气得绯红,痛骂儿子:"我们家根本就冇祖传秘方,就算有,我也不会给你!"讲完他便走进药房。儿子看看药房,想起父亲每次都是一个人进出,从来都不给他走进去,秘方肯定就藏在药房里。想到这,儿子就硬闯进去。神医想推儿子出来,儿子一用力,神医冇防备,整个身子往后倒去,后脑勺重重地碰到桌子角上,死了。

儿子闯了大祸,对外谎称父亲是他自个从楼上跌下来摔死的,草草办了丧事。没过头七,他就继续在药房里头四处翻寻,但是挖地三尺也寻找不着秘方。

父亲一死,儿子的生活冇着落,只好学着父亲的样子行医,毕竟他和父亲一起生活这么多年,平时也看得多,父亲的话多少也有几句进耳朵,只凭三脚猫也能应

247

付几下。

　　过了半年,有一天,一个差人寻上门,说是县老爷的内家生病叫他去看。神医儿子一听头都吓唬大了。应付一下山野村夫还差不多,正儿八经地给县老爷内家看病怎么能行?但是既然差人来请,只好硬着头皮去看看再讲。

　　来到县老爷的客厅正坐下,县老爷内家就捧着头呻吟着走过来,讲头痛三天了。神医儿子一听连连摇头,让她另请高明。县老爷内家讲:"我是旧病复发,三年前也是头痛,是你的父亲给医治好的。你是神医的儿子,肯定晓得怎么医治的。"神医儿子想再推托,只见县老爷怒气腾腾地插嘴道:"是瞧不起本老爷,还是怕我们给不起诊金?!"神医儿子见此立即跪倒地上,哭着说:"老爷,小人祖屋里有专治此疾的秘方,容小人回去取来。"县老爷当即派了两个差人随同神医儿子一起回家取秘方。神医儿子暗暗叫苦,他本想来个金蝉脱壳,但县老爷竟然不中计,派差人一路"护送"他。走回医馆,神医儿子叫两个差人在外面等他,自个一人走入药房。

　　神医儿子走投无路,但他还想碰碰运气,在屋里头翻了半天还是寻找不着秘方。神医儿子这下真的绝望了,就咬咬牙,头一低就死劲地撞向墙壁。"砰"的一声,顿时墙皮脱落,竟露出一个小木匣。神医儿子一阵高兴,尽快打开木匣,里面露出一张发黄的宣纸,展开一看,上面写着:"世间疑难杂症,并非无药可解。医者当去烦躁、远功利、怀仁心、专救人,难题自解矣。"

　　神医儿子看后沉默片刻,渐渐明白。他便手拿木匣跟随差人回到县老爷身边,一五一十地将事情经过向县老爷陈述了一遍。县老爷听后,看看神医儿子有愧改之意,觉得浪子回头金不换,就原谅了他。自此神医儿子一切学着父亲的做法,医术医德重现。

其他大话

让贼当管家

　　明朝熹宗年间,童宅的童玄岭聪明、能干,年纪轻轻就置了很多家产。有一日,童玄岭把管家陈步方叫到轩间,拿出一张库房账单讲:"库房昨晚有贼进去过,你去看看,有啥东西少了。"管家去查看,过一会儿走回来讲:"别的东西都在,就是一只镜箱里头的两个银元宝,三根金条没了。"童玄岭看看管家问:"真的是这样?"陈步方讲:"真的。"童玄岭吩咐一个长年:"叫客人进来。"过一会儿从门外进来一个后生,童玄岭手指后生与陈步方讲:"从现在起,你可以回你自个的家了,由他来做管家。"陈步方看看后生衣裳布裤破烂,赤着双脚,问:"他是啥人?"童玄岭讲:"他就是昨晚偷库房东西的贼。"陈步方讲:"啥西,叫我回家,让一个做贼的来当管家?"童玄岭讲:"奇怪吗?你听我讲个大话。"

　　童玄岭讲:昨日傍晚,他从富大坑走回家的路上,碰到一个后生,外貌精神但衣裳破旧,问他到哪里去?后生讲:他叫徐金宝,是个穷秀才,已经两日未吃东西了,想寻户有钱人家偷点东西填肚子。童玄岭感觉奇怪,天下哪有这么做贼的,去偷东西还会与别个透露,就试探讲:我也无家可归,带你到一个地方去,偷了东西咱俩平分。金宝满口答应。

　　走到童宅,天刚乌。童玄岭把金宝带到他自家的后院,教他怎样子才能避开看守,库房的位置在哪,库房哪个窗户的窗杆发霉容易扳断。徐金宝翻墙入院,过了一个时辰才出来。他偷来两个银元宝,一个给童玄岭。童玄岭问:"进一次库房就偷这么点东西?"徐金宝讲里头的大箱、大柜都没动过,只开了一只小镜箱,里头放着两个银元宝、三根金条。他做贼是肚饥没办法,不是想发横财。讲完就按事先讲好的,将一个银元宝递给童玄岭。分手之后,童玄岭随脚就到库房查验,徐金宝讲得一点儿没错。

　　陈步方听到这儿,吓得大汗直冒。原来,陈步方为人狡诈又贪婪,平时经常有长年与童玄岭讲,陈步方做管家,动不动就将东西"管"到他自个家里去。童

永康大话

玄岭讲库房昨晚有贼去过,叫他去查看,他就想乘机浑水摸鱼,将账记到贼身上。啥人晓得进库房一看,大箱、大柜封条贴在那未动过,贼只打开一只小镜箱,里头的两个银元宝不见了,但是三根金条还在那,他就顺手将三根金条藏入自个衣裳口袋里。童玄岭看看徐金宝又看看陈步方,冷冷地笑着问:"陈步方管家,你听了这个大话,你讲我该用谁做管家呢?"

陈步方绷着脸一声不吭,从衣裳袋里摸出三根金条放则桌,灰溜溜地卷铺盖回家去。童玄岭笑眯眯地与徐金宝讲:"虽然你是事出无奈,但偷盗总是不轨之举,下次无论如何都不能这么做。"徐金宝脸红答答地点点头。从那时起,童玄岭经常与家人讲:"贪婪乃万恶之源,诚实是万善之本。"并且将"诚实"作为家训代代相传。

后记

2019年冬，永康电视台华溪频道与永康市文学联合会创办了一个新的栏目——"永康大话堂"。我应当时的华溪频道主任胡华超邀请，参加了每周一期的永康大话（故事）讲述。

我的出生地，在永康西北的三十里坑。小时候的山村，文化娱乐贫乏，晚上听大人讲大话成了最奢望的娱乐，每到晚上，几个小伙伴就缠着会讲大话的大人，求他们讲大话。古代的、现代的、鬼怪妖魔的，以及搞笑的，甚至是黄色大话。讲什么听什么，每次听后脑子里过一遍，还经常回家转讲给祖母听。有一次讲的大话较长，听得很晚，回家还被母亲揍了一顿。有许多大话直到长大后还记忆犹新。

1980年，从部队复员来到当时的永康电动工具厂医务室工作。一个两三百职工的小厂，医务室工作空闲。医务室自然而然就成了职工们的休闲场所。由于工作的便利，我接触的人多，各种各样的话题也就听得多。这给以后大话素材的收集提供有利条件。

随着20世纪80年代舞台上戏剧小品的兴起，我对戏剧小品的创作产生了很大的兴趣。加之医务室工作轻松，有时间参与，每逢调演就有我自编自演的小品，后来还经常随文化馆下乡演出。一个戏剧小品的演出时长，一般都掌握在十分钟左右，过短了讲不清楚，过长又没有人耐心看。这就为我后来讲大话提供了参考，我就借鉴戏剧小品的创作经验，讲大话时也都掌握在十分钟上下。

1989年，企业改制下岗后，我开了个中西医结合诊所，病人来自永康城乡各地，所接触的有各行各业的人，其中不乏喜欢天南地北聊天者，我的大话素材

就是主要来自道听途说及平时就诊之余，病人及家属们的闲聊。

《永康大话》一书是我从2020年年初到2023年年底，四年来在永康电视台华溪频道所讲大话的整理。全书搜集了永康民间从远古到民国时期的各种传说、故事，全书包括地名大话、名人大话、其他大话。通过大话的故事情节，演绎了对忠、孝、节、义等社会伦理道德的宣扬，基本上每篇大话结尾都道出大话的中心思想。

值此《永康大话》出版之际，特向永康电视台胡华超主任，永康市文学联合会的周跃忠老师、田旭老师表示衷心的感谢！